은해상단 막내아들 21

초판 1쇄 발행 2025년 2월 21일

지은이 ㅣ 향란
발행인 ㅣ 최원영
편집장 ㅣ 이호준
편집디자인 ㅣ 박민솔
영업 ㅣ 김민원 조은걸

펴낸곳 ㅣ ㈜ 디앤씨미디어
등록 ㅣ 2002년 4월 25일 제20-260호
주소 ㅣ 서울시 구로구 디지털로32길 30 코오롱디지털타워빌란트 1301-1308호
전화 ㅣ 02-333-2513(대표)
팩시밀리 ㅣ 02-333-2514
E-mail ㅣ papy_dnc@dncmedia.co.kr
블로그 ㅣ blog.naver.com/gnpdl7

ISBN 979-11-364-5986-2 04810
ISBN 979-11-364-4602-2 (SET)

※ 저자와 협의하여 인지는 붙이지 않습니다.
※ 이 책은 ㈜ 디앤씨미디어(파피루스)가 저작권자와의 계약에 따라 발행한 것으로 본사와 저자의 허락 없이는 어떠한 형태나 수단으로도 내용을 이용할 수 없습니다.

21

향란 신무협 장편소설

은혜상단 막내아들

105장. 조언의 의미 ·················· 7

106장. 왜 이렇게 되지? ·················· 65

107장. 많기는 많네 ·················· 139

108장. 궁신 ·················· 195

109장. 진짜 오해인데 ·················· 253

110장. 백년자령마 ·················· 313

105장. 조언의 의미

조언의 의미

그날 저녁.
우리는 운남 지부의 공간 하나를 빌려, 회의를 시작했다.
"어떻게 이런 일이……."
그들은 상황을 깨닫고 분노했다.
"폐하와 동료들을 배신하다니!"
"이는 있을 수 없는 일입니다!"
나는 가만히 그들을 바라보았다. 저들의 분노는 충분히 이해할 수 있으니까.
하지만 저들이 이로 인해 경거망동할까 걱정이다.
그때 권직 대협이 나에게 말했다.
"이런 상황에서 우리가 은 소단주의 조언대로, 자네의 호위대로 이렇게 와서 다행이라는 생각이 드는군. 고맙네."

"별말씀을요."

나는 겸양하듯 부드럽게 웃었다.

"이런 말씀을 드리는 게 좀 그렇지만, 분노와 슬픔은 나중으로 미루고 지금은 저희 본연의 임무에 집중해야 할 듯합니다."

그리고 다른 이들을 한 명, 한 명 보며 말을 이었다.

"저희마저 임무에 실패하면, 폐하께서 크게 상심하실 겁니다. 다른 이들은 몰라도 황자마마는 반드시 구출해야 하지 않겠습니까?"

내 물음에 그들은 고개를 끄덕였다.

"자네 말이 맞네."

"우리는 황제 폐하께 명을 받은 몸! 개인적인 감정을 추스르지 못해서는 안 되지."

이내 그들은 마음을 가다듬었다.

순식간에 바뀐 분위기.

역시, 금의위가 될 정도라면 이 정도 정신력은 다들 갖춰야 하는 건가.

하지만, 그래도 뭔가 좀 불안한데…….

"그럼 춘경성으로 들어갈 방법에 대해서 논의해 보도록 하지."

권직 대협의 말에 다른 금의위 대협들이 이런저런 의견을 냈다.

하지만 마땅한 결론이 나오지 않았고, 우리는 정보를 더 모은 후 회의하기로 하고 그 자리를 파했다.

．
．
．

내 방으로 돌아오자, 서탁 위에 금령이 앉아 있었다.
"지금 온 거야?"
"꾸이!"
금령은 서탁 위에서 폴짝 뛰었다.
나는 서향 소저의 말대로 그녀에게 주기적으로 금령을 보내고 있다. 원래 좀 더 일찍 보냈어야 하는데 이번에는 좀 늦게 보낼 수밖에 없었다.
금령을 가볍게 쓰다듬어 주고는 서신을 풀어 펼쳐 보았다.

[진정한 연기란, 본인도 속이는 겁니다.]

응? 이건 무슨 의미지?
진정한 연기는 본인도 속이는 거라니?
"꾸이! 꾸이!"
금령이가 앞발로 서탁을 탁탁 치며 나를 재촉하고 있었다. 심부름을 했으니 은자를 달라는 의미다.
"알았어. 알았어."
나는 주머니에서 은자를 꺼내 금령에게 건넸고, 금령은 은자를 받아 날름날름 핥으며 뒹굴거렸다.
요즘 금령은 이전과 달리 은자나 금자를 받자마자 꿀꺽

삼키는 것이 아니라 이렇게 즐긴 후에 먹고는 했다.

그만큼 여유가 있다는 건가?

문득, 아까 회의 때 말하지 못했던 것이 생각났다.

주현 황자 역시 황제의 피를 이은 인물이다.

춘경성에서 주현 황자를 인질로 잡은 것이 아니라, 주현 황자를 황제로 추대하는 식으로 일이 진행될 가능성도 없지 않았다.

그나저나 춘경성은 외부인을 통제하고 있는 만큼 물자가 부족하여 제법 힘들 텐데.

그렇다고 이를 위해 자신들이 그동안 수탈한 물자를 내놓을 가능성은 없다.

그 순간, 금령이 안고 있는 은자와 방금 떠오른 생각이 겹치며 하나의 계획이 완성됐다.

다음 날.

아침을 먹은 후 나는 금의위 대협들을 불러 모았다.

회의실에 모두 모이자, 권직 대협이 나에게 물었다.

"그래, 무슨 일인가?"

"우선 저희는 춘경성 안으로 잠입해야 하지 않습니까?"

"그렇지."

"어젯밤 고민하다가 좋은 방법을 하나 떠올려서 이렇게 대협들을 청했습니다."

"오, 무슨 방법인가?"

"저들에게 자금을 대 주는 겁니다."

"뭐?"
내 말에 소운 대협이 발끈하여 외쳤다.
"저 극악무도한 이들에게 자금을 대 준다니! 제정신인가?"
"흥분을 가라앉히게!"
권직 대협이 그를 진정시켰다.
"말을 끝까지 들어 보고 화를 내도 늦지 않으니."
"……송구합니다."
"계속하게."
그 말에 나는 빙긋 웃으며 말을 이었다.
"세상 모든 일에는 돈이 필요합니다. 하물며 저들이 지향하는 대의는 엄청난 돈이 필요하죠."
"하긴, 그렇지."
"갑작스럽게 이루어진 일입니다. 게다가 외부인을 철저하게 통제하고 있는 만큼 물자도, 돈도 많이 쪼들릴 겁니다. 그간 수탈을 당해 온 곳 아닙니까?"
내 말에 모두 고개를 끄덕였다.
"그런 상황에서 저희 은해상단에서 접촉해서 자금을 대 준다고 하면 저들의 마음도 흔들릴 것입니다."
"요컨대, 기만책을 쓰겠다는 거군."
"맞습니다."
내 말에 발끈했던 소운 대협이 헛기침을 했다.
"험험, 미안하군."
"아닙니다. 대협의 입장에서 당연히 그러실 만했습니다."
나는 그를 보는 순간, 서향 소저의 서신 속 내용이 퍼

조언의 의미 〈13〉

뚝 이해되었다.

[진정한 연기란, 본인도 속이는 겁니다.]

우리가 춘경성 안으로 들어가면, 저들은 연기를 해야 한다.
금의위가 아닌 내 호위무사로.
그리고 호위무사는 주군의 뜻에 따라 행하는 자들이다. 저 안에 들어가서도 이런 식이면 곤란하다.
자칫하면 목숨이 위험할 수도 있다.
그래서 서향 소저는 나에게 조언을 해 준 것이다. 진정한 연기는 본인도 속이는 거라고.
이게 내가 느꼈던 불안감의 실체구나.
그러니 지금 여기서 확실하게 해야 한다.
나는 싸늘한 표정으로 그를 보았다.
"그런데, 저 춘경성 안에 들어가서도 그렇게 발끈하며 감정적으로 행동하실 생각입니까?"
"……?"
"그렇게 하지 않아도, 여기 있는 모두가 소 대협의 충심을 압니다."
나는 말을 이었다.
"춘경성 안에서도 그런 반응을 보이신다면 저희 모두의 목숨이 위험하게 되겠죠. 결과만 본다면 일전의 두 대협을 죽인 자들이나 다를 것이 뭡니까?"

"나를 그들과 동급으로 매도하게 말게!"

"아뇨. 제가 볼 땐 똑같습니다. 그런 소 대협의 동료라니, 다른 분들이 불쌍하군요."

그와 동시에 소운 대협이 검을 뽑았고, 나를 향해 검을 휘둘렀다.

내가 일부러 그를 긁기는 했지만, 생각보다 더 잘 긁히는 사람이네.

이에 내 호위무사들이 벌떡 일어났다.

"여러분은 손쓰지 마세요!"

내 명에 그들은 입술을 깨물며 얼른 뒤로 물러났다.

나는 소운 대협의 검을 피했다.

"히익!"

완전 흥분한 소운 대협이 나를 향해 재차 검을 휘둘렀고, 다른 대협들은 그런 소운 대협을 말리려 했지만 이미 반쯤 눈이 돌아가서 어찌할 방도가 없어 보였다.

음, 이 정도면 일류의 수준인가?

좁은 회의실에서 이러면 민폐지.

쾅!

내가 문을 열고 마당으로 나가자, 그도 나를 뒤따라 나왔다.

그리고 이어서 뛰어나온 호위무사들은 다른 사람들을 대피시켰다.

그럼에도 소운 대협의 분노는 진정될 기미가 없어 보였다.

"이런 건방진 놈!"
"네. 저 건방진 거 이제 아셨습니까?"
"이 천한 상인 놈이 지금 누구에게 그런 막말을!"
"그러니까 천한 저 같은 놈에게 그런 말을 듣지 않도록 잘 하시지 그러셨습니까?"
"나는 그런 놈들과 달라! 다르다고!"
"그러니까 잘 하시라고요."
"으아아악!"
나는 요리조리 피하면서 계속해서 그의 성질을 긁었다.
음, 이쯤하면 되었나?
"황제 폐하께서 내리신 성지에는, 이 일을 함에 있어 대협들과 같은 직을 내리신다고 했습니다. 그 말은 즉, 제가 대협들에게 손을 대어도 역심을 품은 게 아니라는 의미입니다."
물론 성지에 그런 내용은 없다.
하지만 이미 성지는 불타고 없는데, 그걸 저들이 어찌 알겠어?
나는 검을 뽑아 태음빙해신공의 기운을 담았다.
진설십이식검법 제 삼초식. 송적설.
거대한 기운으로 상대방을 눌러 버리는 중검이다.
"커, 커헉!"
소운 대협은 내 검을 감당하지 못하고 검을 놓치고 말았다.
털썩.

하지만 내 검은 거기서 멈추지 않았고, 결국 소운 대협은 납작 엎드린 상태가 되었다.

"헉, 허억, 허억."

나는 그 앞에 쪼그리고 앉아 말했다.

"이제 제 말을 귀담아들으실 준비가 되셨습니까?"

"자, 자네, 아니, 당신…… 대체 정체가 뭡니까?"

나를 보는 그의 눈에는 공포감이 담겨 있었다.

그도 그럴 것이, 그렇게 거대한 기운에 짓눌려 본 경험이 없을 테니까.

내게 낮춰 말하던 것이 높임말로 바뀐 것을 보니 좀 정신을 차린 것 같군.

나는 그를 향해 손을 내밀었다.

"일어나시죠. 귀하신 분께서 흙바닥을 뒹구시면 안 되죠."

"아, 네."

그는 자리에서 일어났고, 나는 그 옷의 흙을 털어 주었다. 소운 대협은 내 눈을 똑바로 바라보지도 못했다.

내가 그렇게 강하게 압박하진 않은 거 같은데…….

나도 모르게 감정이 쬐끔 실렸나?

뭐 상관은 없다. 안 그래도 사사건건 내 말이 마음에 들지 않는다는 반응이었는데 이렇게 눌러놓으면 나중에 편해지겠지.

서향 소저는 나에게 조언하길, 진정한 연기는 본인도 속이는 거라고 했다.

하지만 그게 안 되는 자가 있다면 어찌해야 할까?
답은 간단하다.
강제로 그렇게 만들면 된다.
"소 대협. 제가 진지하게 말씀드리겠습니다. 평정심을 유지하는 건 중요합니다. 만약 그게 안 될 것 같으면 그냥 이곳에 남아 계십시오."
"아, 아닙니다. 조심하겠습니다. 제가 죄송합니다."
나는 웃으며 말했다.
"왜 저에게 사과하십니까? 본인의 자제력 없는 행동으로 피해를 볼 뻔했던 분은 동료분들입니다. 게다가 소 대협이 제게 검을 휘두름으로 인해 많이 난처해지셨습니다."
내 말에 소운 대협은 뒤를 돌아보더니 헛숨을 들이켰다.
다들 못마땅한 표정을 짓거나 한숨을 내쉬며 자신을 보고 있었기 때문이다.
"헉! 소, 송구합니다!"
그는 그들에게 포권하여 깊게 고개를 숙였다.
"앞으로 주의하겠습니다."
권직 대협이 차가운 목소리로 말했다.
"한 번만 더 믿어 보겠네."
나는 그 모습을 보고는 고개를 끄덕이며 말했다.
"분위기를 환기할 겸, 좀 쉬었다가 회의를 이어 가도록 하죠."

"그렇게 하도록 하지."

그렇게 다른 대협들이 각자의 처소로 향할 때 권직 대협이 나에게 다가왔다.

"내 또다시 자네에게 신세를 지는군. 사실 소운은 젊어서 그런지 그 혈기가 지나칠 때가 있거든."

저도 젊습니다만.

아…… 하지만 나는 이전 삶의 경험이 있으니 그리 젊은 건 아니구나.

"언젠가 날 잡아서 한 번 교육을 시켜 주려고 했는데…… 지금은 때가 아니기에 어쩔 수 없다고 생각하고 있었네."

"그렇죠. 안 그래도 서로 믿고 호랑이 굴에 들어가야 하는데, 괜히 불만을 품게 해서는 곤란하니까요."

"괜히 자네가 악역을 자처하게 해서 미안하네."

"꼭 필요한 일이었으니까요. 그렇다면 같은 소속이 아닌 제가 하는 게 맞다고 생각했을 뿐이었습니다."

"그리 생각해 준다니 정말 고맙네."

"별말씀을요."

권직 대협이 피식 웃으며 말했다.

"아무튼, 오늘 결심했네. 자네와는 절대 적이 되지 않겠다고."

"네?"

혹시 내 진짜 경지를 눈치채신 건가?

"자네와 싸우면, 그 검에 죽는 게 아니라 자네가 긁는 말에 복장이 터져 죽을 것 같거든."

조언의 의미 〈19〉

"……."

"다음에 시간 나면, 어떻게 하면 상대방을 그렇게 잘 긁을 수 있는지 알려 주게나."

치, 칭찬인가?

칭찬 맞겠지?

"그럼 이따가 보지."

권직 대협이 처소로 향하고, 서우 무사가 나에게 다가왔다.

"아까는 정말 놀랐습니다."

"예, 그래도 다들 용케 나서지 않으셨네요."

"그야, 주군의 실력을 아니까요. 그리고 주군께서 일부러 도발한다는 건 눈치채고 있었습니다."

하긴, 나와 함께 한 시간이 몇 년인데.

그 정도 눈치가 없으면 지금까지 버티지 못했지.

나는 피식 웃었고, 뒤를 돌아보았다.

"저희는 저 안에 들어가게 될 겁니다. 그리고 저와 떨어져 대협들과 행동하게 될 수도 있습니다. 그런 상황에서 만약의 상황이 벌어진다면 우선적으로 여러분의 목숨을 먼저 챙기세요."

"네?"

"그러면 문제가 생기지 않겠습니까?"

"그런 건 어찌어찌 해결됩니다. 하지만 저에게 중요한 건 여러분입니다."

내 말에 그들은 감동받은 얼굴이었다.

"아, 물론 상황이 괜찮으면 저들의 목숨을 구하고 돕도록 하세요. 그 값, 비싸게 받아먹을 생각이니까요."

나는 피식 웃었다.

"하지만 무리하지 말라는 의미입니다. 아시겠죠?"

"명을 받듭니다."

* * *

여섯 명의 금의위들은 한 방에 모여 있었다.

그리고 그중 한 사람은 고개를 숙인 채 서 있었다.

"정말 죄송합니다."

"죄송한 거 알면 되었다."

"……다시는 경거망동하지 않겠습니다."

소운이 진심으로 반성하는 모습을 보였기에 다들 더 뭐라고 질책하지는 않았다.

"항상 그 마음에 냉정함을 유지하도록 해라. 가슴은 충심으로 뜨거워도 우리는 항상 차가운 이성을 유지해야 한다."

권직의 말에 그는 씩씩하게 대답했다.

"네! 알겠습니다."

그렇게 이야기가 끝나자, 청악이 소운에게 물었다.

"그나저나 은서호 소단주가 그렇게 강했나? 자네가 손도 쓰지 못하고 납작해질 만큼?"

그 물음에 소운은 몸을 부르르 떨었다.

"생각하고 싶지 않을 만큼 무서웠습니다."
"무서웠다고?"
"엄청난 위압감이었습니다. 저를 짓누르는 그 느낌이 마치…… 황제 폐하를 마주한 것 같았습니다."
"그 정도라고?"
"네. 그런데 황제 폐하를 마주했을 때에는 황제 폐하가 제 주군이라는 것이 명확하게 인식되는 느낌이었지만, 은서호 소단주의 경우는 좀 달랐습니다."

그는 말을 이었다.

"자칫하면 제가 잡아먹힐 것 같은 그런 느낌이었습니다. 사냥감이 된 느낌 말입니다."

그 말에 문득, 권직은 황제에게 이번 명령을 받을 때 들었던 말을 떠올렸다.

"그 녀석이 하자는 대로 하면, 대부분 일이 쉽게 풀릴 거네. 그런데, 혹시라도 그 녀석을 휘어잡겠다고 애쓰거나 다른 이들처럼 누르려고 하지는 말게나. 역으로 그 녀석에게 잡아먹힐 테니까."

권직은 고개를 주억였다.
'역시 황제 폐하의 말씀은 틀리지 않았군.'
황제의 조언을 귀담아들어서 다행이었다. 그러지 않았다면 땅바닥을 구른 건 자신이 되었을 테니까.

* * *

 잠시 후.
 우리는 다시 회의실에 모였고, 내 제안을 실행하기로 했다.
 성준백 지부장의 도움을 받아서 정보를 모으는 등 철저하게 준비했다.
 그렇게 며칠 후 계획 실행일이 되었다.
 "부디, 몸조심하십시오."
 우리는 성준백 지부장의 배웅을 받으며 운남성 지부를 나서서 춘경성으로 향했다.
 그 여정에서 서우 무사의 경험은 큰 도움이 되었다.
 이전에 표국에서 표두로 일할 때 이쪽 지역 담당이었으니까.

 "저 나무의 수액은 절대 만지시면 안 됩니다. 독성이 있습니다."
 "그 정도의 독은 견딜 수 있네."
 "대협이라면 견딜 수 있겠지만, 말은 견디지 못합니다. 말을 잃은 채 걸어가실 생각이십니까?"
 "……."

 "저 풀은 그 뿌리가 제법 맛있습니다. 캐서 불에 구워 먹으면 달콤하니 먹을 만하죠."

"그런가?"

"하지만 줄기와 이파리는 절대 드시면 안 됩니다! 곽란으로 고생하십니다."

그렇게 몇 번 도움을 받자, 그제부터는 서우 무사의 말에 딴지를 걸지 않았다.

그렇게 우리는 무사히 춘경성에 도착했다.

무장한 병사들이 서 있다가 우리를 발견하자 우리에게 달려왔다.

챙-!

그리고 무기를 겨누며 소리쳤다.

"물러가라! 이곳에 외부인은 출입할 수 없다!"

하지만 나는 침착하게 말에서 내려 그들에게 포권하며 말했다.

"은해상단의 소단주 은서호라고 합니다. 현재 이곳에서 대업이 이루어지고 있다는 소식에 소상이 도움이 될까 하여 발걸음 하였습니다. 부디 박대하지 말아 주십시오."

내 말에 그들은 서로를 보며 소곤거렸다.

"은해상단?"

"은해상단이라면 거기잖아? 엄청 큰 상단?"

"그곳에서 왜?"

나는 그들에게 은자를 찔러 주며 말했다.

"안에 소식이라도 전해 주시면 감사하겠습니다."

"험! 큼! 아, 알았네."

그들 중 한 병사가 안으로 들어갔고, 잠시 후 그 병사가 나와 말했다.

"안으로 들어오라고 하시네."

"감사합니다."

그 병사의 안내를 받아 우리는 안으로 들어갔다.

나는 슬쩍 성 내부를 살폈다.

오가는 이들의 얼굴을 보니 이곳의 상황을 대략적으로 알 수 있었다.

내 생각대로 이들의 사정은 매우 궁핍해 보였다.

우리는 성주의 저택으로 보이는 곳으로 들어갔고, 접빈실로 안내받았다.

그곳에서 차를 마시고 있자, 한 남자가 안으로 들어왔다.

"처음 뵙겠습니다. 은해상단의 소단주 은서호입니다."

"나는 이곳 춘경성 성주의 장남 연유문일세."

이 사람이 그 성주의 장남이군.

생각보다 젊어 보이네. 대략 이십 대 중반 정도?

그리고 그 뒤에는 두 명의 사내가 호위하듯 서 있었다.

"성주님께서는 출타 중이십니까?"

순간적으로 흔들린 눈빛.

하지만 나는 이를 눈치챘다는 것을 드러내지 않았다.

"이런 일에 성주인 아버지까지 오실 필요는 없지 않나?"

"공자의 입장에서는 그럴 수 있지만, 제 입장에서는 제법 중요한 일입니다."

나는 말을 이었다.

"제가 춘경성의 대업에 한 손 거들기로 했는데, 제 정성을 나중에 모른다고 하시면 곤란하지 않겠습니까?"

"그건 걱정하지 않아도 되네."

"저는 상인입니다. 이에 대한 확약이 담긴 문서를 남겨주십시오. 이왕이면 성주님의 인장이 찍힌 문서면 좋겠습니다."

그는 잠시 고민하다가 내게 물었다.

"그 전에 하나 묻고 싶군. 우리의 일은 어찌 안 것인가?"

"저희 은해상단의 정보력을 과소평가 하시는군요. 이거 섭섭합니다."

"아, 미안하네. 그래서 얼마나 크게 보탤 생각인지 궁금하군."

"우선 이 정도면 되겠습니까?"

나는 눈짓을 했고, 여응암 무사와 이필 무사가 들고 있던 상자를 내려놓았다.

쿵!

그리고 두 무사는 상자를 열었다.

그 안에 가득한 은자와 금자.

그걸 본 연유문은 깜짝 놀라 나와 그 상자를 번갈아 바라보았다.

"지, 진심인가?"

"상인은 돈으로 마음을 표현합니다. 이 정도면 제가 진심이라는 것을 믿어 주시겠습니까?"

한편, 연유문의 뒤에 서 있던 두 사내의 눈은 탐욕으로 물들어 있었다.

나는 발로 그 뚜껑을 닫았다.

쾅!

경첩이 달린 상자의 뚜껑이 큰 소리를 내며 닫혔다.

나는 웃으며 말했다.

"하지만, 이는 성주님의 자필 인증서와 인장이 담긴 문서를 받아야만 드릴 수 있습니다."

"……."

나는 뒤에 서 있던 사내 하나가 연유문의 등을 툭 치는 것을 보았다.

"물론이네. 하지만 시간이 좀 걸릴 듯하네."

"며칠 정도는 기다릴 수 있습니다."

"그런데, 함께 온 이들 중 저들은 왜 복면을 쓰고 있는 것인가?"

그때 뒤에 있던 사내 중 왼쪽의 이가 그리 물었다.

역시 쉽게 넘어가지는 않는군.

복면을 쓴 이들은 나와 동행한 금의위 대협들이다.

이곳에 파견된 금의위와 동창 인물들과는 서로 얼굴을 알 테니 복면을 쓴 것.

물론 이것도 예상 범위 내였기에 태연하게 대답했다.

"제 호위대에 관심이 많으시군요."

"도련님의 호위로서, 당연한 의문이네."

"상단의 일이라는 것이 꼭 정정당당한 일만 있는 건 아니잖습니까? 그래서 데리고 있는 이들인데 이번 일에 필요할 듯해서 동행했을 뿐입니다."

"선협미랑이라는 자가 말인가? 이거 뜻밖이군."

"그만큼 제 평판을 위해 애를 쓰고 있거든요. 평판도 돈이 되니 말입니다. 후후."

"하지만 우리로서는 불확실한 것을 그냥 넘길 수가 없네. 저들의 복면을 벗겨서 얼굴을 보여 주게. 그렇지 않다면 이 거래는 없던 것으로 하지."

"그게 뭐가 어렵겠습니까?"

나는 그들에게 명령했다.

"복면을 벗어 그 얼굴을 보이세요."

"명 받듭니다."

그들은 복면을 벗었다.

하지만 그들의 얼굴은 원래의 얼굴과는 상당히 달라져 있었다.

이미 인피면구를 쓰고 왔거든.

우리가 이번 계획을 준비하면서 가장 시간과 노력을 많이 들인 것 중에 하나가 저 인피면구다.

일전에 사천당가에 갔을 때, 진짜 당연칠이 갇혀 있던 동굴 안의 서재에서 읽어 두었던 것이 꽤 도움이 되었다.

그때 습득한 지식을 토대로 돼지가죽으로 만들었는데, 제법 그럴듯했다.

"……."

그 드러난 얼굴에 두 사내는 고개를 끄덕였다.

"잘 봤네."

"그럼 이제 복면을 다시 써도 되겠습니까?"

"그렇게 하도록 하게."

내 말에 그들은 복면을 다시 썼다.

인피면구가 있는데 복면을 쓰고 온 이유는 인피면구를 오래 쓰는 것이 힘들기 때문이다.

고온다습한 기후로 인해 본래 피부에 습진이 생겨 상당히 고통스러울 뿐만 아니라 인피면구의 형태가 망가지니까.

그렇기에 이렇게 그 얼굴을 보여 주어 의심을 없앤 후, 이후로는 그냥 복면만 쓰고 다닐 계획이다.

"그런데, 정말 자네의 호위가 맞나?"

오른쪽의 사내가 그리 물었다.

참 나, 드럽게도 의심 많네.

하지만 저들도 목숨이 걸린 만큼 어쩔 수 없겠지.

"제가 어떻게 하면 믿음을 드릴 수 있을까요?"

"개처럼 짖는다면……."

"육 호."

"네!"

네 부름에 복면인이 앞으로 나왔다.

대협들의 이름을 부를 수는 없는 노릇이라, 각자 숫자를 정해서 일 호부터 육 호까지 호칭하기로 했다.

조언의 의미 〈29〉

그리고 육 호는 내게 크게 혼이 났던 소운 대협.
"무릎 꿇고, 짖으세요."
내 말에 그는 무릎을 꿇었다.
"와……."
하지만 바로 하지 못하고 머뭇거렸다.
찰싹-!
나는 그의 뺨을 손바닥으로 치며 싸늘한 눈빛을 보냈다.
"이들 앞에서 나에게 망신을 줄 셈입니까?"
"죄, 죄송합니다! 부디 용서해 주십시오! 소단주님."
"다시 한번 기회를 드리죠."
"왈왈! 왈왈!"
소운 대협은 내 앞에서 개 짖은 소리를 내었고, 나는 그의 턱을 잡아 올리며 말했다.
"앞으론 내가 실망할 일이 없게 하세요."
"명심하겠습니다."
그의 눈에는 아직도 나를 향한 두려움이 남아 있었다.
서향 소저의 충고대로 하기를 잘했군.
나는 그들에게 말했다.
"아직 교육이 덜 되어서 추태를 보였습니다. 이 정도면 되었을까요?"
내 물음에 그는 고개를 끄덕였다.
"그 정도면, 의심할 여지가 없군."
"일어나서 자리로 돌아가세요."

"네!"

소운 대협은 얼른 자리에서 일어났고, 본인의 자리로 돌아갔다.

"그래서 얼마나 기다리면 될까요?"

내 말에 연유문이 대답했다.

"그리 오래 걸리지는 않을 것이오. 하루에서 이틀 후면 돌아오실 것이니."

"그럼, 그동안 머무를 곳 정도는 마련해 주실 수 있으시겠죠?"

"물론이지. 그런데…… 우리에게 투자할 생각을 하다니, 무슨 생각인가?"

"제가 생각하는 건 오직 이익뿐입니다. 이익 앞에서는 물불 가리지 않는 것이 저희 상인들이지 않습니까?"

.

.

.

잠시 후.

우리는 숙소로 안내되었다.

성주의 저택 안에 있는 별채였다.

나는 기감을 넓게 펼쳐서 우리의 이야기를 엿듣는 자가 있는지 확인했다.

아무도 없는 것을 확인하고는 소운 무사에게 포권했다.

"고생하셨습니다. 상당히 치욕스러우셨을 텐데 말입니다."

"명을 위해서라면, 제 자존심이 뭐가 중요하겠습니까?"

아주 바람직한 자세군.

"다들 내일까지만 인피면구를 유지하시면 될 듯합니다."

"알겠습니다."

이번에 대답한 것은 권직 대협.

이번 사건의 중요성 때문에 우리끼리만 있는 곳에서도 철저히 내게 존대하기로 했다.

혹시라도 실수하면 곤란하니까.

그나저나 아까 연유문에게 '성주님은 출타 중이십니까?'라고 물었을 때 그 눈에 비쳤던 감정은 분노였다.

그리고 그 뒤에 서 있던 사내들의 꼭두각시처럼 행동했지.

나는 권직 대협에게 물었다.

"혹시 아까 연 공자 뒤에 서 있던 이들…… 금의위입니까?"

내 물음에 그들은 고개를 끄덕였다.

역시 그렇군.

나는 상황을 알아차렸다.

이번 일은 춘경성 측에서 벌인 일이 아니다.

춘경성 성주 측은 저들에 의해 협박당했을 뿐이다.

그런데 제국에 의해 초토화되고, 성주는 참혹한 죽음을 당했지.

와…….

이런 개 쓰레기 같은 자식들!

자신들의 이익을 위해 철저하게 이곳을 이용하고 버린, 씹어 먹어도 시원찮을 자식들이네!

당시 황제는 아들을 잃은 분노로 인해 제대로 된 판단을 하지 못하셨을 터다.

어느 아버지가 아들이 죽었는데 제정신이겠어.

하지만 어느 순간, 진실을 알게 되셨던 거겠지.

주현 황자가 죽은 일련의 사건들에 대해서는 잘 모르지만, 황제가 운남에 와서 제를 올렸다는 건 기억난다.

운남에 파견되어 있던 은해상단의 직원들이 이에 대해 서신을 보냈었으니까.

당시에는 왜 황제가 운남까지 가서 제를 지내나 했더니 이유가 있던 거다.

나름의 사죄였지만, 그게 의미가 있나?

그렇다고 죽은 자들이 살아나는 것도 아닌데.

게다가 당시 성보왕의 춘경성 토벌로 인해 우리 은해상단의 손해도 상당했다.

보이차 공급을 하지 못했을 뿐만 아니라, 물자 징발에 동원되기도 했으니까.

그러니까 이번에는 그런 일이 없도록, 일을 바로잡아야 했다.

그런데, 이해가 가지 않는 게 있다.

왜 저들에게서 흑도의 기운이 느껴지는 걸까?

　　　　　＊　＊　＊

 춘경성 성주의 저택.
 그곳의 가장 호화로운 방 한가운데 연유문이 서 있었다.
 "잘했다. 이대로만 한다면, 네놈은 성주 같은 꼴은 당하지 않을 거다."
 그 말에 연유문은 고개를 숙이며 입술을 깨물었다.
 그러면서 한 달 전의 일을 떠올렸다.
 제국의 사신들이 방문했고, 이제까지처럼 많은 것을 수탈해 갈 것이라는 걱정에 노심초사했다.
 하지만 이번에는 사신단에 황자가 포함되어 있었고, 황자는 사신들의 만행을 알아차렸다.
 이에 앞날이 두려워졌는지 그들은 무기로 성주를 위협하며 말했다.

 "오늘부터, 우리는 이곳을 거점으로 하여 새로운 나라를 세우기로 했네."

 당연히 성주는 말도 안 되는 일이라고 항의했고, 그 결과 왼팔이 잘린 채 감금되었다.
 그리고 성주의 장남인 그는 꼭두각시가 되어 저들의 명을 따르는 신세가 되었다.
 "그나저나 저 은서호라는 자는 믿을 수 있는 건가?"
 "왜? 불안해?"

그들은 연유문을 정말 신경 쓰지 않는지, 그를 앞에 두고 대화를 나누었다.

"너도 황궁에 들어갔을 때 다른 이들에게 들었잖아. 황제의 총애를 받는 자라고. 그리고 함께 온 이들도 수상하고."

"하긴, 이제 슬슬 금의위 본대가 도착할 때가 되긴 했지."

"금의위는 절대 아니야. 그 자존심 높은 이들이 천한 상인 앞에서 개처럼 짖는다고?"

"하긴, 말도 안 되는 일이긴 하지."

"그러니까 은서호 소단주가 아무리 선협미랑이라 불려도 결국은 돈을 밝히는 상인이라는 거지. 뭐."

그리 대화를 하던 이들은 고개를 돌려 상석의 한 남자를 바라보았다.

"그래서, 자네가 볼 때 어떤가?"

그 물음에 상석의 남자가 고개를 들었다.

"제가 봐도 그럴 가능성은 없군요."

"그럼, 지원을 받아들이는 건가?"

"네. 그 돈이면, 우리의 대업에 아주 큰 도움이 될 겁니다."

그렇게 대화를 나누던 그들은 그제야 연유문을 보며 말했다.

"자네, 아직도 있었나?"

"……."

"물러가게."
"네."
연유문은 씁쓸한 표정으로 방에서 나왔다.
비통함을 감춘 채 처소로 향하던 그는 한 미청년과 마주쳤다.
달빛 아래 서 있는 아름다운 얼굴.
은서호다.
"아, 또 뵙는군요. 달이 아름다워 구경 중이었습니다."
"그런가?"
"외람되지 않으면 이 저택 안을 좀 구경하고 싶습니다만."
그 말에 연유문은 고개를 끄덕였다.
솔직히 그도 지금 이 기분으로 안에 들어가기 싫었으니까. 그리고 은서호의 지원을 받아들이기로 한 만큼 문제도 없어 보였고.
그렇게 그들은 간단한 대화를 주고받으며 저택을 거닐었다.
연못 옆을 걷던 중, 은서호의 전음이 그에게 들려왔다.
- 그래서, 성주님께서는 지금 어디에 감금되어 계십니까?
그 전음에 연유문은 깜짝 놀라 고개를 휙 돌렸다.
"역시 당신은…… 컥!"
그러나 그는 말을 잇지 못했다. 은서호가 그를 발로 차서 연못에 빠트렸기 때문이다.

풍덩-!

***

나는 주변을 힐끗 일별하고는 가슴을 쓸어내렸다.
후, 식겁했네.
내가 왜 굳이 전음으로 말을 전했는데!
이 사람은 눈치라는 게 없나?
그는 어안이 벙벙한 얼굴로 나를 올려다보았고, 나는 싸늘한 목소리로 말했다.
"저를 시험해 보고 싶으셨던 겁니까? 비겁하게 암습이라니요?"
동시에 그에게 전음을 보냈다.
- 또다시 실수하실 생각입니까? 얼른 정신 차리고, 제 무재를 시험해 봤다고 말하십시오.
그제야 그는 상황을 알아차린 듯, 표정을 관리하고 입을 열었다.
"선협미랑은 뛰어난 무인으로도 명성이 높지 않나? 그래서 진짜인지 시험해 본 것뿐인데 너무 과하게 반응하는군."
"함부로 그리하지 마십시오. 저도 모르게 살수가 나가면 큰일이잖습니까?"
"명심하겠네."
"나오시죠."

나는 그에게 전음을 보내며 손을 내밀었다.
- 지금 상황이 매우 좋지 않음을 알고 있습니다. 제 도움을 원하시면 제 손을 잡고, 아니라면 그냥 나오십시오.
내 말에 그는 잠시 고민하다가 내 손을 잡았다.
"조심히 나오십시오."
- 오늘 밤에 제가 찾아가겠습니다. 잔다고 하고 주위를 물리십시오. 그리고 창문을 열어 놓으십시오.
나는 그를 꺼내 주면서 계속 전음을 보냈다.
- 만약 또다시 실수한다면, 이 춘경성은 끝이라는 것을 기억하십시오.
"고맙네."
그는 살짝 고개를 끄덕이며 대답했다.
"이거, 옷을 갈아입으셔야겠군요. 아쉽지만 저택 구경은 여기서 마치죠."
"그래야겠군."
우리는 헤어졌고, 나는 연유문의 뒷모습을 바라보았다.
아까와 달리 그 발걸음이 조금은 가벼워 보이는 건 착각일까?
내가 연유문에게 접근한 건, 그의 도움이 있어야 황자를 구출할 수 있기 때문이다.
오늘 저자가 우리 일행을 만났을 때 감시하는 역으로 왔던 금의위들에게서 느껴졌던 피비린내가 섞인 흑도의 기운.
지금까지 수많은 흑도들을 만난 덕분인지, 아니면 내

경지가 높아진 덕분인지 이제 그에 대해 어느 정도 구분이 가능했다.

그간 만난 흑도들 중에서도 유독 무림맹과 관련된 자들에게서 피비린내가 더 짙게 느껴졌기 때문이다.

그 말은 즉, 이번 일 역시 무림맹과 관련된 일이라는 것이다.

후, 이 자식들 대체 꿍꿍이가 뭔지 모르겠네.

하지만 확실한 건 있다. 저들이 이번 일에 성공하면 무림맹은 어떤 식으로든 원하는 것을 얻게 된다는 것을.

그러니 이 일은 꼭 황제의 명 때문만이 아닌, 내 복수를 위해서도 필요한 일이라는 거다.

연유문과 함께 저택의 이곳저곳을 살펴보고 내린 결론은 하나다.

꽤나 경계가 삼엄해서 계획이 쉽지는 않겠다는 것.

그리고 생각보다 병력이 많았다.

그래도 해 봐야지!

우선 황자를 구출하고 이전 삶에서는 억울하게 누명을 썼던 이들을 구명하기 위해서는 내부 조력자가 필요했고, 나는 연유문을 선택했다.

아까 내가 성주에 대해 물었을 때 그가 보인 감정은 분명한 분노였다.

그래서 연유문에게 접근한 것.

자고로 내부 조력자는 분노할 정도로 간절함을 느끼고 있을수록 효과가 좋으니까.

조언의 의미 〈39〉

.
.
.
그날 밤.
나는 혼자 슬쩍 움직였다.
다른 이들과 함께 움직이는 것보다는 혼자 움직이는 편이 더 은밀하게 이동할 수 있기 때문이다.
연유문의 처소는 춘경성 저택의 내처에 있다.
슉!
나는 무흔보법을 극성으로 운용해 연유문의 처소 지붕에 도착했다.
"나는 이제 잘 것이니, 그만 물러가도록 해라."
"네."
연유문의 목소리가 들렸고, 안에서 시종인 듯 보이는 자가 밖으로 나갔다.
하지만 아직이다.
아직 그를 주시하는 시선이 있거든.
그렇게 기척을 숨기고 얼마나 기다렸을까, 그를 주시하는 시선이 사라진 것이 느껴졌다.
나는 틈을 놓치지 않고 연유문의 방 창문을 통해 안으로 들어갔다.
무흔보법을 극성으로 밟은 덕분에 그 어떤 발소리도 나지 않았다.
나는 침상에 누워 있는 연유문에게 전음을 보냈다.

- 이제 일어나시지요.

"……!"

그는 놀란 표정으로 몸을 일으켰다.

이 방을 비추는 것은 창문을 통해 들어오는 옅은 달빛뿐.

나는 우선 기를 퍼뜨려 소리가 나가는 것을 차단했다.

"이제 말씀하셔도 됩니다. 이 안의 목소리가 밖으로 나갈 일은 없습니다."

내 말에 그는 입술을 살짝 깨물더니 말했다.

"정말, 저희를 도와주실 겁니까?"

"네."

"이유가 뭡니까? 죄송하지만 돈을 바라시는 거라면, 생각하시는 것보다 많은 돈을 드릴 순 없습니다."

"그리 말씀하지 않으셔도, 이미 이 춘경성의 사정은 알고 있습니다. 그리고 그런 대가는 필요 없습니다. 제가 이렇게 온 건 황제 폐하의 명을 받들어 온 것이니 말입니다."

"네? 화, 황제 폐하…… 말입니까?"

"그렇습니다."

"설마, 주현 황자마마를 구출하기 위해서 오신 겁니까?"

정확하게 말하면 그것을 위해 온 것이 맞긴 하다.

하지만 지금은 그게 답이 아니다.

"그건 제 임무 중에 하나일 뿐입니다. 제가 폐하께 받은 명은 오랫동안 제국을 위해 헌신한 춘경성 성주와 그

가족들을 구하라는 것입니다."

"……하! 황제 폐하께서 저희를 구하라고 하셨다고요? 그럴 리가 없습니다."

불신 가득한 표정의 그를 보며 나는 정중히 고개를 숙였다.

"그간 사신으로 왔던 이들이 이 춘경성에서 저지른 만행을 뒤늦게 알게 된 점, 진심으로 사과드립니다."

"후, 지금에 와서 그 사과가 무슨 소용이겠습니까? 제 누이동생은 자진하고, 아버지는 팔 하나를 잃은 채 유폐당해 계시는데 말입니다."

"제가 너무 늦게 와서 죄송합니다."

그는 쓰게 웃으며 고개를 저었다.

"후, 아닙니다. 제국에서 이런 곳 하나하나까지 자세히 살피기 어렵다는 것은 이해합니다. 특히 변절자들이 있었으니까요."

변절자.

황제가 아닌 다른 무언가를 주인으로 삼은 금의위와 동창을 의미하는 거다.

"이제라도 저희를 잊지 않고 이리 와 주셨음에 감사드릴 뿐입니다."

그는 말을 이었다.

"분명히 말씀드리지만, 저희는 역모에 뜻이 없었습니다. 그저 조용히 살고 싶을 뿐입니다."

그리 말하는 그의 눈에서는 서글픔이 느껴졌다.

"대략적인 상황은 파악했습니다만, 자세한 상황을 설명 부탁드립니다."

내 요청에 그는 지금까지 있었던 일에 대해서 설명해 주었다.

처음 시작은, 주현 황자가 사신들과 함께 이곳에 왔을 때였다.

"황자마마께서는…… 저희가 진상한 음식을 보시고는 이상함을 알아차리신 듯했습니다. 아버지를 독대하신 후 황궁으로 돌아가시겠다고 했으니까요. 그런데…… 황자마마께서 아버지와 독대했고, 진실을 알아차렸다는 것을 저들이 안 것입니다."

"그렇다면, 저들이 황자마마를 억류했다는 것입니까?"

내 물음에 그는 고개를 끄덕였다.

"예. 저들의 목적은 황자마마를 앞세워, 이 춘경성을 독립된 나라로 인정받고자 하는 것입니다."

"하지만 황자마마께서는 이를 용납하지 않으셨을 텐데요."

"네. 그래서 고문까지 했지만, 황자마마께서는 끝내 승낙하지 않고 계시다고 합니다."

"……."

와…… 이런 씹어 먹을 개 같은 잡놈들!

그러니까 정리하자면 이거다.

주현 황자가 이곳의 실상을 알게 되고, 이에 대해 황제에게 고하려고 했다.

하지만 그렇게 되면 처벌을 받게 되니, 두려운 나머지 주현 황자를 억류한 것이다.

황자는 황제 혹은 왕이 될 수 있는 자이니만큼, 일이 잘만 풀리면 처벌받지 않고 진짜 이 춘경성 지역의 왕처럼 살 수 있게 되는 것이니까.

이 춘경성 정도면 원래도 어느 정도 독립적인 지역이고.

하지만 결국 이 계획은 주현 황자의 동의가 필요한데, 그가 거부해서 고문까지 했다는 것이다.

그리고 이전 삶에서 주현 황자가 왜 죽었는지 알 것 같다.

저들이 죽인 거다.

자신들의 죄를 덮기 위해서.

황자를 고문했다는 건 구족을 멸할 만한 일이니까.

그나저나 지금까지 시간이 제법 걸렸는데 아직 황자가 동의하지 않았다니……

문득 이전 삶에서 친분이 있던 진승왕이 자신의 형에 대해 평했던 말이 떠올랐다.

"제 형님이 참 총명하면서도 강단이 있으셨습니다."

나는 속으로 중얼거렸다.

정말 진승왕 전하의 말대로네요.

이제, 중요한 질문이다.

"하지만 이해가 안 되는 부분이 있습니다. 그간 황제 폐하 몰래 춘경성을 수탈하는 것에 만족했던 자들입니다."

나는 말을 이었다.

"그런 자들이 독립된 나라를 세우자는 대범한 생각을 했다는 것은 말이 되지 않습니다. 다른 흑막이 있을 듯한데, 짐작 가는 데가 있습니까?"

연유문이 누군가를 떠올린 듯 고개를 끄덕이며 말했다.

"아, 어느 날부터 갑자기 못 보던 자가 보였습니다. 백여 명의 무림인들과 함께 왔는데……."

아, 저택을 구경할 때 본 자들이군.

"사신들과 변절자들이 그의 지시를 받아 행동하는 듯 보였습니다."

"그자가 흑막이겠군요."

"그럴 것 같습니다. 소단주의 지원을 받는 것도 그자의 재가를 받고 진행되었습니다."

그건 다행이네.

나는 속으로 피식 웃었다. 그럼 그렇지.

피비린내 섞인 흑도의 기운이 느껴진다고 했더니……

그가 사신들과 변절자들을 설득하여 일을 벌인 거다. 그리고 그는 일이 틀어지면 재빨리 도망가겠지.

그는 무림맹의 잠어 중에 하나가 틀림없다.

이전에 충진왕의 역모 사건을 뒤에서 부추겼던 양은직이라는 자도 잠어였지.

그나저나 욕심이라는 건 참 무섭네.

저들이 일을 벌인 건 본인의 욕심을 채우기 위해서였으니까.

나라고 욕심이 없을까?

하지만 내게는 철칙이 있다.

아무리 욕심나는 것이라고 해도 남을 희생시키면서까지 욕망을 채워서는 결코 그 끝이 좋지 못하다는 것이다.

"저, 그런데……."

연유문이 내게 조심스럽게 물었다.

"어느 모습이 진짜입니까?"

"네? 무슨 의미입니까?"

"지금 보는 모습과 아까 봤던 모습이 상당히 달라서 말입니다."

이에 나는 피식 웃었고, 그에게 되물었다.

"어떤 모습이 진짜 같으십니까?"

잠시 생각하던 그가 머뭇거리며 대답했다.

"둘 다…… 진짜 모습이 아닌가 합니다."

내가 그렇게 연기를 잘 했나?

"하지만, 선협미랑이라 불리는 이유가 있겠죠. 또한 호위무사들의 눈에서는 굳은 신뢰가 느껴졌습니다. 그래서 저는 지금의 이 모습이 진짜라고 믿고 싶습니다."

"그 믿음에 보답해야겠군요."

나는 미소 지으며 말을 이었다.

"우선, 황자마마께서는 어디에 계십니까? 그분을 먼저 확보해야 춘경성은 무죄라는 것을 밝힐 수 있습니다."

"이 춘경성 지하의 뇌옥에 계십니다."

.
.
.

 나는 연유문의 방에서 몰래 나와 곧장 지하 뇌옥으로 잠입했다.
 우선 황자를 구출하는 것이 최우선 과제였기 때문이다.
 일이 틀어지면, 저들은 황자를 먼저 죽일 터.
 그나저나 내 이전 삶에서, 변절자들은 살았을까? 죽었을까?
 주현 황자가 죽고 춘경성 성주가 가혹한 형벌을 받았다는 건 변절자들이 자신들에게 유리하게 증거를 조작하고 보고했다는 의미다.
 어? 좀 이상한데?
 연유문의 말에 의하면 저들이 원하는 건 이곳의 왕으로 군림하는 건데…….
 하지만 일단 그 의문을 접어두고 뇌옥의 뒤쪽으로 향했다.
 연유문이 알려 준 입구로, 성주와 자신만이 알고 있는 비밀 통로라고 했다.
 그를 조력자로 만들길 잘했군.
 아래에서 세 번째 벽돌이라고 했지.
 스윽.
 벽돌을 밀자, 소리 없이 통로가 나타났다.

중심축을 기준으로 빙글 돌아가는 형태의 문이다.

나는 그 문을 통해 안으로 들어갔다.

뇌옥은 그 분위기가 대동소이하다. 어둡고, 음침한 곳. 그리고 소리가 잘 울리는 곳.

그건…….

"으으윽!"

저 고문할 때의 비명과 신음 소리를 듣고 다른 이들이 겁에 질리게 하기 위함이지.

"이제 그만 저희의 청을 들어주시지요. 황자마마."

"……."

"언제까지 버틸 생각이십니까?"

"……."

"아시다시피 제가 금의위잖습니까? 그만큼 고문에는 아주 탁월하죠."

"……."

"후, 이 독한 새끼! 그 아비에 그 아들이라고! 독하다 독해!"

"……."

쾅!

나는 인기척이 완전히 사라진 것을 확인하고 슬그머니 그쪽으로 다가갔다.

그리고 뇌옥의 벽에 매달려 있는 사람을 본 순간, 말문이 막히고 말았다.

황자?

그 얼굴에서 황제의 얼굴이 좀 보인 덕분에 그가 황자라는 것을 알 수 있었다.

와…… 용케 얼굴만 멀쩡하네.

하긴, 대외적으로 활용하려면 얼굴은 멀쩡해야 하니까.

그나저나 대단하다.

저렇게 몸이 만신창이가 될 때까지 고문을 당하면서도 저들의 제안을 받아들이지 않았다니.

그런데 저 상태면 고문을 받다가 죽을 것 같은데?

그 순간, 나는 소름이 돋았다.

방금까지 생각했던 그 답을 지금 찾았기 때문이다.

연유문의 말대로 저들은 이곳의 왕으로 군림하는 것이 목적이다.

하지만 황자가 고문을 받다가 죽는다면?

그땐 왕으로 군림하는 계획 자체가 의미가 없다.

황자가 있어야 가능한 계획이니까.

그러면 황자가 죽었기에 할 수 없이 계획을 변경한 거겠군.

춘경성을 힘겹게 탈출한 것으로.

그러니 그들의 말을 듣고 황제와 그 형제가 빡쳐서 춘경성을 밀어 버린 거다.

그 후, 변절자들과 잠어들 사이의 끈이 끊어졌을까?

그럴 리가.

계속해서 그 끈은 이어졌겠고, 금의위의 일에 잠어가 관여하는 일도 계속되었겠지.

와…….

지금 이 일을 꾸민 잠어가 누군지 모르겠지만, 조심해야겠군.

나는 조심스럽게 그에게 다가가 맥을 짚었다.

"……."

내 미간에 주름이 생겼다.

이거, 오래 버티기 힘들 것 같은데?

기력도 기력이지만, 내상이 너무 심각하다.

어떻게 해야 하나 고민하던 중, 좋은 생각이 떠올랐다.

내 소매에서 금령이를 꺼내고 그 앞에서 금자를 흔들었다.

그러자 금령이 눈을 빛내며 침을 뚝뚝 흘리기 시작했다.

아주 완벽하군.

사실을 알면 좀 찜찜하지만, 모르면 엄청나게 효과 좋은 영약급 치료약이다.

.

.

.

다음 날 아침.

"도련님, 일어나셨습니까요?"

"응."

"아침 드셔야지요."

우리는 아침을 먹고, 산책을 한다는 명목으로 주변을

둘러보았다.
 그리고 자연스럽게 점심 식사를 위해 한곳에 모였다.
 "생각보다 병력이 많습니다, 소단주님."
 "저도 알아봤는데, 외부의 병력이 더해진 듯합니다."
 "외부의 병력 말입니까?"
 권직 대협의 물음에 나는 고개를 끄덕여 대답했다.
 "예, 무림의 흑도 세력입니다."
 "……."
 이렇게 된 이상, 우리만의 힘으로는 이 일을 해결하기 어렵다.
 추가적인 지원이 필요한데…….
 그때 밖에서 누군가의 목소리가 들렸다.
 "주군, 주군을 만나고자 하시는 분이 계십니다."
 이 기운은…… 어제 연유문을 감시하던 자 중 한 명인가?
 나는 차분히 문을 열고 나갔다.
 "무슨 일이십니까?"
 "성주님께서 돌아오셨습니다. 하여 어제 말했던 증명서를 써 주신다고 합니다."
 "그거 잘 되었군요."
 "그 전에, 성주님의 군사를 맡으신 분께서 잠시 이야기를 나누고 싶다고 하십니다."

 잠시 후.

나는 저택의 한 방으로 안내되었다.

제법 고급스러운 방.

연유문의 말에 의하면, 이곳은 성주의 방이었다지.

그 안에서 한 남자가 우리를 맞아 주었다.

"환영합니다. 저는 성주님의 군사인, 공호라고 합니다."

"은해상단의 소단주, 은서호입니다."

"앉으시지요."

나는 그가 청하는 자리에 앉았고, 내 뒤에는 서우 무사와 여응암 무사가 섰다.

"제가 이렇게 소단주를 만나고자 한 이유는, 개인적으로 감사를 표하고 싶었기 때문입니다."

그는 말을 이었다.

"현재 상황이 많이 좋지 않았는데, 소단주님의 지원은 아주 큰 힘이 될 것입니다."

"그리 말씀해 주시니 감사합니다만, 아시다시피 이 일에는 대가가 있음을 분명히 아셨으면 합니다. 저는 상인이죠. 이익 없는 장사는 하지 않습니다."

"물론입니다. 그 점 잊지 않고 있습니다."

옅은 미소를 지으며 대답하는 상대.

그에게서는 아까 안내했던 자보다 더 짙은 흑도의 기운이 느껴졌다.

정확히는 피비린내 섞인 흑도의 기운이다.

이자가 이번 일의 흑막이자, 무림맹의 잠어로군.

나는 살랑살랑 부채로 얼굴을 부치며 말했다.

"그나저나 한 가지 궁금한 것이 있는데 제 의문을 좀 풀어 주시겠습니까?"

"말씀하십시오."

"어찌하여 이곳 운남에는 사신들을 자객으로부터 보호하기 위해 외부인을 통제한다고 한 것입니까? 제가 이곳 운남에 도착했을 때 그 말을 듣고 얼마나 당황했는지요."

"아, 그 일을 말씀하시는 거군요."

그는 고개를 주억거렸다.

"그건 저희가 이 일을 위해 준비할 시간을 벌기 위함입니다. 자고로 가까이에 있는 적이 가장 무서운 법 아니겠습니까?"

"확실히…… 그 말씀이 맞습니다. 다시금 군사님의 지략에 탄복하게 되는군요."

"뭘요. 변변치 않습니다."

그는 겸양을 표했지만, 그 얼굴에는 만족과 희열이 가득했다.

이 자식, 남에게 인정받는 것에 목마르군.

하긴, 잠어라는 자들은 일을 성공시켜도 그게 자신이 한 일임을 자랑할 수가 없지.

그러니 얼마나 입이 근질거리겠는가?

그렇게 그의 가려운 부분을 살살 긁어 주자, 그는 흡족한 표정을 지었다.

나는 자연스럽게 찻잔을 바닥으로 떨어트렸다.

툭.

"아! 죄송합니다."

나는 몸을 굽혀 찻잔을 주우며 그의 신발을 살폈다.

서향 소저가 내게 '그의 신발을 살피세요.'라는 내용의 조언을 했기 때문이다.

'그'가 누군지 알 수 없었기에, 지금까지 만나는 이들의 신발을 모두 살폈었다.

이번에도 그녀의 조언대로 그의 신발을 살피려 했지만, 탁자보에 가려져 있어서 이렇게 할 수밖에 없었다.

"……."

그런데 내 뇌리에서 금령이의 목소리가 들렸다.

- 꾸이!

응? 금령이가 반응한다고?

"괜찮으십니까?"

"아, 저는 괜찮습니다. 다행히 찻잔은 깨지지 않았지만, 차가 엎질러져서 깔개가 더러워졌습니다."

"괜찮습니다. 바꾸면 되니까요."

나는 안도했다는 표정을 지으며 화제를 돌렸다.

"실례했습니다. 그나저나 그 공증문서는 언제쯤 받을 수 있을까요?"

"늦어도 오늘 저녁까지는 드릴 수 있도록 하겠습니다."

"그럼, 현재 이곳에 주둔하고 있는 병력의 수를 알 수 있겠습니까?"

내 물음에 그가 눈을 가늘게 떴다.

"자고로 병력에 관한 것은 기밀이라는 것을 모르시지 않을 터, 그건 왜 묻습니까?"

"기밀에 속한 것임은 저 역시 압니다. 하지만 그걸 알아야 더 추가로 지원을 할 것인지, 지원이 없어도 되는지 판단할 수 있으니 말입니다."

"……."

"걱정 마십시오. 이제 저희는 한 배를 탄 사이지 않습니까? 저로서도 이 일이 성공해야 합니다."

"음, 그것도 그렇군요."

"아직 믿기 어려우시면 공증 문서를 주신 후에 알려 주셔도 됩니다."

"그럼, 그렇게 하도록 하죠."

나는 그 방에서 물러나 처소로 돌아가며 방금 보았던 군사라는 자의 신발을 떠올려 보았다.

겉으로 보기엔 평범하지만, 뭔가 느낌이 좀 달랐다.

그리고 결정적으로 금령이가 그 신발을 보고 반응했다. 그 말은 즉, 그 신발이 기물이라는 의미다.

무슨 기물일까?

서향 소저가 내게 조언했다는 건, 그럴 만한 이유가 있다는 의미다.

분명히 중요한 것이거나, 내가 놓쳐서는 안 되는 것들.

그런 고민을 하며 처소에 도착하자, 권직 대협이 나를 기다리고 있었다.

"부르셨다고 하여 기다리고 있었습니다."
"예, 다 같이 얘기를 해 봐야 할 것 같습니다. 모두 모아 주세요."

잠시 후, 모두 내 방에 모였다.
"무슨 일로 부른 겁니까?"
금의위 대협들의 존댓말.
처음에는 서로 어색했지만 지금은 서로 자연스러워진 것을 보면, 역시 사람은 적응하는 존재인 듯했다.
"감사를 표하기 위함이었지만, 제가 볼 때 저를 탐색하기 위함도 있는 듯했습니다."
"그렇군요."
"일단 공증문서를 받은 후, 이곳의 전력에 대해 듣기로 했습니다."
"정말입니까?"
"네. 그래서 그 이야기를 들은 후, 추가적인 지원이 필요할 것 같다는 핑계로 잠시 나갈 생각입니다. 그리고⋯⋯ 그때 황자마마를 모시고 나갈 예정입니다."
내 말에 모두 놀란 눈으로 나를 보았다.
"그 말은, 이미 황자마마께서 어디에 계신지를 알고 있다는 것입니까?"
"그렇습니다."
하지만 현재 황자가 고문을 당하고 있고, 상태가 좋지 않다는 것까지는 말하지 않았다.

이를 알게 되면 분노할 테고, 그로 인해 일을 그르칠 수 있으니까.

"우선 황자마마를 안전하게 모신 후에 추가 병력을 요청하도록 하죠. 그리고 대부분의 인원은 이곳에 남겨 놓을 겁니다. 그래야 의심을 피할 수 있으니 말입니다."

그 말에 권직 대협이 먼저 손을 들었다.

"저는 이 안에 남도록 하겠습니다. 제가 이번 일의 책임자니까요. 제 일신의 안위를 위해서 다른 이를 희생시킬 수는 없습니다."

좋은 사람이네.

하지만 이 안에 남아 있는 것이 꿀 빠는 일일 수도 있는데 말이지.

"다만, 소운은 데리고 나가셨으면 합니다. 이곳은 많이 위험하지 않습니까?"

그 말에 나는 순간 의문이 들었다.

저번부터 든 생각인데, 묘하게 금의위 대협들이 소운 대협을 많이 챙겨 주는 듯했기 때문이다.

게다가 다른 금의위들과 다르게 내 도발에 쉽게 넘어간 것도 그렇고.

단순히 어리다든지 막내라든지 하는 그런 이유 때문만은 아닌 듯했다.

뭔가 다른 이유가 있겠지만, 지금은 그게 중요한 것이 아니니 그 생각은 일단 미뤄 두었다.

"이번 일은 발이 매우 빨라야 합니다. 그리고 이곳보다

밖이 더 위험할 수도 있습니다. 뒤처지면 저는 그냥 버리고 갈 거니까요."

"그럼 한석을 데리고 가십시오. 저희 중에 발이 가장 빠릅니다."

"그럼 한석 대협만 저를 따르세요."

"알겠습니다."

그리고 나는 남은 이들에게 어찌 행동해야 할지 세세하게 지시했다.

"해산하세요."

"네."

모두가 나가고, 나는 혼자 차를 마시며 생각에 잠겼다.

계획은 다 세워졌지만, 아직 공호라는 자의 신발에 대해 명확하게 결론을 내지 못했기 때문이다.

나는 황자를 업고 전속력으로 달려 황궁으로 갈 생각이다.

주강마도 빠르긴 하지만, 초절정인 내 경공보다 빠를 수는 없지.

그런데 신발…… 아?

계획을 복기하다 보니 문득 한 가지 생각이 뇌리를 스쳤다.

그 기물이 빠르게 달릴 수 있게 하는 기물인 건가?

나는 서향 소저의 조언의 의미를 이제야 깨달았다.

그의 신발이 기물이라는 것을 알아차리지 못한 탓에 내가 곤란에 처하게 된다는 의미다.

내 계획을 무사히 진행하기 위해서는 그 기물을 없애야 한다는 뜻이겠군.

어떻게 없애지?

잠시 고민하던 나는 피식 웃었다.

귀한 기물인데 그렇게 함부로 없애면 안 되지. 암.

훔치자!

도둑질은 내가 좋아하는 일이 아니지만, 그 대상이 무림맹의 잠어라면 이야기가 다르지.

그렇게 결심하고는 어떻게 그 신발 기물을 훔칠지 고민했다.

그 정도로 귀한 기물이라면 잘 때도 벗지 않을 것 같으니 말이지.

그것을 일단 벗게 해야 훔치든 말든 할 수 있다.

그때 팔갑이 안으로 들어오며 투덜댔다.

"후, 역시 운남은 벌레가 엄청 많습니다요."

"당연하지. 벌레가 살기 좋은 환경이잖아."

"그러니까 말입니다요."

그래, 그러면 되겠군!

팔갑을 보자 문득 떠오른 묘안 하나가 있었다.

"저기, 팔갑아. 부탁이 있는데. 개미 한 열 마리 정도만 잡아다 줄래?"

"네?"

"그리고 요즘 수련의 성과가 제법 있다지? 그 성과 좀 보자."

.
.
.

그날 점심을 먹은 후 다시 군사의 방으로 가서 공증문서를 받았다.

그곳에는 내가 춘경성의 일에 도움을 주었고, 그 대가로 향후 십 년간 춘경성의 독점 거래권을 준다는 내용이 적혀 있었다.

"좋습니다."

"그리고 여기, 그대가 궁금했던 것이 있습니다. 여기서 읽고 태우십시오."

"알겠습니다."

나는 그 문서를 펼쳤다.

와…… 따로 데리고 온 무사가 이백 명이라고? 연유문은 백여 명이라고 했는데?

참 많이도 긁어모았네.

하지만 여기에 빠진 이들이 있다.

동창과 금의위의 변절자들.

그리고 내 앞의 공호라는 자.

내가 본 이자의 경지는 일류 정도다. 그 정도만 해도 상당한 전력이 된다.

나는 이를 머릿속에 잘 집어넣고 문서를 촛불에 태웠다.

화르륵!

그리고 잠시 생각하는 척하다가 말했다.

"아무래도 제가 이번에 지원하기로 한 재물로는 턱없이 부족할 것 같습니다. 외부로 나가서 재물을 좀 더 챙겨오겠습니다."

나는 말을 이었다.

"하지만 다른 사람들의 눈에 띄면 좋을 것이 없으니, 소수만 데리고 움직일 생각입니다."

"호위무사들을 다 데려가지 않겠다는 겁니까?"

"예. 두세 명 정도만 데리고 다녀올 생각입니다. 그러니 제가 없는 동안 잘 부탁드립니다. 꽤나 돈과 시간을 들여 거두고 키운 이들입니다."

"그리하지요."

"빠르게 다녀올 것이니, 오래 걸리지는 않을 겁니다."

* * *

공호는 자신의 처소로 돌아왔다. 그리고 파안대소할 수밖에 없었다.

"흐흐흐, 어리석은 놈! 위명이 자자해서 긴장했더니 그냥 돈만 밝히는 놈이었군."

방금 그가 본 은서호의 눈에는 탐욕이 가득했다.

방금 전 대면을 통해 그는 은서호에 대한 의심을 완전히 거두었다.

그는 히죽 웃으며 방 한쪽에 놓여 있는 상자를 열었다.

은서호가 가지고 온 재물이다.

"흐흐흐, 이게 다 얼마야?"

공호, 그는 무림맹의 잠어다.

그가 명을 받은 건 이 춘경성을 지배하든지, 아니면 이곳을 싹 밀어 버리는 것.

그 이유는 모른다.

자신은 그저, 윗전이 하라는 대로만 할 뿐이다.

그가 잠어가 된 건 돈 때문이다.

하나의 일을 성공할 때마다 상당한 보수가 주어졌고, 열 가지의 일을 성공하면 계약에서 벗어나 자유로워질 수 있었다.

하지만, 돈을 버니 쓰고 싶은 것이 사람 마음이다.

그러다 보니 생각보다 돈을 많이 모으지 못했다.

그런 만큼 이번 일에서 단단히 한몫 챙겨야 하는 것.

그런데 예상치 못한 거금이 들어왔고, 심지어 더 들어올 예정이다.

그는 상자를 닫고 의자에 앉아 서탁 위에 발을 올려놓았다.

그러고는 신발을 보며 흡족한 미소를 지었다.

그의 신발은 기물로서 '일보천리혜(一步千里鞋)'라는 이름이 있었다.

한 걸음에 천리를 간다는 말처럼, 빠르게 달릴 수 있는 기물인 것.

우연히 이 기물을 얻게 되었는데, 이것은 그의 평생 보물이 되었다.

밤이 되었다.
그는 신발을 신은 채 침상에 누워 잠에 들었다.
소중한 것이니만큼 벗지 않고 자는 것이다.
그때 누군가 안으로 들어왔다.
대놓고 들어오는 거나 마찬가지였지만, 그 누구도 그 곰 같은 덩치를 알아차리지 못했다.
그는 품에서 병을 꺼냈고, 그 병을 공호의 신발 쪽으로 기울였다.
잠시 후.
그 병에서는 개미가 기어 나왔다.
운남에서만 서식하는 개미인데, 평범한 사람이 물리면 상당히 아프다.
하지만 일류 무사쯤 되면 좀 많이 가려운 정도.
아픈 것보다 가려운 것이 사람을 더 미치게 만든다.
잠시 후 반응이 오기 시작했다.
공호가 가려움을 느끼고 신발을 긁기 시작했다.
하지만 왜 가죽신 신고 긁는다는 말이 있겠는가?
"에잉! 이런 씨!"
가려움이 해소되지 않자, 그는 결국 신발을 벗은 후 발바닥을 벅벅 긁기 시작했다.
그제야 시원해졌다. 그때 갑자기 비명 소리가 울려 퍼졌다.

"불이야! 불이야!"
"불이 났다!"
벌컥!
그가 있던 방의 문이 열렸고, 변절자들이 들어와 외쳤다.
"어서 대피하십시오! 지금 이곳으로 불이 번지고 있습니다!"
공호는 다급히 일어나 신발을 찾았지만, 방 안이 워낙 어두워 바로 신발을 찾기가 어려웠다.
"뭐 하는 겁니까?"
"신발을 찾아야 합니다."
"지금 불에 타 죽게 생겼는데 신발이 문제입니까? 그리고 당신이 없으면 우리가 곤란하다고!"
그는 다른 이들에 의해 끌려갔고, 바닥에 내팽개쳐진 일보천리혜는 곰 같은 사내가 슬쩍 집어 들었다.
그 사내는 아까부터 계속 그곳에 있었지만, 그 누구도 그가 그곳에 있음을 알아차리지 못했다.
그는 괜히 머쓱해져 머리를 긁적이다가 주인에게 돌아갔다.

106장. 왜 이렇게 되지?

왜 이렇게 되지?

나는 내 방 안에 있었다.
 방 안은 불을 켜지 않아 어두웠는데, 지금 나는 공식적으로 이곳에 없는 사람이었기 때문이다.
 "불이야! 불이야!"
 "불이 났다!"
 그 소리를 기준 삼아 마음속으로 숫자를 셌다.
 하나, 둘, 셋…….
 그렇게 정확하게 오십을 세었을 때 문이 열리고 팔갑이 들어왔다.
 하지만 기척은 느껴지지 않았다.
 아마 내가 딴 곳을 보고 있었다면, 팔갑이 들어왔는지도 몰랐을걸?
 그래서 내가 팔갑에게 이번 일을 부탁한 것이다.

녀석에게는 살왕의 재능이 있으니까.
"도련님, 여기 부탁한 거 가지고 왔습니다요."
"고마워."
팔갑은 나에게 신발 한 켤레를 건넸다. 그건 공호라는 자가 신고 있던 기물이다.
나는 그것을 얼른 내 비고 안에 넣었다.
"그럼, 아까 말한 대로 부탁할게."
"네. 알겠습니다요. 몸조심하셔야 합니다요."
"응. 너도 조심해."
나는 서우 무사와 함께 어제 갔던 뇌옥으로 향했다.
불이 제법 크게 난 탓에 사람들은 불을 끄는 데만 정신이 팔린 상태였다.
모두 계획대로다.
내처에는 변절자들과 공호가 데려온 무사들만이 머물고 있었기에, 나는 망설임 없이 불을 질렀다.
연유문만이 내처에 머물고 있었지만, 내가 언질을 준 덕분에 바깥에 나가 있었고.
우리는 그 소란을 틈타 무사히 뇌옥에 도착했다.
그리고 전에 연유문이 알려 준 비밀통로를 통해 안으로 들어갔다.
곧 우리는 황자가 있는 곳에 당도했다.
나는 곧바로 검을 뽑아 들어 황자를 구속하고 있는 쇠사슬을 그대로 베어 버렸다.
털썩.

그리고 서우 무사가 그의 몸이 바닥에 떨어지기 전에 받아 들었다.

그 충격에 황자가 눈을 떴지만, 아직 초점이 뚜렷하지 않았다.

그는 입을 열어 뭐라고 하려고 했지만, 나는 얼른 그의 입을 막고 속삭였다.

"무슨 말이든, 나중에 들어 드릴 테니 지금은 조용히 해 주십시오."

그의 옷을 벗긴 후, 미리 준비해 둔, 금령의 침을 상처 곳곳에 발랐다.

빠르게 아물기 시작하는 상처.

역시 금령의 침이 최고라니까.

그리고 따로 준비한 옷으로 갈아입혔다.

아무리 몰래 나간다지만, 피투성이가 된 채로 데리고 나갈 수는 없으니까.

나는 주현 황자를 등에 둘러업었다.

- 갑시다.

- 네.

원래는 서우 무사가 황자를 업겠다고 했지만, 황자를 업고 내 속도를 따라오는 것은 무리기에 내가 황자를 업기로 했다.

우리는 뇌옥에서 나와 은밀하게 춘경성의 성문으로 향했다.

그곳에는 한석 대협이 문지기들을 모두 기절시킨 상태

로 우리를 기다리고 있었다.
"황자마마를 구출하신 겁니까?"
"네. 북경까지 모셔만 갈 수 있으면 됩니다만, 상황이 상황인 만큼 쉬지 않고 달려야 합니다. 대협도 각오는 하셨습니까?"
"물론입니다. 죽을힘을 다하겠습니다."
나는 고개를 끄덕이고는 그대로 바닥을 박찼다.

* * *

몇 시진 후 춘경성 성주 저택에 일어난 불이 꺼졌다.
그제야 사람들은 한숨을 돌릴 수 있었다.
"내 신발! 내 신발!"
누구보다 불이 꺼지기를 원했던 공호는 얼른 자신이 있던 방으로 들어갔다.
그리고 신발을 찾기 시작했다.
하지만 아무리 찾고 또 찾아도 신발은 보이지 않았다.
"어, 어디로 간 거지? 내 신발이……."
그는 당혹스러움을 감추지 못했다. 그런 그에게 사신 중 하나가 물었다.
"왜 그러십니까?"
"내 신발이 사라졌습니다!"
"그깟 신발 하나 가지고 뭘 그리 호들갑입니까?"
그 핀잔에 공호가 답답하다는 듯 외쳤다.

"젠장! 그냥 신발이 아닙니다! 내 신발은 기물이란 말입니다! 일보천리혜라는 기물이라고!"

"기, 기물이었단 말입니까?"

그때 누군가 방 한구석을 가리켰다.

"여기, 신발이었던 것처럼 보이는 것이 있습니다만……."

그 말에 그는 얼른 그곳으로 달려갔다. 하지만 그의 눈에 보인 건 거의 타 버린 신발이었다.

사실 그건 은서호의 지시를 받아, 팔갑이 다른 신발을 그곳에 놓아 둔 것이었다.

하지만 그걸 모르는 공호는 그것이 자신의 기물 신발이라고 생각할 수밖에 없었다.

털썩.

그는 그 자리에 주저앉았다.

자신의 목숨만큼 귀한 보물이 타 버린 것이다.

눈앞이 하애지며 슬픔이 차올랐다. 황망하여 그저 허공만을 바라보고 있었다.

그때, 뇌옥의 간수가 달려와 외쳤다.

"크, 큰일입니다! 뇌옥에 갇혀 있던 황자가 사라졌습니다!"

"뭐?"

"쇠사슬이 잘린 것을 보니, 누군가가 침입한 듯합니다."

그 말에 모두 귀물이고 화재고 뭐고 잊은 채 다급히 뇌옥으로 달려갔다.

그 말대로 쇠사슬은 잘려 있고, 황자가 있어야 할 자리에는 피투성이가 된 속옷만이 남아 있었다.
 그때 다른 누군가가 달려와 보고했다.
 "문지기들이 기절해 있었다고 합니다! 누군가 침입했던 것이 틀림없습니다."
 "그럼 대체 누가?"
 "차분히 생각해 보죠. 일단 문지기들을 기절시킨 후 도주했다는 건, 침입을 위해서도 문지기들을 때려 눕혀야 가능한 일이라는 것 아닙니까?"
 "하지만 아까 불이 나기 전만 해도 문지기들이 멀쩡한 것을 확인했습니다만."
 "그 말은 즉, 내부의 누군가가 배신했다는 건데?"
 "누구냐! 누가 대체 이런 짓을!"
 가장 먼저 용의자로 지목된 이는 최근에 들어온 외부인인 은서호 일행.
 하지만.
 "우리 소단주님은 아까 군사님을 만나고 오신 후에 곧바로 가셨습니다요."
 "사실인가?"
 "문지기분들도 봤고……. 그리고 아까 직접 배웅도 하셨으면서 왜 물으십니까요?"
 "험, 그, 그랬지."
 "그럼 대체 누가……."
 그때 여응암 무사가 말했다.
 "저, 아까 한 분이 좀 이상했습니다. 여기 뺨에 상처가 있던 분 말입니다."

"대철이?"

"네. 성함은 모르겠지만, 어쨌든 그분이 뭔가 보따리를 들고 계속해서 주변을 두리번거리면서 어딘가로 분주하게 가는 것이 좀 이상했습니다."

"그자를 찾으십시오."

공호의 말에 모두 흩어져 그를 찾았지만, 아무리 찾아도 보이지 않았다.

공호는 분노를 터뜨리며 말했다.

"이로써 확실하군요. 진대철, 그 금의위가 배신자군요!"

.

.

.

그렇게 금의위 진대철이 배신자인 것이 확실시되었고, 그로부터 한두 시진 후.

성주의 저택의 으슥한 곳.

은서호가 빌린, 오로지 성주와 연유문만이 알고 있던 그곳의 기둥에 진대철이 묶여 있었다.

'여긴 어디지? 난 어디에 있지?'

정신을 잃었던 건 기억이 났다. 정신을 차려 보니 자신은 이곳이었다.

아혈이 점해지고, 눈이 가려진 채였기에 자신이 어디 있는지, 무슨 상황인지 도통 알 수가 없었다.

그렇게 두려워하며 아혈이 풀리기를 기다리던 중.

문이 열리는 소리에 이어 귀에 익은 목소리가 들렸다.
"이렇게 보니, 반갑군."
"⋯⋯!"
곧 눈앞이 밝아지더니, 그 목소리의 주인이 보였다.
동료 금의위인 권직. 그가 싸늘한 표정으로 자신을 노려보고 있었다.
"그래, 행복한 꿈은 잘 꾸었나?"
"⋯⋯."
"이제 슬슬 꿈에서 깰 시간이네. 그러고 보니 자네, 황자마마를 고문했다지?"
그가 바로 주현 황자를 고문한 장본인.
권직 일행은 오늘의 소동을 통해 그 사실을 알게 되었고, 분노했다.
하지만 곧 그들은 침착함을 찾을 수 있었다.
은서호가 이를 그들에게 말하지 않은 이유를 깨달았기 때문이다.
'경거망동하지 말라는 거겠지.'
그들은 혹시라도 소운이 난리를 칠까 걱정했지만, 은서호에게 받은 정신교육의 효과가 남아 있었는지 그저 입술만을 깨물 뿐이었다.
'우리보다 더 분노하면 분노했지 덜하지 않을 터인데⋯⋯.'
권직은 진대철에게 말했다.
"자네의 그 꿈을 깨게 하려면 아무래도 도움을 좀 주어야 할 것 같네."

그는 단검을 들었고, 이를 본 진대철은 몸서리쳤다.

그가 자신보다 더 고문에 능통하다는 것을 너무나 잘 알고 있었으니까.

"그리고 이렇게 도움을 줘야 우리가 원하는 대답을 해줄 것 같아서 말이지."

곧 느껴지는 어마어마한 고통.

아혈이 점해져 있었기에 비명도 지르지 못했다.

하지만 그 누구도 그를 안타깝게 여기지 않았다.

그의 귓가에 권직의 목소리가 들렸다.

"걱정하지 말게. 죽을 정도로는 하지 않을 터이니까. 자네의 죄는 황제 폐하께서 물으실 걸세."

* * *

주현 황자의 희미했던 정신이 서서히 또렷해졌다.

그는 이를 악물었다.

이제 또다시 고문을 동반한 회유와 협박이 시작될 테니까.

처음부터 자신과 함께 했던 사신들이 그리 나온 건 아니었다.

지금까지보다 훨씬 많은 부와 명예를 제시하며 그를 회유했다.

춘경성에 나라를 세우고 왕이 되자고.

하지만 그럴 수는 없었다.

이제는 춘경성에 대한 수탈을 멈춰야 한다는 생각과 동시에 아버지인 황제가 얼마나 무서운 사람인지 알기 때문이었다.

자신이 회유에 넘어가지 않자, 그들은 극단적인 방법을 택했다.

자신을 강제로 제압해서 뇌옥에 가둔 것.

그 와중에 이를 막고 자신을 구하려 했던 내관과 무사들은 죽임을 당했다.

그들의 죽음을 애도할 시간도 없이, 지옥 같은 나날들이 시작되었다.

사람에게 이렇게까지 고통을 줄 수도 있구나 싶은, 듣지도 보지도 못한 고문들.

그것들을 몸으로 직접 겪었지만, 결코 저들이 바라는 대답은 할 수 없었다.

그가 당하는 고문보다 황제인 아버지가 더 무서웠으니까.

아버지일 땐 무척이나 다정한 분이었지만, 군주로서의 아버지는 무척이나 무서웠다.

그걸 직접 곁에서 지켜봤기에 무척이나 잘 알았다.

그리고 그는 아버지를 믿었다.

반드시 자신을 구해 줄 것이라고.

하지만 점점 고문의 강도가 높아졌고, 몸이 더 이상 견딜 수 없는 지경에 이르렀다.

그래도 그는 절대 입을 열지 않았다.
오직 정신력으로 버텼다.
점점 정신은 혼미해졌고, 이렇게 죽는구나 싶을 때.
누군가 그에게 무언가를 먹여 주었다. 그건 무척이나 달콤했다.
전설에서 나오는 감로수가 이런 것이 아닌가 싶을 정도였다.
쓰리고 아팠던 속이 회복되는 것이 느껴졌다.
그와 동시에 귓가에 들리는 목소리.

"절대 죽으면 안 됩니다. 끝까지 버티셔야 합니다. 곧 이 고생에 대한 보답을 받으실 테니까요."

그 목소리에 다음 날도 굳건히 버티긴 했지만, 결국 기절하고 말았다.
그리고 뭔가 이상한 느낌이 든 그는 눈을 떴다.
희미한 눈에 보이는 얼굴은, 무척이나 아름다운 얼굴이었다.
그래서 선녀인 줄 알았다.
하여 도와 달라고 하려 했지만, 그 손이 그의 입을 막았다.
그리고 다시 들려온 목소리.

"무슨 말이든, 나중에 들어 드릴 테니 지금은 조용히

해 주십시오."

 그 목소리는 이전에 들었던, 끝까지 버티라는 목소리였다.
 왠지 모르게 안도감이 들며 다시 정신을 잃었고, 지금 깨어난 것이다.

 '응?'
 하지만 이내 뭔가 이상함을 느꼈다.
 평소 느껴지던 흙내와 피비린내가 아닌, 약 향이 느껴졌기 때문이다.
 더 이상 아프지 않았다.
 '혹시 난, 죽은 건가?'
 그런 생각이 들 정도였다.
 점점 정신이 또렷해지며 몸에 침 같은 것이 꽂혀 있음이 느껴졌고 누군가의 대화가 들렸다.
 "왜 아직 황자마마께서 정신을 차리지 못하시는 건가?"
 귀에 익은 목소리.
 그를 보필하던 내관 중 황궁에 남아 있던 내관의 목소리다.
 "기력이 많이 쇠해지셨습니다. 그래도 미리 영약을 먹인 덕분에 아직 살아 계시는 겁니다."
 이에 그는 희망을 담아 목소리를 내었다.
 "으……."

"황자마마!"

"황자마마! 정신이 드시옵니까? 황자마마!"

"마, 만웅이?"

"네! 황자마마! 저 만웅이옵니다! 제 목소리를 알아보시겠사옵니까?"

"내, 내가 지금…… 어디에 있느냐?"

"이곳은 황궁, 황자마마의 처소이옵니다."

"어, 어찌 된 일이냐? 내가 내 처소에 있다니?"

자신이 잡혀 있던 곳은 운남.

황궁인 북경과는 완전히 정반대라고 해도 될 정도로 먼 거리다.

"황제 폐하의 명을 받은 금의위 대협들이 황자마마를 구출했사옵니다."

"그럼 나를 업고 온 자는 누구냐?"

중간에 잠깐 정신이 들었을 때 누군가 자신을 업고 달리던 것이 기억났다.

그 등에 땀이 흥건할 정도로 애를 쓰면서.

그리고 "소단주님, 제가 업겠습니다."라고 누군가 말했던 것도 기억이 났다.

그 물음에 내관 만웅이 대답했다.

"은서호 소단주입니다."

은서호라면, 그도 알고 있다. 아버지인 황제가 무척이나 총애하는 인물이니까.

"금의위의 한석 대협의 말에 의하면 황자마마의 구출

에 있어 무척이나 결정적인 역할을 했다고 합니다."
"그는 지금 어디에 있는가?"
자신을 구해 준 것에 대해 감사를 전하고 춘경성은 죄가 없음을, 사실 그들은 억울하니 그들을 도와 달라고 말해야 했다.
"그게…… 지금 이곳에 없습니다."
"없다니?"
"금군을 이끌고, 다시 운남성으로 향했습니다."
그 말에 놀란 주현 황자는 벌떡 일어나 소리쳤다.
"아, 안 된다! 춘경성주는 무죄란 말이다!"
"네. 압니다."
"응? 아, 안다고?"
"네. 황자마마. 저들이 운남성으로 향한 목적은 이번 일을 저지른 파렴치한 변절자들을 잡아 처벌하고 희생된 춘경성주와 성의 주민들을 위함이옵니다."
"아…… 그런가."
그 말을 듣자마자 긴장이 풀린 주현 황자는 그대로 다시 침상에 쓰러졌고, 정신을 잃었다.

* * *

나는 지금 다시 운남성으로 향하고 있었다.
아이고, 내 팔자야.
북경에서부터 운남까지 몇 번을 오가는 거야…….

그래도 다행히 주현 황자가 죽기 전에 구할 수 있었다.

만약 서향 소저의 조언이 없었다면 정말 큰일 날 뻔했지.

하지만 아직 일은 끝나지 않았다.

팔갑과 호위무사들이 춘경성에 남아 있고, 변절자들도 처리해야 하니까.

그나저나 황제는 나에게 보상으로 원하는 것을 말하라고 했는데, 나중에 말하겠다고 했다.

사실 내가 보상으로 생각해 놓고 있는 건 있었다.

나를 좀 내버려 두라고.

나는 상인이지, 금의위가 아니란 말이다.

.

.

.

우리는 최대한 빠르게 이동해 춘경성에 도착했다.

"누구십니까?"

"이곳은 지금 외부인을 통제하고 있습니다."

문지기가 나를 몰라보자, 나는 섭섭하다는 티를 팍팍 냈다.

"이거 서운합니다. 제가 이 춘경성에 갖다 바친 돈이 얼마인데 제 얼굴도 몰라보다니 말입니다."

그리고 서우 무사와 한석 대협이 들고 있는 상자를 가리키며 말했다.

"저 그냥 갈까요?"

그때 성문이 벌컥 열리고, 누군가 달려 나왔다. 사신단에 속해 있던 자였었지.

"이, 이게 무슨 무례냐! 큰 은인이신 대협께!"

그러고는 나를 보며 멋쩍게 웃었다.

"하하하하! 미안하네. 최근 성 안에서 불미스러운 일이 있어서 경계가 삼엄해졌다네."

"불미스러운 일이요?"

그는 고개를 끄덕이더니 내게 다가와 속삭였다.

"자세한 건 들어가서 이야기해 주겠네."

우리는 성주의 저택으로 가는 동안, 춘경성에서 일어났던 일에 대해 자세히 들을 수 있었다.

"그러니까 저택에 불이 났고, 군사님의 기물 신발이 타버렸으며, 뇌옥에 갇혀 있던 황자마마를 진대철이라는 자가 빼돌렸다는 겁니까?"

"그렇다네."

"그런데…… 황자마마께서 뇌옥에 계셨던 겁니까?"

내 물음에 사신은 긴장한 눈으로 나를 보더니, 이내 한숨을 내쉬었다.

"어쩔 수 없었다네. 우리의 대업을 위해서라도 황자마마의 협조가 반드시 필요한데 얼마나 고집이 센지…… 하여 눈물을 머금고…… 그럴 수밖에 없었다네."

후, 눈물을 머금고 좋아하시네.

얼굴만 멀쩡하고 나머지 부분은 성한 부분이 없을 정도로 고문을 가했으면서 뭐?

하지만 그 분노를 드러낼 수는 없지.

"뭐…… 그럴 수밖에 없던 사정이 있으셨겠지요. 그나저나 이거 큰일입니다. 만약 황자마마를 뇌옥에 가두었다는 것을 황제 폐하께서 알게 되신다면……."

"알고 있네. 그래서 지금 진대철 그자를 찾는 데 사력을 다하고 있네."

그러는 사이 저택에 도착했는데, 나는 말문이 막히고 말았다.

"……."

와, 진짜 제대로 불을 질렀네. 내가 그렇게 부탁하긴 했지만, 이 정도일 줄은…….

그는 나를 보며 쓴웃음을 지었다.

"놀랐지? 정말 꼴이 말이 아니게 되었네."

물론 오해다.

지금 나는 속으로 통쾌함을 느끼고 있었으니까.

"그럼, 지금 어디서 머물고 계십니까?"

"내처가 불에 탔으니 어쩔 수 없이 외처와 별당에 머물고 있다네."

"그럼 원래 그곳에 머물던 분들은……."

"우리가 알 바인가. 다른 곳으로 보냈으니 알아서 지내겠지."

나는 속으로 미소를 지었다.

내가 불을 지른 건 내가 황자를 구할 때 시선을 돌리기 위한 것 말고도 다른 목적이 있었다.

춘경성의 식솔들을 저택 바깥으로 빼내기 위해서.
아무래도 저택 바깥에 있는 편이 그들을 구출하기 쉬우니까.
"성주님께서는 무사하십니까?"
내 물음에 그는 살짝 머뭇거렸지만, 이내 고개를 끄덕였다.
"그럼, 무사하시다네."
"다행입니다. 그럼 성주님을 뵐 수 있습니까?"
"지금 다른 곳에 시찰을 가셨다네. 군사님을 뵈면 될 걸세."
"그럼 그리하겠습니다."

.

.

.

군사 공호를 만나 심심한 위로를 전한 후 자금을 건넸다.
물론 그 자금을 본 공호는 좋아서 입이 떡 벌어졌다.
"노파심에 말씀드리는 건데, 그 자금을 잘 챙기셔야 할 것 같습니다."
"그야 당연하지. 그런데…… 괜히 그런 말을 하는 게 아닌 듯하군."
"방금 저를 이곳에 데려다준 분을 기억하십니까?"
"물론이네. 황제 폐하의 내관이자 춘경성에 사신으로 온 자가 아닌가?"

"제가 가지고 온 저 자금을 보는 눈이 심상치 않더군요. 자칫하면 제가 가지고 온 자금들이 다른 누군가의 배를 불리는 데 사용될 위험이 있습니다."
"알겠네. 내 주의하지."
"그럼 저는 이만 가 보겠습니다."
나는 자리에서 일어났고 내 처소로 향했다. 그나저나 신발이 타 버렸다는 것이 제법 충격이 컸나 보네.
내가 가져온 돈을 보기 전까지 얼굴이 죽을상이었으니.

내가 머물고 있던 별채에 들어서자, 팔갑이 달려와 나를 맞아 주었다.
"오셨습니까요? 도련님."
"그래, 별일 없었지?"
내 물음에 팔갑은 고개를 끄덕였다.
"그리 심각한 일은 없었습니다요."
그 말은 즉, 심각하지 않은 일은 좀 있었다는 의미군.
팔갑은 나에게 그동안 있었던 일에 대해서 설명해 주었다.
모두가 볼 때 나와 일행이 성문을 나선 덕분에 의심을 받지 않았다라…….
의도대로 되기는 했는데, 의문이 하나 남았다.
설명대로라면 그 기물 신발을 훔치지 않았어도 내 계획에는 문제가 없었을 거 같은데.

왜 서향 소저는 내게 그런 조언을 한 거지?
이리저리 고민해 봤지만 마땅한 결론이 나오지 않았다.
뭐, 나중에 알게 되겠지.
좋은 기물 얻어 둬서 나쁠 건 없으니까.
"모두 집합하라고 해."
"알겠습니다요."
금세 모두가 내 방으로 모였다.
"무사하셔서 다행입니다."
내 말에 권직 대협이 대답했다.
"저희 정체가 발각될 뻔한 적이 있긴 했지만, 그때마다 소단주님의 호위무사들의 도움으로 모면할 수 있었습니다."
역시, 문제가 있긴 있었나 보군.
그래도 무사히 넘어갔다니 나중에 들어 봐야겠다.
"다행이군요."
나는 고개를 끄덕이며 바깥 상황을 설명했다.
"우선, 황자마마는 무사히 황궁으로 모셨습니다. 그리고 지금 이곳으로 금군 오천 명이 오고 있습니다."
"네?"
"금군 오천 명이라고 했습니까?"
화들짝 놀라는 금의위 대협들.
하긴 그럴 만하지.
일반 군사도 아니고 금군을 저렇게 대규모로 파병하는 경우는 흔치 않으니까.

황제가 그만큼 분노했다는 뜻이다.
하긴 내가 황제였어도 이 정도 조치는 취했을 거다.
"약 보름 후에 도착할 예정입니다."
"하지만 그런 대병력이 이동한다면 저들이 미리 소식을 듣고 도주할 수도 있지 않습니까?"
"그래서 소규모로 나뉘어 은밀히 이동하고 있습니다. 어지간한 정보망이 없다면 알기 어려울 겁니다."
나는 그렇게 설명하고는 화제를 돌렸다.
"그나저나 진대철이라는 자와의 이야기는 좀 잘 되셨습니까?"
내 물음에 그는 고개를 끄덕였다.
"일전의 모산파 도사님이 이끌던 두 동료를 죽인 자들은…… 이곳에 파견되어 있던 금의위가 맞았습니다."
"……역시 그랬군요."
"저…… 그러면 앞으로는 어찌해야 합니까?"
청악 대협의 질문에 나는 차분히 설명했다.
"섣불리 무언가를 하려 했다가는 의심을 살 수도 있습니다. 그러니 지금까지처럼 아무 일도 없다는 듯이 행동하십시오."
"알겠습니다. 하지만 아무것도 하지 않는다는 것이 답답합니다."
그 말에 나는 피식 웃었다.
"제가 언제 아무것도 하지 말라고 했습니까?"
"네?"

"저는 섣불리 움직이지 말라고 했지, 아무것도 하지 말라고는 하지 않았습니다."

나는 미소를 지으며 말을 이었다.

"지금부터 저희가 해야 할 것이 있습니다. 바로 저들에게 의심을 불어 넣는 일입니다."

방금 내가 무림맹의 잠어인 공호에게 그리했던 것처럼 말이지.

"서로가 의심하게 만드십시오."

그렇게 회의를 마치고 해산하는데, 소운 대협이 내게 다가왔다.

"저…… 묻고 싶은 것이 있습니다."

"말씀하십시오."

"주현…… 황자마마는 괜찮으십니까?"

"네. 목숨에 지장은 없으십니다."

내 말에 그는 가슴을 쓸어내리며 말했다.

"정말 다행입니다. 그리고 감사합니다. 이 은혜는 반드시 갚겠습니다."

내가 주현 황자의 목숨을 구하기는 했지만, 그래도 금의위의 대협이 이렇게 감격할 정도는 아니다.

나 역시 임무를 받아 그리했을 뿐이니까.

뭐지?

그러나 내 생각은 더 이어지지 못했다. 밖에서 나를 부르는 목소리가 있었기 때문이다.

나를 부른 자는 변절자 중 하나였다.

이름이…… 백선이었나? 황자를 수행해 온 내관이자 사신 중 하나.

"어인 일이십니까?"

"긴히 할 말이 있는데, 시간 좀 있는가?"

"마침 시간이 되는군요. 들어오십시오."

그는 내 방으로 들어오더니 내 호위무사들을 슬쩍 보며 말했다.

"단둘이서만 이야기하고 싶네."

"그러시죠."

나는 흔쾌히 승낙하고는 호위무사들을 물렸다.

"나가서 쉬고 있으세요."

내 명에 그들은 살짝 고개를 숙인 후 방에서 나갔다. 나는 진유 무사에게 전음을 보냈다.

- 위에서 감시하세요.

- 명을 받듭니다.

그리고 겉으로는 태연한 얼굴로 백선에게 말했다.

"차 한 잔 하시겠습니까? 밖에 나갔을 때 가지고 온 차가 있습니다."

"그러지."

나는 직접 차를 우렸고, 찻잔에 차를 따라 주었다.

"드시지요."

그는 차를 한 모금 마시더니 흡족한 표정으로 고개를 끄덕였다.

"참 맛있군."

"입에 맞으시니 다행이군요. 이제 말씀하시지요."
내 말에 백선은 헛기침을 하더니 말했다.
"자네가 볼 때 이번 일, 성공할 것 같은가?"
"왜 그리 물으십니까?"
"자네도 들어서 알 것이네. 진대철, 그 자식이 황자를 빼돌렸음을."
"네. 알고 있습니다."
내 대답에 그는 한숨을 내쉬었다.
"그자가 직접 황자를 고문한다고 자원했었지. 그자가 그리 자원했을 때부터 의심했어야 했어. 그 둘 사이에 모종의 거래가 오갔음이 틀림없네."
"먼저 솔직히 말씀해 주시니 저도 솔직히 말씀드리겠습니다. 저도 조금 걱정입니다. 그자로 인해 자칫 일을 그르친다면 손해가 이만저만이 아닙니다."
"하아, 그러게 말일세. 도통 찾을 수가 없으니……."
당연히 못 찾지.
지금 그는 춘경성의 성주와 연유문만 알고 있는 비밀 공간에 있으니까.
권직 대협의 말에 의하면 지금 손발의 힘줄이 끊어진 채 천장에 대롱대롱 매달려 있다고 했다.
뭐, 자업자득이지.
나는 곤란하다는 표정으로 말을 이었다.
"서둘러 찾아야 할 텐데 말입니다."
"금의위는 금의위라는 건지, 작정하고 숨은 듯하네. 영진척이 없어."

"골치 아프군요."

"그래서 말인데……."

그는 주변을 두리번거리더니 내게 고개를 들이밀며 속삭였다.

"자네에게 부탁하고 싶은 것이 있네."

"무엇입니까?"

"이곳에 있는 다른 녀석들을 제거해 주게."

나는 놀란 듯 눈을 휘둥그레 떴다.

"그게 무슨 말씀이십니까?"

"자네에 대해서 들었네. 황제 폐하의 총애를 받고 있다지? 그러면 자네의 말을 철석같이 믿어 주실 것 아닌가."

"살인멸구를 하자는 말씀입니까?"

"그래, 죽은 자는 말이 없는 법이지. 그들에게 모든 죄를 뒤집어씌우는 거네."

"하지만 진대철이라는 자가 먼저 선수를 칠 수도 있습니다."

"그자와는 따로 움직였다고 하면 되네."

그는 말을 이었다.

"그러니, 이곳의 다른 이들을 제거해 주게나."

진대철이라는 자와 황자가 사라졌다는 것이 제법 불안했나 보다.

설마하니 동료 변절자들을 제거해 달라고 내게 부탁해 올 줄이야.

혹시 이전 삶에서 황자가 고문을 받다가 죽었을 때도 이자가 당시의 계획을 세운 건가?

충분히 가능성이 높다.

나는 일부러 심각한 표정을 지었다.

"죄송합니다. 저는 못 들은 것으로 하겠습니다."

"어째서인가?"

"이곳에 계신 분들의 전력은 상당합니다. 제가 어떻게 할 수 있는 수준이 아닙니다."

"무슨 소리! 자네의 호위무사들이라면 충분히 가능하네. 나도 한 손 거들 거고."

"죄송합니다."

"자네도 지금 불안함을 느끼고 있지 않나? 이대로라면 우리 모두 황제에게 처형당할 거네!"

어처구니가 없네.

그게 두려운 분이 왜 이런 일을 저지르신 겁니까?

"그래도 저는……."

"하긴, 자네는 상인이고 대가 없는 일에는 움직이지 않겠지."

그는 말을 이었다.

"내가 그동안 모아 놓은 재산이 제법 되네. 그 재산의 반을 주지."

나는 일부러 눈을 빛내며 물었다.

"정확하게 얼마입니까? 말씀하셨다시피 저는 상인입니다. 상인은 정확한 것을 좋아합니다."

"……금자 오백 냥을 주지."

그 말에 나는 헛웃음이 나오려는 것을 겨우 참았다.

내관의 월봉으로는 평생을 모아도 모을 수 없는 거액이다.

도대체 이 춘경성에서 얼마나 수탈을 한 거야?

그리고 춘경성의 사람들은 얼마나 많은 피눈물을 흘렸을지…….

× 같은 새끼.

하지만 그 분노를 드러내는 대신, 잠시 고민하는 척하다가 고개를 저었다.

"죄송하지만, 안 될 것 같습니다."

"대가가 부족한 건가?"

"아닙니다. 대가로는 충분합니다. 하지만…… 혹시라도 대인께서 약속을 지키지 않으시면 어찌합니까?"

"나를 신뢰하지 못하겠다는 건가?"

"송구합니다만, 이미 황제 폐하를 배신하지 않으셨습니까? 한 번 배신한 자는 언제든지 또 배신할 수 있는 법이지요."

"……."

그는 입술을 깨물었다.

아니라고는 말하지 못하는군. 쯧…….

"그 재물을 먼저 주시거나, 있는 곳을 알려 주신다면 저희 사이에 신뢰가 생기겠죠."

"뭐, 뭐라고? 내, 내가 자네의 뭘 믿고……."

"그럼 저는 대인의 뭘 믿고 대인의 청을 들어줍니까?"
"……."
나는 찻잔에 차를 한 잔 더 따라 주었다.
그 차가 다 식어 버릴 때까지 장고에 장고를 거듭하던 그가 말했다.
"좋네. 내 재물을 모아 놓은 곳을 말해 주지."
"그럼 저는 그곳에서 정확하게 금자 오백 냥을 가지고 가도록 하겠습니다."
그렇게 이야기를 마무리하고 백선은 자리를 떴다.
하지만 얼마 후 나를 찾아온 자가 또 있었다.
그 역시 내관이다.
주로 내관들이 사신의 역할을 했으니까.
나는 아무도 오지 않은 척 그를 반갑게 맞아 주었다.
"무슨 일이십니까?"
내 물음에 그는 조심스레 말했다.
"자네, 나와 함께 손을 잡지 않겠나?"
"네?"
"다른 이들을 제거해 주게나. 그러면 내가 모은 재산의 반을 주도록 하지."
"……."
아니, 다들 짜기라도 했나? 어떻게 이렇게 똑같지.
아까 저들을 이간질하자고 한 계획은 접어 둬도 될 것 같다.
이미 콩가루니까.

．
．
．

그 이후로도 두 명이 더 찾아왔고, 내게 부탁한 자들은 총 네 명이 되었다.

그들의 의뢰를 들어준다면 살아남을 변절자들이 없으니 차일피일 실행을 미룰 생각이다.

저들은 나와 내 호위들의 손이 아닌, 황제의 손에 처벌되어야 하니까.

뭐, 애초부터 저들의 의뢰를 들어 줄 생각도 없지만.

저들이 나에게 다른 이들을 제거해 달라고 의뢰를 하면서 신뢰의 표시로 넘긴 것이 있다.

바로 자신들이 모은 재물을 숨겨 놓은 곳.

이 일이 끝나면 그 재물을 옮길 생각이겠지.

하지만 그렇게 놔둘 생각은 없다.

그 재물은 그자들의 것이 아니니까. 물론 내 것도 아니고.

"진유 무사님. 여응암 무사님."

"네."

"해 주셔야 할 일이 있습니다. 진유 무사님께서는 저들이 말한 재물들을 모아 놓은 곳에 대해서 들으셨죠?"

"네. 분명히 들었습니다."

"그곳의 재물들, 싹 다 빼돌리세요."

"그래도 되는 겁니까?"

"네."

나는 씩 웃으며 말했다.

"당연히 그래야 합니다. 그동안 춘경성 주민들의 고혈을 짜내어 모은 재물입니다. 그러니 춘경성에 돌려줘야 하지 않겠습니까?"

"지당하신 말씀입니다만, 그 재물들을 어떻게 빼돌려야 할지……."

하긴, 그 액수가 좀 커야지.

그 말에 나는 옷소매에서 금령을 꺼내어 내밀었다.

"금령이와 함께 가세요. 금령이가 재물들을 빼돌리는 데 도움을 줄 겁니다."

그러곤 금령이에게 고개를 돌리며 물었다.

"일 잘 하고 오면 금자 하나 정도는 떼어 줄게."

물론 빼돌리는 돈이 아닌, 내 돈으로 줘야겠지만.

내 말에 금령은 금세 눈을 반짝였고, 궁둥이를 실룩였다.

돈이 그렇게도 좋나?

그리 생각하던 나는 이내 멋쩍어졌다. 돈 좋아하는 건 나도 마찬가지니까. 흠흠.

그렇게 며칠이 지났다.

그동안 금의위 대협들과 내 호위무사들은 내 명에 따라 변절자들에게 다른 이들에 대한 불신을 집어넣기 시작했다.

이미 콩가루인 만큼 하지 않아도 될 정도로 신뢰가 사라진 사이지만, 그런 만큼 효과가 더 좋았다.
하루에 한두 번은 꼭 언성을 높여 다투곤 했으니까. 점점 감정의 골은 깊어져 가고 있었다.

* * *

공호는 한숨을 내쉬었다.
"아, 진짜…… 뭐 하자는 짓거리인지."
그는 진이 다 빠졌다는 표정으로 자신의 새로운 처소로 향했다.
그와 함께 이번 일을 시작한 변절자들 사이에 일어난 다툼을 중재하는 건 그의 일이었기 때문이다.
언젠가부터 그의 완벽했던 계획이 어그러지고 있었다.
'언제부터였지?'
자신의 처소에 돌아온 그는 이번 일에 대해 복기해 보기 시작했다.
그리고 곧 모든 일이 어그러지기 시작했던 시점이 어딘지 알 것 같았다.
'은서호 소단주. 그가 이곳에 왔을 때부터인가?'
하지만 그에게서는 아무런 수상함을 찾아볼 수 없었기에 답답할 뿐이었다.
무언가 의심할 만한 게 있어야 이를 빌미로 추궁하든지, 조사를 해 보든지 할 텐데.

그때 그의 눈에 이상한 것이 보였다.

응? 저게 왜 열려 있지?

은서호가 건넨 자금이 담겨 있던 두 개의 상자 중 하나가 살짝 열려 있었다.

급하게 닫느라 제대로 닫지 못한 것인지, 상자가 덜 닫혀 있었다.

'분명 제대로 닫았는데?'

그는 고개를 갸웃하며 상자를 열었다가 화들짝 놀랐다.

상자 안에 있어야 할 것들이 절반이나 사라졌기 때문이다.

그는 다급히 방 밖으로 나가 사람을 불렀다.

"누, 누가 내 방에 들어왔었느냐?"

"네?"

"무슨 말씀이십니까?"

"오늘 내 방에 들어왔던 자가 있느냔 말이다!"

"아, 그러고 보니…… 백선 님께서 오셨었습니다. 군사님께서 오실 때까지 안에서 기다리다가 그냥 가셨습니다."

범인은 백선이 틀림없었다.

'그 환관 놈이!'

그는 무사들에게 명령했다.

"지금 당장, 백선 그자를 찾아 데리고 오도록!"

"네!"

하지만 무사들은 잠시 후 돌아와 어처구니없는 소식을 전했다.

"저…… 백선 님은 아까 성문을 나섰다고 합니다."

* * *

백선은 눈을 떴다.
그리고 자신이 두 손이 묶인 채 공중에 매달려 있음을 깨달았다.
'여기가 어디냐?'
안대를 씌운 것인지 아무것도 보이지 않았다.
알 수 있는 것은 주변 공기가 눅눅하고 피비린내가 느껴진다는 것과 간간이 신음이 들린다는 것 정도.
그는 긴장되어 침을 꿀꺽 삼켰다.
저벅, 저벅.
발소리가 들렸고, 곧 그의 안대가 벗겨졌다.
"……!"
그는 놀랄 수밖에 없었다.
그의 안대를 벗긴 것이 뜻밖의 사람이었기 때문이다.
은서호였다.
"대인이 왜 여기에 계시는지 궁금하시지요?"
이게 무슨 짓이냐고 말하려고 했지만, 목소리가 나오지 않았다.
"아혈을 점해 두었으니 말하려고 애쓰실 필요 없습니다."
"……."
"지금쯤 슬슬 춘경성에서 누구 하나가 다시 배신할 때

가 되어서 이곳으로 모셨습니다."

그게 무슨 의미냐고 묻고 싶었다. 그런 그의 생각을 읽었는지 은서호의 뒤에 있던 복면인이 말했다.

"지금쯤 춘경성에서는 자네가 자금을 훔쳐 달아난 것으로 알고 난리가 났다는 의미지."

그러면서 그는 복면을 벗었다.

"……!"

백선은 경악으로 눈을 부릅떴다.

권직, 금의위에서도 제법 높은 직위에 있는 인물이었으니까.

"그리고 저쪽에는 반가운 얼굴도 있지."

백선은 고개를 돌려 그가 가리킨 곳을 보았다. 그곳에는 황자를 데리고 사라졌다는 진대철이 자신처럼 공중에 매달려 있었다.

그제야 백선은 일의 전모를 조금이나마 알 것 같았다.

은서호는 자금을 지원하기 위해 접근한 것이 아니었다.

은서호가 웃으며 말했다.

"매달려 계시느라 힘드시죠? 조금만 참으세요. 이제 곧 금군이 이곳에 도착할 테니까요. 그때 내려 드리죠."

그 말에 백선은 눈을 질끈 감고 말았다.

그에게 닥쳐올 미래가 너무 선명히 그려졌으니까.

하지만 은서호의 말은 거기서 끝나지 않았다.

"아, 재물을 모아 놓은 곳 알려 주신 것, 감사합니다. 꽤나 많더라고요."

"……!"
"그 재물들 제가 뜻깊은 곳에 쓰도록 하겠습니다."
그 말에 순간 그는 이성을 잃었다.
'아, 안 돼!'
몸부림치는 그의 배에 권직의 주먹이 틀어박혔다.
"컥!"

* * *

 나는 기절한 채 천장에 매달려 흔들리는 백선을 보며 혀를 찼다.
 어차피 죽으면 필요 없어질 재물인데, 욕심이 과하네.
 내가 백선을 납치하여 배신자로 만든 이유는 단순하다. 변절자들과 공호 사이의 끈을 끊어 버리기 위함이다.
 변절자들 사이의 다툼을 공호가 중재하는 모습에서 아직 그들 사이에 아직 신뢰가 남아 있음을 확인했기 때문이다.
 서로 신뢰가 조금이라도 남아 있다면, 금군이 이곳을 토벌할 때 항전할 가능성이 생긴다.
 그러면 피해가 발생할 수 있고.
 내 목적은 아무런 피해 없이, 깔끔하게 이 사건이 해결되는 것이다.
 이를 위해 금령을 몰래 보내어 그 상자 안의 돈을 내비고 안으로 옮기도록 지시했다.

그때 권직 대협이 나에게 말했다.

"자네와는 절대로 척을 지지 않기로 내 이번에 다시 결심했네."

"네?"

"자네의 그 간계는 정말 무서울 정도군."

칭찬…… 맞지?

"황제 폐하가 그리 경고하신 이유가 있었군."

"네?"

"아무것도 아니네. 그저 혼잣말이니."

황제가 대체 나에게 뭐라고 했기에…… 아무튼, 이제부터가 중요하다.

이제 금군들이 곧 이 주변에 집결할 거고, 그들이 이 안으로 진입해야 하니까.

그들을 돕는 일은 나와 함께 움직이는 금의위 대협들의 몫이다.

"그럼 이제 몰래 밖으로 나가서, 다른 금의위와 금군들과 접선하세요."

"알겠습니다."

그렇게 지시를 내리고 나는 내 방으로 돌아왔다.

"……?"

그런데 눈앞에는 피식 웃음이 나올 수밖에 없는 풍경이 펼쳐져 있었다.

"어쭈! 이 자식!"

"꾸이! 꾸이!"

"헛! 허엇! 잡히면 가만두지 않을 거다!"
"꾸이잇?"
팔갑과 금령이 재밌게 놀고 있는 모습.
"금령아."
"꾸이!"
내 부름에 금령은 뒷다리로 팔갑의 얼굴을 박차고 쏜살같이 나에게 달려와 손바닥에 살포시 앉았다.
"서향 소저에게 다녀올래?"
오늘은 서향 소저에게 금령을 보내기로 한 날이니까.
"꾸이!"
내 요청에 금령은 고개를 끄덕이더니 쏜살같이 창문을 통해 빠져나갔다.
그 모습을 흐뭇하게 보다가 팔갑에게 고개를 돌렸다.
"그래서, 이번에는 뭐로 시비를 건 거야?"
"시비라니요. 억울합니다요. 저는 그냥 찻주전자를 가지러 왔을 뿐인데 저를 보더니 금령이 달려들었을 뿐입니다요."
"어째 너희는 서로가 서로에게 시비를 거냐?"
내가 볼 때 둘은 그냥 천상의 짝이다. 심심하지 않고 좋네.

.
.
.

다음 날 금령이 돌아왔고, 나는 금령의 꼬리에 매인 서신을 풀어 보았다.

　서두는 평상시처럼 안부를 묻는 내용.

　그리고 마지막에 짧은 조언이 적혀 있었다.

　[까마귀를 주의하세요.]

　응? 까마귀?

　그걸 보자 일전에 서향 소저, 아니 동자령 소저를 죽이기 위해 보냈던 차에 독을 탔던 일에 대해 서운파에 서신을 보냈던 검은 새가 생각나는 건 우연일까?

　나는 서신을 접으며 속으로 중얼거렸다.

　걱정하지 마십시오. 다행히 저에게는 이를 막을 최고의 수가 있습니다.

　그리고 주머니에서 은자를 꺼내 금령에 내밀며 말했다.

　"자, 금령아. 이거 먹고 일 하나 하자."

　"꾸이?"

　"수상한 까마귀 좀 잡아서 족쳐 줄래?"

　　　　　　　　　＊　＊　＊

　육 호는 금군에 속해 있었다.

　매일 같은 일상이 반복됨에 따분해질 때 그에게 접근한 이들이 있었다.

　그들은 그에게 육 호라는 이름과 함께 잘 길든 까마귀

한 마리를 주었다.

그들이 원한 건 간단했다.

까마귀를 이용하여 금군의 소식을 전하는 것.

그래서 그는 까마귀를 이용해 금군의 소식을 전해 주고 있었다.

이 사실이 알려진다면 극형을 당할 테지만, 들키지 않으면 상관없는 일이다.

그 대가가 제법 짭짤한 데다가, 따분했던 일상이 쫄깃해졌으니까.

그러던 어느 날.

그가 속한 금군 부대에 출병 명령이 떨어졌다.

그리고 이내 그에게 지령이 내려왔다.

춘경성에 까마귀를 이용해 소식을 전하라는 것.

하지만 그러기 위해서는 춘경성에 어느 정도 가까이 가서 까마귀를 날려야 했다.

충분히 가까워졌다 싶자, 그는 까마귀를 춘경성을 향해 날렸다.

그런데…… 이상하게 까마귀가 돌아오지 않았다.

그래도 그동안 정이 들었다고 육 호는 까마귀가 걱정되기 시작했다.

"이봐! 막사에서 자네를 부르네."

"네?"

그는 의아해하며 막사로 향했다.

주변에 들키지 않기 위해 민가를 빌린 것이지만, 공식

적으로는 막사다.

그가 안으로 들어갔다.

"부르셨습니까?"

절도 있게 예를 갖춘 그의 발치에 뭔가가 던져졌다.

툭.

그걸 본 육 호의 눈이 커졌다.

다리에 색실을 감은 까마귀였다.

자신이 춘경성으로 날려 보냈던 것.

축축한 뭔가에 푹 절인 채 기절해 있는 까마귀를 보며 그는 침을 꿀꺽 삼켰다.

"군사 기밀 유출은 극형이지. 그래, 변명이라도 해 보지?"

"이, 이건 저도 모르는 겁니다."

"그것도 변명이라고 하나? 그럼 자네의 눈동자가 흔들린 것은 무엇 때문인가?"

그때 까마귀가 깨어나더니 포로록 날아 육 호의 어깨에 앉았다.

이를 본 상관이 피식 웃으며 말했다.

"그리고 까마귀는 상당히 똑똑하지. 절대 낯선 누군가의 어깨에 앉지 않는 새라네."

"……."

상관은 서탁 앞에 있던 쪽지를 보였다.

"그럼 이 쪽지를 누구에게 전하려고 했는지, 진득하게 대화를 나눠 보도록 하지."

"사, 살려 주십시오! 다 말하겠습니다!"

지루한 인생에 쫄깃함을 원했던 육 호는 자신의 선택을 후회했다.

쫄깃해도 너무 쫄깃해져 버렸으니까.

* * *

나는 서탁 위의 금령을 손가락으로 쓰다듬어 주었다.

"잘했어."

서향 소저의 조언에 금령을 보냈고, 금령은 은자 값을 아주 톡톡히 했다.

마을 쪽에서 날아오던 까마귀를 그대로 입으로 낚아채 버린 것.

그 까마귀의 다리에는 서신 하나가 묶여 있었다.

그 서신을 살펴본 나는 식겁할 수밖에 없었다.

이 서신이 정상적으로 전해졌다면 아주 곤란해질 뻔했으니까.

아마 이 서신은 높은 확률로 공호에게 전해졌을 터.

그러면 그는 도주했을 거다.

이곳에서 저들과 함께 항전할 이유가 하나도 없으니까.

아, 그래서였군!

나는 그제야 신발을 살피라는 조언의 진짜 의미를 알아차렸다.

즉, 그의 도주를 막으라는 거다.

그 말은 그가 도주하게 된다면 크게 후회할 일이 생긴다는 의미.

그의 기물 신발을 내가 훔치지 않았다면 분명 그 신발을 신고 도주해 버렸을 거다.

그러면 내 행보를 무림맹이 알게 되었을 터…….

나도 모르게 등이 식은땀으로 축축해졌다.

이 일을 무림맹이 알게 된다면 지금까지 내 행적에 대해서도 의심하게 될 터.

아직은 내가 무림맹을 적대하고 있음이 밝혀지면 곤란하다.

이거…… 서향 소저에게 아주 큰 빚을 졌군.

.

.

.

자정을 넘어 날짜가 바뀐 새벽.

나는 내 호위무사들을 이끌고 성문으로 향했다.

성문과 망루에는 문지기들이 철저히 경계를 서고 있었다.

정확히는 공호라는 자가 데리고 온 무림인들이지만.

원래 이 성을 지키던 병사들은 모두 무장을 해제당한 채 뇌옥에 갇혀 있다.

내가 몰래 잠입했던 비밀 통로가 아닌, 정식 통로를 통해 들어가면 보이는 곳에 있던 것 같은데.

그만큼 황자가 뇌옥 깊숙한 곳에 있었다는 의미지.

그나저나 이제 시간이 되었군.

나는 밤하늘을 보며 시간을 확인하고는 호위무사들에게 전음으로 명령했다.

다들 약속한 위치로 은밀하게 움직였고, 내 신호에 맞춰 경계하던 자들의 목을 베었다.

그리고 성문을 열었다.

끼이이익.

열린 성문을 통해 빠르게 진입하는 금군들.

그리고 그 선봉에는 진영 대협이 있었다.

무림인들이 있었기에 금군뿐만 아니라 금의위도 왔으니까.

"고생 많았네."

"아직 일은 끝나지 않았습니다. 치하의 말은 나중에 듣죠."

"나중에 실컷 해 주겠네."

그렇게 인사를 나누고는 호위무사들과 함께 성주의 저택 쪽으로 향했다.

이 사태를 눈치챈 공호가 도망치지 못하게 붙잡아야 하니까.

적당히 다리 좀 분질러 두면 되겠지.

* * *

"와아아아!"

"흐어억!"

"마, 막아라!"

갑작스럽게 바깥에서 군사들의 함성과 당황스러운 외침이 섞여 들려왔다.

벌컥!

"무, 무슨 일이냐?"

공호가 방문을 열고 외쳤지만, 아무런 답도 돌아오지 않았다.

상황을 알아차린 무사들이 도주해 버린 것이다.

그가 바깥으로 나가려는 때, 누군가가 들어왔다.

달빛에 비치는 절세미남의 얼굴.

"으, 은서호 소단주! 이게 대체 무슨 일인가?"

"황제 폐하께서 보내신 금군이 이 춘경성 안으로 들어온 상황입니다."

"뭐, 뭐라고?"

그는 경악했다가 이내 안도하는 표정을 지었다.

"그래서 지금 나를 데리러 온 거군! 다른 이들은 다 도망갔는데 자네만 나를 생각해서……."

"아, 그건 아닙니다."

"뭐?"

"그 금군들이 이 안으로 들어오게 만든 게 저거든요."

그러고 보니, 급박해야 하는 상황임에도 그의 얼굴에는 여유가 넘쳤다.

"그리고 이번 일을 주도한 당신이 도망치지 못하도록

제가 이렇게 미리 온 것입니다."
"뭐, 뭐라고?"
"그러니까 다리 하나만 양보하시죠."

* * *

내 말에 공호는 기가 막힌다는 표정으로 나를 보았다. 그리고 얼굴을 팍 일그러트렸다.
"처음부터…… 이럴 목적으로 접근했던 건가?"
"당연한 거 아닙니까?"
"이런 제길!"
그는 욕설을 내뱉으며 바닥을 박찼다.
이야기를 하는 척하면서 도주하려고 한 것이다.
어딜!
나는 재빠르게 경공을 펼쳤고, 그의 뒷목을 낚아채서 바닥에 메쳤다.
퍽!
"으헉!"
그는 허리를 잡고 끙끙거리며 나에게 말했다.
"저, 절정인 녀석들도 내 경공은 따라잡지 못했는데…… 너 뭐냐?"
이래서 서향 소저가 본 미래에서 저놈이 도망칠 수 있었던 거군.
놈의 경공 솜씨는 본래 상당했다.

상대가 나라서 도망치지 못한 거지.

미리 기물 신발을 빼돌리지 않았으면 내 경공으로도 놓쳤을 것이 분명했다.

속으로 안도의 한숨을 내쉬며 공호에게 다가갔다.

"저도 경공이라면 꽤 자신 있거든요. 그리고 당신이 도망치려는 것을 알고 있었고요."

내가 초절정의 경지라는 것을 밝힐 필요는 없으니까.

"젠장! 그 신발이! 내 일보천리혜가 불에 타지 않았다면 여기서 발목 잡힐 일도 없었을 텐데!"

공호는 아직 포기하지 않았는지 검을 들고 나에게 달려들었다.

"죽어라! 이 새끼야!"

퍽!

하지만 여기에는 나만 있는 게 아니다. 그리고 내 호위 무사들의 실력은 제법 좋고.

순식간에 서우 무사의 발이 그의 가슴팍을 찼고, 진유 무사가 그의 등을 향해 장력을 뿜어냈다.

"쿨럭! 쿨럭!"

그는 속이 진탕된 채 바닥을 뒹굴었고, 애처로운 표정으로 내게 애원했다.

"제, 제발, 살려 주게! 나에게는 처자식이 있네. 내가 없으면 그들은 꼼짝없이 굶어 죽네."

거짓말이다.

처자식은 무슨…….

무림맹이 미쳤다고 처자식이 있는 자에게 잠어를 시키겠어?

기밀 유지를 위해서라도 무조건 독신인 자를 골랐을 텐데.

그리고 저 눈은 처자식이 있는 가장의 눈빛이 아니다.

"제가 언제 죽인다고 했습니까?"

"응?"

"그냥 다리 하나만 부러트린다고 했습니다만?"

"그렇게 해서 나를 황제에게 넘길 생각이잖아! 그게 죽인다는 거지 뭐야?"

"다르죠. 일단 제가 죽인다는 거 아니니까요."

"그게 무슨 궤변이야! 이 ×× 같은 ×새끼야!"

그는 나에게 욕설을 퍼부었다.

나는 머리를 쓸어 올리며 한숨을 내쉬었다.

"후, 아직도 현실 파악이 안 되셨나 보네요. 그리고 저 기분 상했습니다. 다리 하나만 분지르려고 했는데, 사지를 다 분질러 버리죠."

"명 받듭니다!"

"아, 안 돼! 내가 잘못했······."

으득!

으드득!

"으아아아악!"

내가 성격이 좀 좋지 않거든.

·

.
.
잠시 후.
팔다리가 부러진 공호는 내 호위무사에 의해 질질 끌려오고 있었다.
제압한 이들을 한곳에 모아 놓기로 했기 때문이다.
곧 우리는 저택 앞에 도착했다.
그곳에는 기둥 여러 개가 박혀 있었고, 그 기둥마다 묶여 있는 자들이 있었다.
진대철과 백선, 그리고 금군과 금의위들이 추포한 몇몇 변절자들이다.
다른 흑도 무림인들은 묶여서 한곳에 모여 있었고.
"오! 왔는가?"
진영 대협과 다른 금의위들이 나를 반겨 주었다.
"네. 고생 많으셨습니다."
"자네야말로 고생 많았지."
그는 내 뒤쪽을 보더니 표정을 굳혔다.
"저자인가?"
"네. 이들에게 간교한 계를 알려 준 공호라는 자입니다."
"단단히 묶어 두게."
"네."
내 지시에 따라 호위무사들은 공호를 기둥에 단단히 묶어 두었다.
그제야 공호의 상태를 알아챈 진영 대협이 물었다.

"그런데…… 꼴이 말이 아니로군?"
"아…… 원래 다리 하나만 분질러 놓으려고 했습니다만 어쩌다 보니 저리되었습니다."
내 말에 팔갑이 옆에서 절레절레 고개를 저었다.
뭐야? 그거?
무슨 의미인데?

금군 오천 명의 위력은 상당했다.
춘경성을 물샐틈없이 에워싸 버렸기 때문이다.
공호가 데려온 무림인들과 변절자들은 그 포위망을 뚫을 수가 없었다.
몇몇 이들은 민가에 숨으려 했지만, 백성들이 그들을 숨겨 줄 리가 만무했다.
그렇게 금의위와 금군들이 성안으로 들어온 지 반나절 만에 상황은 종료되었다.
나는 기둥에 묶인 이들을 보며 혀를 찼다.
불과 몇 시진 전만 하더라도 밝고 화려한 미래를 꿈꿨겠지.
하지만 현실은, 황제를 기망하고 반역을 도모한 죄인이다.
그마저도 이전 삶에서는 그 죄를 이곳의 성주에게 뒤집어씌웠었지.
그로 인한 억울한 죽음을 막고, 죗값을 치르게 할 수 있었다는 것에 뿌듯함이 느껴졌다.

그때 옆에서 누군가 다가오는 기척에 고개를 돌렸다.
권직 대협이 한 무리의 이들을 이끌고 오고 있었다.
그 뒤에는 연유문이 한 중년인을 부축하고 있었다.
한쪽 팔이 잘린 것을 비롯해 초췌한 안색이었지만, 금세 그 정체를 알아차릴 수 있었다.
춘경성 성주다.
권직 대협이 진영 대협에게 말했다.
"춘경성의 성주님과 그 식솔들입니다."
"아! 그러시군요!"
그는 춘경성의 성주에게 포권하여 고개를 숙였다.
"금의위의 진영이라고 합니다. 몸은 좀 괜찮으십니까? 황제 폐하께서 걱정이 많으십니다."
"이 노구가 뭐라고 이리도 신경 써 주시니…… 황은이 망극할 뿐이옵니다."
"황제 폐하께서 내리신 성지입니다."
진영 대협은 그에게 금박으로 화려하게 장식이 된 두루마리를 내밀었다.
성주는 떨리는 손으로 성지를 받았고, 옆에서 연유문이 이를 펼치는 것을 도와주었다.
성지를 읽는 성주의 눈에서 눈물이 흘러내리는 것을 보니, 진심으로 사과하는 내용인 듯했다.
"황제 폐하의 황은에 망극하고 또 망극하옵니다!"
그런 성주에게 연유문이 다가가 뭔가를 속삭였다.
그러자 성주는 고개를 돌려 나를 보았다.

응?

왜 나를 보는 거지?

성주는 나에게 다가왔고, 남은 한 손으로 내 손을 잡았다.

"자네가 은서호 소단주인가?"

"아, 네. 그렇습니다만……."

"이번 일에 자네의 공이 크다고 들었네. 정말 고맙네."

"제가 한 일은 별로 없습니다."

"겸양이 지나치군. 이미 권 대협과 내 아들에게 들어 알고 있다네. 자네가 아니었다면 나는……."

다시금 그의 눈에 눈물이 맺혔다.

이전 삶에서의 그 최후를 알고 있어서인지, 기분이 꽤 묘했다.

그래서 나도 모르게 덕담을 건넸다.

"꼭 장수하시고, 평온한 삶을 누리셨으면 합니다."

"고맙네."

그렇게 나와 인사를 나눈 그는 권직 대협에게 말했다.

"내 부탁이 있네."

"말씀하십시오."

"저자들…… 내가 한 대씩만 패도 되겠는가?"

그리 말하는 성주의 눈동자는 이글이글 타오르고 있었다.

오랜 세월 백성들을 수탈하고 능욕한 것으로도 모자라, 딸을 겁탈하여 자결하게 했다.

나라도 패고 싶겠군.

하지만 저들의 처벌은 황제의 소관이다.

그런 만큼 사사로이 처벌할 수 없으니 그리 부탁하는 것이다.

나는 진영 대협에게 말했다.

"대협, 저들이 본인들의 죄에 대해 실토했습니까?"

내 말에 진영 대협은 씩 웃었다.

"아직이지."

"그럼 심문 과정에서 벌어지는 약간의 폭력은 처벌이라고 볼 수 없겠죠?"

"그렇지."

진영 대협도 내 의도를 알아차리신 듯하다.

"가서 적당한 몽둥이 하나 가져다줄래?"

"알겠습니다요!"

팔갑은 곧 몽둥이 하나를 가져다줬는데, 그 몽둥이에는 작은 가시들이 가득했다.

"잘 가져왔네?"

이곳 운남에서만 자라는 가시나무로 만든 몽둥이다.

제국에서도 죄인들을 처벌할 때 자주 쓰는 나무인데, 그 진액에는 상처가 잘 아물게 하는 효과가 있어서 상처가 잘 덧나지 않는다.

나는 그걸 성주에게 쥐여 주며 말했다.

"한 대만 패서 저들이 본인들의 죄를 실토하겠습니까? 한 서른 대는 맞아야 입을 열 듯합니다."

"……."
"저들을 잡느라 저희도 좀 무리했습니다. 민망하지만 성주님의 도움을 좀 받아야 할 듯합니다."
"그렇다면 내 도와줘야지."
성주는 그 몽둥이를 들었고, 이를 본 변절자들의 눈은 두려움으로 떨렸다.
나는 성주에게 부드럽게 당부했다.
"혹시라도 감정이 너무 격해지시면 몽둥이를 뺏을 겁니다. 그러니 한 대, 한 대 정성 들여서 부탁드립니다."
"알겠네."
"아! 급소도 피해 주십시오. 여기서 죽는 건 저들에게 자비입니다. 그런 자비를 베풀 필요는 없지 않습니까?"
"물론이지."
퍼억-!
"컥!"
참 호쾌하게도 패시는군.
이걸로 성주님의 한이 좀 풀리시겠지.
솔직히 저들이 황제에게 형을 받는 것보다 직접 패는 것이 백배는 더 속이 시원하실 것 같으니까.

다음 날.
이동식 뇌옥인 함거에 변절자들이 줄줄이 거꾸로 매달렸다.
황제가 저들을 거꾸로 매달아 북경으로 압송하라는 명

을 내렸기 때문이다.

하여 이번에도 특수한 함거가 준비되었다.

북경까지 가는 길이 멀고 험한 만큼 꽤 고생하겠지만, 별로 불쌍하지는 않았다.

저들은 그런 취급을 받아도 싸니까.

그렇게 사천 명의 금군들과 금의위들이 그 함거를 에워싼 채 출발할 준비를 마쳤다.

남은 인원들은 이곳의 치안을 안정시키고 복구를 돕기 위해 이곳에 머문다고 했다.

돕는 것도 맞지만, 다른 지역에 대해서도 조사할 겸 남는 듯했다.

"그럼 저희는 가 보겠습니다."

"조심해서 가도록 하게."

"몸이 쾌차하는 대로 모시러 오겠습니다."

어제 성주님은 그동안 자신을 수탈했던 사신 일행을 말 그대로 흠씬 두들겨 팼다.

패는 것도 체력이 있어야 패는 것인데, 어디서 그런 체력이 나왔는지 저들의 온몸이 가시에 찔리지 않은 곳이 없을 정도가 된 후에야 몽둥이를 멈추었다.

덕분에 무척 개운해 보이는 얼굴이었다.

"출발!"

진영 대협의 외침에 우리는 이동을 시작했다.

소림사의 일을 처리하고 중간에 거의 납치되다시피 온 운남이다.

이제 드디어, 진짜, 북경 지부에 돌아갈 수 있겠구나!
뭔가 감격스러워 눈물이 났다.

운남에서 북경까지 가는 길은 거의 제국을 횡단하는 거나 마찬가지.
그런 만큼 그 여정은 제법 멀었다.
수천 명이나 되는 대군이 함거까지 끌고 이동하는 만큼, 그 속도는 엄청 느렸다.
솔직히 나와 일행은 주강마를 타고 있으니 마음만 먹으면 금방 북경으로 갈 수 있다.
하지만 그러지 않고 속도를 맞춰 가기로 한 이유가 있다.
혹시라도 공호를 구출하거나 살해하려는 자들이 있을 수도 있기 때문이다.
공호가 심문을 받게 되면 무림맹의 입장도 꽤 난처해질 테니까.
이를 통해 무림맹의 입지를 좁힐 수 있거나, 그 명성을 깎을 수 있다면 이 정도 고생은 감수해야지.
나는 힐끔 함거를 보았다.
함거에 갇혀 있던 변절자들은 빈틈을 노려 탈출을 시도한 적이 있었다.
함거가 흔들리면서 서로의 몸이 붙을 때 묶은 것을 푼다든지, 밥을 먹거나 볼일을 볼 때 탈출을 시도한다든지.
내가 직접 잡은 적도 있을 정도였다.

출신은 못 속인다고, 참 골치가 아플 정도였다.
그러나 공호와 진대철은 그런 일이 없었고, 그게 신기한 모양이었다.
"저자들은 얌전하군."
진영 대협의 말에 나는 담담하게 대답했다.
"아, 대협께서도 아시다시피 제가 공호를 잡는 와중에 팔다리를 다 분지를 수밖에 없었지 않습니까? 그래서 거동 자체가 어려울 겁니다. 그리고 진대철, 저자도 팔다리의 힘줄이 끊어져 있지 않습니까?"
"으음? 그래?"
진영 대협이 눈을 빛냈다.
"맞는 말이군. 그 정도는 목숨에 지장이 없지."
저들은 같은 금의위 출신이면서 금의위가 얼마나 독한 이들인지 몰랐던 것 같다.
내 말에 영감을 얻은 것인지, 저들의 발가락과 손가락을 분질러 버렸으니까.
이후로 그들의 도주 시도는 사라졌고, 평안한 여정이 될 수 있었다.
그렇게 시월의 말, 우리는 드디어 북경에 도착했다.

.

.

.

북경에 도착한 나는 곧바로 황제 앞으로 나아갔다.
하지만 신료들이 있는 대전이 아닌, 황제의 집무실이다.

금의위나 동창은 그 신분이 드러나서는 안 되기 때문이다.

"고생 많았다."

황제는 금의위들의 노고를 치하해 주었고, 그들에게 포상을 내렸다.

그러곤 내게 고개를 돌렸다. 이제 내 차례군.

"그래, 은서호 소단주."

"네, 폐하."

"내 생각보다도 훨씬 일을 잘해 주었구나. 역시 능력이 대단하군."

그 말에 나는 겸양을 표했다.

"황제 폐하께서 저를 믿어 주신 덕분에 제 능력을 발휘할 수 있었습니다."

"네가 능력이 좋으니 믿을 수밖에 없지. 이번에 네가 무척이나 큰 공을 세웠다. 내 아들의 목숨도 구해 주고 말이지."

"이 모든 것이 황제 폐하의 은덕입니다."

"내 얼굴에 금칠할 필요는 없다. 일전에 말했듯이, 네가 원하는 것을 말해 보거라."

좋았어!

일전에 다짐한 대로, 나를 좀 놔 달라고 해야겠군.

하지만 이어지는 황제의 말에 나는 말문이 막히고 말았다.

"상단 일에만 전념하겠다거나, 나를 떠나겠다는 그런

것만 아니라면 뭐든 들어주마."

"……."

저, 저기, 황제 폐하?

아……. 갑자기 눈물이 앞을 가리는 건 왜일까?

황제는 나를 재촉했다.

"어서 말해 보거라."

저어기…… 황제 폐하.

제가 말하려고 했던 거, 다 안 된다고 하셨지 않습니까?

그래도 이런 기회는 언제 다시 올지 모르니 이대로 날릴 수는 없지.

아쉬운 대로 만약을 대비하여 생각해 놓은 대안을 꺼낼 수밖에.

"황제 폐하. 소상이 원하는 건 나중에 소상을 한 번만 믿어 달라는 것입니다."

"네 말을 믿어 달라고?"

"그렇습니다. 언젠가가 될지는 모르겠지만, 그때가 되어 오늘의 약속을 상기시켜 드리면 반드시 소상의 말을 믿어 달라는 것. 그것이 제 소원이옵니다."

이 소원은 내 미래를 위해서다.

이번 일을 성공시키면서 나는 명실상부한 황제의 총애를 받는 신하가 되었다.

내가 원한 건 아니었지만.

그러니 누군가 나를 음해하는 상황이 생길 수도 있다.

그럴 때 내게 필요한 것은 시간이다.

황제가 시간을 벌어 준다면 충분히 누군가가 쳐 놓은 올무에서 벗어날 수 있다.

그게 아니라면 무림맹에서 황궁에 독을 풀 수도 있다. 그럴 때도 황제가 시간을 벌어 준다면 그 독을 제거할 수 있고.

여러모로 미래를 위한 내 나름의 안배인 것이다.

내 말에 황제는 잠시 생각하다가 고개를 끄덕였다.

"어렵지 않은 부탁이면서도 무척이나 어려운 부탁이로구나."

역시 황제다.

내 청에 담긴 진의에 대해 알아차린 것을 보면 말이지.

"하지만 내 너의 부탁을 들어준다고 했고, 황제가 되어 일구이언할 수는 없는 일. 좋다. 너의 청을 들어주도록 하지. 그리고 추가로 비단 열 필을 내리도록 하겠다."

"황은이 망극하옵니다."

그렇게 나를 마지막으로 포상이 끝났다.

황제는 자리에서 일어나 금의위 대협들에게 다가가 친히 그들의 어깨를 두들겨 주셨다.

그런데…… 한 사람에게 유독 자랑스럽고 뿌듯하다는 표정을 지으셨다.

저 표정…….

아버지가 나나 형들을 바라볼 때 짓던 표정인데?

설마?

그걸 보는 순간 지금까지 이해가 되지 않았던 것들이

단번에 이해되었다.
 그러면서 식은땀이 흘렀다.
 나, 소운 대협을 검으로 눌러서 내 앞에 바짝 엎드리게 했지 않나?
 그리고 비록 연기였지만…… 내 앞에서 개 짖는 소리를 내게 하고…… 뺨도 때렸는데?
 괜찮…… 겠지?
 그래도 나중에 잘 달래주긴 했는데.
 혹시라도 안 괜찮으면 어떻게 하지?
 이전 삶에서 진승왕에게 듣기로, 그의 큰 형인 성보왕은 뭔가에 꽂히면 그것만 볼 정도로 집착이 강하다고 했는데…….
 결심했다.
 나는 모르는 일이다.
 그때 황제가 내 어깨를 두들겨 주며 말했다.
 "주현 황자가 너를 보고 싶어 하더구나."

 잠시 후.
 나는 내관의 안내를 받아 주현 황자를 만나러 이동했다.
 바로 황자의 처소로 가는 것은 아니었고, 한 전각의 방으로 안내되었다.
 "여기서 기다려 주십시오. 황자마마를 모시고 오겠습니다."

"네."

주변을 살펴보며 기다리고 있자, 낯익은 청년 한 명이 들어왔다.

주현 황자다.

나는 얼른 자리에서 일어나 예를 갖추었다.

"자리에 앉게."

"네."

내가 자리에 앉자, 궁녀가 들어와 차를 따라 주었다.

"몸은 좀 어떠십니까?"

내 물음에 황자가 대답했다.

"의원들이 놀라더군. 내 상태를 보면 쉽게 정상적인 몸으로 돌아오기 쉽지 않은데 벌써 이만큼이나 쾌차했다고 말이지."

황자는 나를 보며 말을 이었다.

"자네가 나에게 먹이고 또 치료할 때 사용한 영약 덕분이겠지."

아…… 그거 금령이 침이었는데.

하지만 모르는 게 약이기에 가볍게 미소만 지으며 고개를 숙였다.

그러자 주현 황자는 혼자서 오해하기 시작했다.

"설마 그거, 자네가 지니고 있던 영약이었나?"

"……."

"저런! 그 귀한 것을 나를 위해……."

"아무리 귀한 영약이라고 해도 사람의 목숨보다는 귀

하지 않습니다."

내 말에 황자는 감동한 눈으로 나를 보았다.

음, 좀 부담스럽네.

"춘경성의 억울함을 풀어 주고 나를 구해 주기까지……. 내 이 은혜를 어찌 갚아야 하나……."

"저는 황제 폐하의 명을 받아 움직였을 뿐입니다. 그리고 포상이라면 폐하께서 해 주셨습니다."

나는 말을 이었다.

"그러니 회복에 전념하십시오. 황자마마를 힘들게 구한 만큼, 건강하게 지내시는 것이 제게는 무엇보다 큰 보상이 될 듯합니다."

내 말에 그는 고개를 주억였다.

"알겠네. 내 반드시 힘써서 회복하겠네. 그나저나 왜 세간에서 자네를 두고 선협미랑이라 하는지 알 것 같군."

"쿨럭!"

그 명호를 황족의 입에서 들을 줄이야.

그때 문밖에서 누군가의 목소리가 들렸다.

"화륜비마마 드십니다."

밖에 여럿이 다가오고 있다는 건 느꼈는데, 화륜비마마였구나.

화륜비마마는 주현 황자마마의 어머니다.

아들 때문에 여기까지 납시신 모양이다.

우리는 얼른 자리에서 일어났고, 곧 문이 열리며 아름답게 치장한 여인이 들어왔다.

이전에 황실 비단 납품 경합 때도 봤었지.
"은해상단의 소단주 은서호가, 화륜비마마를 뵙습니다."
"고개를 들라."
그 명에 나는 천천히 고개를 들었다.
"자네가 황자와 만나고 있다는 말을 듣고 걸음을 하였네. 내 아들을 구해 줘서 고맙다는 말은 직접 하고 싶었으니까."
그녀는 부드러운 목소리로 나에게 말했다.
"내 아들을 살려 줘서 고맙네."
"송구하오나, 화륜비마마. 이번 일은 금의위 대협들께서 애를 쓰신 일입니다. 소상이 한 일은 별로 없습니다."
"자네는 내가 눈 뜬 장님이라 생각하는가? 이번 일에 자네의 공이 크다는 것은 잘 알고 있네. 자네가 없었다면 나는 소중한 아들을 두 명이나 잃어버렸을지도 모르네."
응? 두 명?
주현 황자마마 말고 또 누가······?
아, 소운 대협을 말하는 거군.
화륜비에게는 아들이 세 명 있었다.
내가 이전 삶에서 만나 보지 못한 성보왕이 첫째, 이번에 내가 구해낸 주현 황자가 둘째, 그리고 이전 삶에서 친분이 있던 진승왕이 셋째.
그렇다면 소운 대협이 바로 성보왕이라는 거군.
아······. 이전 삶에서 성보왕이 주현 황자의 시신을 봤을 수도 있겠네.

그러니 그렇게 춘경성을 참혹하게 쓸어 버렸겠지.

내가 본 소운 대협은 감정적인 부분이 있었는데, 그런 상황에서 동생의 시신을 봤다면…….

아니, 그런데 왜 황자가 금의위 소속으로 있는 거지? 그것도 신분을 감추면서까지.

하지만 일단 그런 의문을 미뤄 두고, 지금에 집중해야지.

아무튼, 소운 대협이 화륜비의 아들이라면 그가 내 활약에 대해 이야기했을 가능성이 높다.

나는 겸양을 표했다.

"모든 것은 황제 폐하의 은덕입니다."

"자네라면 그렇게 말할 줄 알았네. 그리고 나는 이 은혜를 절대 잊지 않을 것이네."

"소상을 기억해 주신다니, 은혜가 하해와 같습니다."

"두 사람 사이의 시간을 방해해서 미안하군. 그럼 나는 이만 돌아가겠네."

화륜비는 그 말을 남기고는 자리를 떴다.

나는 주현 황자와 몇 마디만 더 이야기를 나누고는 쉴 것을 권했다.

"이만 가서 쉬십시오. 빨리 일어나셨다고 하나 아직은 좀 더 정양하셔야 합니다."

사실은 얼른 이 불편한 자리를 벗어나서 북경지부에 가고 싶은 마음에 그리 말한 것이다.

금령이의 침이 얼마나 효과가 좋은데.

.
.
.
나는 황궁을 나서서 곧바로 북경지부로 향했다.
집 나가면 고생이라는데, 석 달 만에 돌아올 줄이야.
"소단주님, 오셨습니까?"
"오셨어요? 소단주님."
북경지부의 여러 사람들이 나를 반갑게 맞아 주었다.
다행히 다들 잘 지낸 것 같네.
"제가 없는 동안 고생 많으셨습니다. 오늘은 시간이 늦었으니, 내일 맛있는 거 먹으러 가죠."
"좋습니다!"
모두가 내 말에 환호했다.
나는 그렇게 인사를 나누고는 곧장 내 집무실로 향했다.
그런 나를 서향 소저가 만류했다.
"소단주님, 지금 소단주님께서 급하게 처리하셔야 할 일은 없습니다."
"아, 그렇습니까?"
이상하네. 그렇게 오래 자리를 비웠는데, 내가 급하게 처리해야 할 게 없다고?
"황제 폐하께서 일 처리를 조금 미루라고 하신 모양이에요."
"아…… 그렇군요."

감사해야 하는…… 건가?

"그러니까 가서 씻고 좀 주무시고 오세요."

"그래야겠군요."

내 말에 팔갑이 말했다.

"그럼 목욕물 준비해 놓겠습니다요."

후다닥 내 처소로 향하는 팔갑의 뒷모습을 피식 웃으며 보다가 서향 소저에게 고개를 돌렸다.

"곽 부관님."

"네."

"이번에 부관님의 조언이 아주 큰 도움이 되었습니다. 정말 감사합니다."

내 감사에 그녀는 웃으며 고개를 저었다.

"뭘요. 제 안위를 위해서라도 당연히 해야 할 일이었는 걸요."

하긴, 그녀에게는 내가 생명줄이나 다름없으니까.

그렇게 생각하면 당연한 일이긴 하지만, 그래도 감사한 건 감사한 거지.

그날, 따뜻한 물에 씻고 개운해진 몸과 마음으로 침상에 드러누웠다.

역시 집이 좋아.

물론 여기가 본단의 진짜 집은 아니지만, 어느새 이곳도 내 집만큼 편안하게 여기게 되었으니까.

침상에 눕자 순식간에 의식이 흐릿해졌고, 곧바로 잠에 빠져들었다.

.
.
.

 눈이 떠지자, 나는 천천히 침상에서 일어나 기지개를 켰다.

 오랜만에 푹 자서 그런지 아주 상쾌하군.

 내가 문을 열고 나가자, 문 앞에 서 있던 명종 무사님과 이필 무사님이 나에게 포권하여 인사했다.

 "기침하셨습니까?"

 "아, 네. 그런데 지금 시간이……."

 "이틀 내리 주무셨습니다."

 그 말에 나는 뭔가 멋쩍어졌다.

 "그렇게 많이 잤습니까? 맛있는 거 먹자고 했는데 이거 약속을 어긴 것이 되었군요."

 "괜찮습니다. 모두 이해하고 있습니다. 그리고 솔직히 이번 일은 보통 일이 아니었잖습니까?"

 "맞습니다. 게다가 소단주님께서는 짊어지신 것도 있으신 만큼 저희보다 몇 배는 더 힘드셨을 겁니다."

 그 말에 나는 뭔가 마음이 뭉클해졌다.

 "아, 식사를 하시고 바로 집무실로 가 보셔야 할 듯합니다."

 "네?"

 "오늘 아침부터 급하게 처리해야 하는 일들이 쏟아져 들어왔다고 합니다."

아…… 방금까지 되게 감동적이었는데, 순식간에 그 감동이 깨져 버렸다.

　　　　　＊　＊　＊

황궁.
금의위의 소운은 진영과 권직을 따라 황제의 집무실로 향했다.
잠시 후 안에 이를 고한 내관이 문을 열어 주었고 그들은 안으로 들어갔다.
그들은 예를 갖추었다.
그리고 소운이 황제에게 말했다.
"아바마마. 소자, 아바마마께서 명하신 오 년간의 금의위의 직무를 마쳤음을 아룁니다."
"고생 많았다. 그래, 처음 내가 너에게 그런 명을 내렸을 땐 나를 원망했겠지."
"솔직히 그때는 그랬습니다만, 이제는 아바마마께서 그런 명을 내리신 이유를 알기에 그 혜안에 탄복할 뿐입니다."
그는 말을 이었다.
"특히 이번에 있던 마지막 임무에서 소자는 많은 것을 깨달을 수 있었습니다."
그리 말하는 소운의 눈동자가 반짝였다.
"특히 은서호 소단주에게 많이 배웠습니다. 솔직히 소

자를 그리 대한 사람은 그가 처음이었으니까요."

황제가 이번 일에 은서호를 투입한 건 은서호의 능력을 믿기 때문이다.

또한 마지막 임무를 앞둔 자신의 아들이 더 많은 것을 배웠으면 하는 마음도 있었다.

황태자는 이미 정해져 있지만, 혹시 모를 대안 정도는 준비해 놔야 했다.

그 대안이 바로 소운이다.

다른 이들도 뛰어나긴 했지만 황제의 자질을 지닌 자는 아니었다.

소운은 나이에 비해 현명하고 다방면으로 뛰어난 편이었지만, 성격이 조급하고 감정적인 편이었다.

그 단점을 개선시키고자, 황제는 그를 금의위로 보낸 것이다.

다양한 임무를 해 나가면서 세상 돌아가는 이치를 깨닫고, 조급함을 다스릴 수 있기를 바라면서.

그 단점이 조금씩 나아지고는 있었지만, 아직 완벽하게는 고치지 못했다.

그런데 무슨 일이 있던 것인지, 이번에 그 성격이 완벽하게 개조가 되어 버린 것이다.

'그런데…… 내 의도보다 과도하게 많이 배운 것 같단 말이지.'

그래도 짧지 않은 기간 동안 은서호를 보고 배운 만큼, 그를 흔들려는 이들에 의해 쉽게 흔들리지는 않을 터다.

"고생 많았다. 이제 금의위의 직무에서……."
"아바마마. 송구하옵니다만, 소자 청이 있습니다."
"무엇이냐?"
"일 년 만, 더 금의위에 있고 싶습니다."
황제는 뜻밖의 요청에 그 이유를 물었다.
"그리 생각한 이유가 무엇이냐?"
"소자, 생각해 보니 그동안 금의위 대협들에게 폐만 끼쳤음을 깨달았습니다. 하여 일 년 만이라도 더 금의위에 복무하여 대협들에게 도움이 되고 싶습니다."
그 눈동자는 반짝반짝 빛나고 있었고, 올곧은 마음이 느껴졌다.
"지금이라면, 그동안의 미진함을 만회할 수 있을 것 같다는 생각이 듭니다."
"미진했다라…… 그렇다면 그 미진함의 이유가 무엇인지 알 터."
"물론입니다. 저는 혈기가 지나칩니다. 너무 감정적이죠. 그건 체면 때문이었습니다."
소운은 당당하게 말했다.
"그동안 저는 저에게 주어진 제 체면을 내려놓지 못했습니다. 하지만 이번 일을 통해 깨달았습니다. 체면이라는 것은 소자가 하기에 달린 것임을 말입니다."
그는 말을 이었다.
"이번에 제게 주어진 체면을 내려놓으니, 새로운 것들이 보였습니다. 지금까지 제가 쥐고 있던 건 제 진짜 체면이 아니었습니다. 제 언행과 공적에서 나오는 체면이야말로 진짜 체면이라는 것을 깨달았습니다."

"벌써 그걸 깨닫다니, 대견하구나."

"사실, 은서호 소단주 덕분에 깨닫게 되었습니다."

그리 말하는 그의 얼굴이 살짝 상기되어 있었다.

"은서호 소단주가 너에게 많은 가르침을 준 모양이구나."

"네, 그렇습니다. 은서호 소단주가 왜 선협미랑이라 불리는지 소자 이번에 확실히 알았습니다. 은서호 소단주는 참 멋진 사람입니다."

선망으로 가득한 그 표정을 보며 황제는 갑자기 은서호에게 미안해지기 시작했다.

'미안하다. 저 녀석의 집착은 나도 못 말린다.'

107장. 맡기는 맘네

맡기는 맡네

황제는 헛기침했다.

"험험. 그래. 좋다, 네가 원하는 대로 해 주마."

"감사합니다. 아바마마."

황제는 그런 소운에게 손을 내저었다.

"나는 이들과 이야기해야 할 것이 있으니, 이만 가 보도록 해라."

"네."

그렇게 소운이 집무실을 나섰고, 황제는 그 모습을 보며 피식 웃었다.

"저 녀석의 입에서 저런 말이 나올 줄이야. 이번에 성보왕으로 임명하려고 했는데, 내년으로 미뤄야겠군."

그러곤 진영과 권직을 보며 말했다.

"그나저나 이번에 은서호, 그 녀석이 제법 일을 잘해

주었나 보군."

"맞습니다. 그가 아니었다면 저희의 목숨도 위험했을 겁니다."

"그럼 나는 두 아들을 잃었겠군."

그 말에 두 금의위는 얼른 고개를 조아렸다.

"송구하옵니다, 폐하! 소신들이 불민하여……."

"아니다. 내 부덕이다."

그때 밖에서 내관이 말했다.

"폐하, 지금 급보가 도착했습니다."

"들라하라."

곧 문이 열리며 내관이 들어와 태감에게 말을 전했다.

태감이 고개를 끄덕이고는 황제를 향해 아뢰었다.

"폐하, 방금 상행을 떠났던 배들이 도착했다고 하옵니다."

* * *

나는 서류 지옥에 갇혀 있다.

종일 서류만 봐야 하니, 서류 지옥이지. 에휴.

서향 소저가 도와주기에 망정이지, 소저가 아니었다면 진짜 밤을 새웠을지도 모른다.

아무래도 부관을 더 뽑아야겠다.

내가 벌인 일들이 많아지면서 서향 소저도 힘에 부치는 게 눈에 보이거든.

게다가 서향 소저를 계속 부관으로 삼을 수 있는 것도 아니고.

그렇게 한숨을 내쉬며 일을 하고 있는데, 갑자기 집무실 문이 벌컥 열리면서 팔갑이 들어왔다.

"도련님! 도련님!"

"무슨 일이야? 왜 그리 호들갑이야?"

"지금 막 상행을 떠났던 배들이 도착했다고 합니다요."

"뭐?"

나는 자리에서 벌떡 일어났다.

"서둘러 채비하도록 해!"

"알겠습니다요."

그리고 나는 다시 의자에 앉았다. 아직 처리해야 할 일이 남았으니까.

그런 나에게 서향 소저가 서류를 내밀며 말했다.

"힘내세요. 앞으로 열 건만 더 처리하시면 됩니다."

"……."

그 서류를 처리하기 위해 붓을 들었을 때, 밖에서 서우 무사의 목소리가 들렸다.

"주군, 진영 대협께서 오셨습니다."

하…… 젠장.

.
.
.

준비는 하루 만에 끝났고, 우리는 남경으로 향했다.

그 말은 즉, 일을 처리하자마자 얼마 자지 못하고 출발했다는 의미다.

더군다나 전날 황제가 나를 부르는 바람에 그만큼 시간을 뺏겼고.

그래도 주강마 덕분에 다른 이들보다 훨씬 빨리 남경에 도착할 수 있었다.

항구 쪽으로 다가가니, 항구에서 조금 떨어진 곳에 배들이 정박해 있는 것이 보였다.

아직 입항 허가가 떨어지지 않았기 때문이다.

이번에 가져오는 것이 대규모의 식량이기 때문에 황제는 금군이 도착한 후에 입항하도록 명했다.

우리가 주강마를 타고 온 탓에 금군이 도착하려면 꽤나 기다려야 한다.

그럼에도 이렇게 부리나케 달려온 것은, 내 눈으로 배를 직접 보고 그들을 먼저 맞이해 주기 위함이다.

사소하다면 사소할 수 있지만, 이런 것 하나하나가 모여 사람을 감동시키는 법이니까.

게다가 내 예상대로라면 용응완 선장은 혼자 오지 않았을 거란 말이지.

황제가 시킨 일도 있고.

남경의 항구 주변에서 가장 좋은 객잔들과 주루를 미리 선점하여 빌려 놓고 기다리자 금군들이 도착했다.

이번 일의 책임자로 온 자는 예부의 좌시랑이다.

후우, 황제 폐하께서 제법 높은 관리를 보냈군.

저번에는 각사외랑이 오지 않았었나?

하긴 이번 일은 제국의 입장에서도 꽤나 중요한 일이니까.

그는 금군들에게 주변을 정리하도록 한 후, 정리가 끝나자 기수에게 명령했다.

"입항 허가 신호를 보내도록 하게."

"네!"

이에 뿔 나팔 소리 다섯 번과 함께 커다란 녹색 깃발이 펄럭였다.

입항 허가 신호다.

잠시 후, 저 멀리 정박해 있던 배들이 움직이기 시작했다.

그리고 배들이 항구에 차례대로 정박하기 시작했다.

보자, 우리 배들이 어디에 있나?

"저기에 있습니다요!"

역시 팔갑의 눈썰미는 대단하군.

"가자."

"네!"

우리는 그곳으로 달려갔다.

[은해]라고 적힌 커다란 배 두 척.

유실된 배는 없구나.

곧 임시교가 내려지고, 그곳에서 사람들이 내리기 시작했다.

대양의 햇볕에 타서 그런지 이전보다 새카매졌지만, 다들 건강한 모습이다.

나는 우리 상단 사람들을 눈으로 살피고는, 함께 따라

갔던 관리들에게 먼저 인사를 했다.

"고생 많으셨습니다."

"이렇게 직접 와서 맞아 주니 고맙네."

"아닙니다. 저희 상단을 잘 살펴주신 것에 제가 오히려 감사드려야지요. 그리고 예부좌시랑 대인께서 이번 일의 책임자로 와 계십니다."

"헉, 좌시랑께서?"

"예. 얼른 가 보시지요."

"그래야겠군."

그들은 서둘러 예부좌시랑에게 향했다. 그리고 나는 뒤이어 배에서 내리는 이들에게 다가가 말했다.

"수고 많으셨습니다."

"소단주님!"

"소단주님께서 이렇게 직접 저희를 맞아 주시다니! 저희가 막 그리 대단한 일을 한 것도 아닌데……."

"이렇게 무사히 돌아온 것만으로도 대단한 일을 하신 겁니다."

내 말에 그들은 감동한 표정을 지었다.

함께 온 이들 중에는 약간 이국적인 모습의 이들도 있었다. 내 시선을 느꼈는지, 그 직원이 설명했다.

"용 선장님의 가족들입니다."

"그렇군요. 그런데 용 선장님께서는?"

내 물음에 그가 대답했다.

"선장님께서는, 배의 선장은 항상 가장 먼저 배에 타고 가장 마지막에 배에서 내려야 한다고 하셨습니다."

그 말대로 모든 이들이 내린 후, 마지막으로 용응완 선장이 배에서 내렸다.

"선장님, 무사히 돌아오셔서 다행입니다."

내 인사에 그는 내게 포권하며 보고했다.

"은해상단의 선단, [은해]의 선장 용응완, 항해를 마치고 돌아왔습니다."

나는 그의 어깨를 두들겨 주며 말했다.

"그 보고는 제가 아니라 제 아버지에게 하셔야죠."

"하지만 제 주인은 소단주님이십니다."

그 마음을 알기에 나는 그저 미소만 지어 주었다.

"함께 온 이들이 있는 것 같은데 소개해 주지 않으실 겁니까?"

"아, 소개하겠습니다."

용응완은 이국적인 옷을 입고 있는 이들을 불렀다.

"제 어머니와 여동생, 그리고 제 형님입니다."

나는 고개를 끄덕이고는 밝은 표정으로 인사를 건넸다.

"은해상단의 소단주 은서호입니다. 여러분을 환영합니다."

용응완이 그들에게 내 말을 통역해 주었다. 그러자 그들이 나에게 말했다.

"안녕하세요. 처음 뵙겠습니다."

약간 어눌하지만, 그래도 제국어를 쓸 줄 아는군.

용응완이 설명을 덧붙였다.

"앞으로는 제국에서 지내야 하니, 오면서 제국어를 좀

배웠습니다."
"그러셨군요."
아직은 제국어가 부족하기에 그들이 대월국의 말로 한 것을 용응완이 통역해 주었다.
"속전을 내주셔서 자유의 몸이 되게 해 주신 것에 감사드린다고 합니다."
"아들을 잘 둔 덕분이라고 말씀드리세요."
내 말에 그는 쑥스러워하며 가족들에게 말했다.
틀린 말은 아닌데 뭐.
나는 그들을 보며 다행이라는 생각이 들었다. 이전 삶에서 용응완이 속전을 마련해서 고향으로 갔을 땐 이미 모든 가족이 사망한 뒤였으니까.
"속전은 충분했습니까?"
내 물음에 용응완이 고개를 끄덕였다.
"아주 넉넉했습니다. 그리고 함께 갔던 관리님들 덕분에 협상도 잘 진행되었습니다. 덕분에 살아남은 제 친족들까지도 자유의 몸이 될 수 있었습니다."
그는 말을 이었다.
"그들은 그곳에 남아 있겠다고 했고, 제 가족들은 저와 함께 가겠다고 하여 이렇게 함께 왔습니다."
"알겠습니다. 우선은 제국어를 익히는 데 전념하라고 하십시오. 그러면 적당한 일자리를 알아보겠습니다."
"감사합니다."
이제 진짜 본론이다.

"그래서, 성과는 있었습니까?"
"물론입니다."
그는 씨익 웃었다.
"이번에 가지고 갔던 차와 도자기에 대월국 사람들이 아주 환장하더군요."
그리고 배를 가리키며 말했다.
"저 안에 있는 것들이 다 식량입니다."
넓은 천으로 덮여 있는 것들이 식량인 모양이다.
저 정도 식량이라면 대성공이지.
이번 교역은 내 예상대로 상당한 성과를 거두었다.
우리 배뿐만이 아니라 모든 배에 가득가득 식량을 실어 왔기 때문이다.
그 식량을 내리는 데만 며칠이 걸릴 정도.
"그리고 챙겨 주신 매실이 아주 유용했습니다. 덕분에 누혈병으로 고생하지 않을 수 있었습니다."
매실이 도움이 되었다니 다행이군.
"그리고 다른 배의 선원들도 매실의 덕을 톡톡히 보았습니다. 말씀하신 대로 무료로 나누어 주었으니까요."
그래서 아까부터 감사한 눈빛으로 나를 보던 거군.
사실 이것도 노림수가 있기에 그리한 것이지만……
"고생하셨습니다. 객잔을 준비했으니, 가서 쉬도록 하십시오."
용 선장을 비롯해 오랜 항해에 고생한 선원들은 내가 준비한 객잔으로 향했다.

한편, 다른 상선의 선원들은 남경의 도지휘사사로 향하려고 했다.

나는 그들에게 다가갔다.

"그러지 마시고, 제가 마련한 숙소에 머물도록 하십시오."

"네?"

"이인 일실입니다."

그 말에 그들의 눈이 번쩍 뜨였다.

도지휘사사에서는 한 방에 열 명이 넘게 머물러야 했기 때문이다.

"그리고 빨래는 제가 고용한 분들이 대신해 주실 겁니다. 이분들에게 맡기면 됩니다."

"네?"

"그, 그게 정말입니까?"

"빨랫감이 좀 많고 또 더러운데……."

"괜찮습니다."

그 점까지 고려해서 넉넉한 돈을 주고 고용해 두었으니까.

"대신, 앞으로 사흘 동안 객잔 밖으로 나가지 말고 얌전히 객잔 안에서 주무셔야 합니다."

나는 말을 이었다.

"저녁은 맛있는 요리들을 준비해 두었으니, 한 분도 빠짐없이 와서 음식을 즐기십시오."

"감사합니다!"

저녁이 되었고, 내가 빌린 주루의 식당은 선원들로 가

득 찼다.

비용이 만만치 않게 나오겠지만, 괜찮다.

내 돈 아니니까.

사실 이건 황제 폐하의 명이다.

나는 저들이 준비된 요리들을 신나게 먹고 마시는 것을 보며 미소 지었다.

그렇게 한두 시진쯤 지났을까, 하나둘씩 잠들기 시작했다.

엄청 졸리겠지.

내가 사흘 동안 객잔 밖으로 나가지 말고 푹 자라고 했지만, 그 말을 듣지 않는 자들은 꼭 있게 마련이다.

그래서 어느 정도 식사가 진행된 후에 나가는 차에 수면제를 타 놓았다.

이 역시 황제 폐하의 명이다.

사실 그 명령이 없어도 저들을 재워 버릴 생각이었지만.

내가 이번에 푹 자 봐서 안다.

오랜 여행으로 인한 피로는 그냥 자는 게 최고다.

잠이 보약이라는 말이 왜 있겠는가?

게다가 혈기가 왕성한 이들이다. 드디어 돌아왔다는 기쁨과 피곤한 몸으로 인해 이성이 돌아오지 않은 지금 밖으로 나가면 틀림없이 사고 친다.

그러면 그거 누가 수습해야 할까?

그 책임 소재까지 따지게 되면 골치 아파진다.

본인들이 수면제를 마셨다는 것을 눈치챈 이들이 원망

스러운 눈빛으로 중얼거렸다.
"너, 너무하십니다."
"오, 오늘 밤, 하얗게 불태우려 했······."
"춘월아······ 이 오라버니가 미안하다······."
그들의 말을 들으며 내 생각이 옳았음을 다시 한번 깨달았다.
저들에게 수면제까지 먹여 재워 버린 건 저들이 사고 칠 일을 차단하기 위함도 있지만 가장 큰 이유는 따로 있다.
저들에게는 미안하지만, 당장 저들의 욕구불만을 풀어 줄 수가 없다.
나는 쓰게 웃으며 황제와의 대화를 떠올렸다.

"이번에 잡아 온 공호라는 놈을 심문하면서 알게 되었다. 무림맹의 손이 닿지 않은 곳이 없더구나."
"······."
"이번에 해외 교역을 떠났던 상선들이 입항하면 이에 대한 정보를 얻으려고 하겠지. 배가 없어서 상행에 참여하지 못했지만, 그 콩고물이라도 얻어먹으려고 말이야."
"저 역시 그리 생각합니다."
"그렇다면 저들이 어떻게 정보를 얻을까? 한 번 말해 보거라."
"뻔한 거 아닙니까? 식당의 점소이와 기루의 기녀들을 통해서 정보가 빠져나갈 겁니다."
"그래서 말인데, 좋은 방법 없겠느냐?"

"그냥 재워 버리시죠."
"응?"
"한 곳에 몰아서 먹이고, 재우고, 그러면 되는 거 아닙니까?"
"하하하하! 과연 묘안이구나!"

그때 황제는 진짜 시원하게 웃으셨지.
아무튼, 어디에 무림맹의 손발이 뻗어 있는지 알 수 없는데 여자들 품에 안겨 해롱대며 중요한 정보들을 넘기게 할 수는 없는 일이지.
그러니까 조금만 더 참으십시오.
앞으로 사흘.
그 이후로는 무림맹에 정보가 들어가도 된다.
이미 필요한 자들에게는 다 들어간 뒤니까.
그사이 모든 선원들이 잠들었고, 금의위와 금군들이 들어와 객잔에 그들을 눕혔다.
도지휘사사에서 머무는 것이 보안상 좋긴 했지만, 그곳보다 객잔의 침상이 더 좋으니까.
이왕 자는 거 편한 곳에서 푹 자야지.

.
.
.

이틀 정도가 지나자 각 상단의 책임자들이 도착했다.
그리고 푹 자는 이들을 보며 안도의 한숨을 내쉬었다.

"후, 다행입니다!"
"저들이 사고라도 치면 어쩌나 싶었습니다."
"이번 일에 대한 정보가 다른 자에게 넘어가면 정말 많이 억울했을 겁니다."
당연하지.
외국과의 대규모 무역은 처음인 만큼, 상당히 귀중한 정보들이 많을 테니까.
그러나 대부분의 선원들은 그게 중요한 정보인지 잘 모른다.
혹은 알더라도 자신의 영웅담을 떠벌리는 게 더 중요할 수도 있고.
그동안 상선을 운영했던 이들인 만큼 그런 경험이 제법 있었기에 마음을 졸였던 것.
"큰 은혜를 입었습니다."
"이는 제가 한 일이 아닌, 황제 폐하의 명에 의한 것이었습니다."
"그, 그렇습니까?"
"그런 만큼 황제 폐하께서는 이번 일에 대해 많은 관심을 기울이고 계십니다. 그러니 다음 상행에도 큰 이문을 얻을 수 있도록 해 봅시다."
내가 황제의 이름까지 파는 것은 나와 우리 은해상단을 위해서다.
저들이 의욕을 불태워야 우리 상단에도 이득이니까.
황제 폐하, 저 나름 총애받는 심복 아닙니까?

그러니 이름을 파는 정도는 좀 봐 주시죠.

．

．

．

우리는 도지휘사사에 마련된 회의실에 모여 이번 성과와 앞으로의 일에 대해 논의하기 시작했다.

황제가 이번 교역에 관심을 기울이고 있다는 사실 때문인지, 이번 교역에 참여한 상단 사람들의 열기는 뜨거웠다.

좋아, 아주 좋아.

하지만 이 자리는 상단 관계자들이 모인 자리.

관리들은 참석해 있지 않았다.

그들을 배제하고 회의를 하는 건, 먼저 상단의 입장을 정할 필요가 있기 때문이다.

용 선장과 송 소단주를 비롯해 이번 교역에 직접 참가했던 이들은 우리에게 유용한 정보들을 주었다.

그리고 그 정보 중에는 내가 원하던 것도 있었다.

"대월국에서는 제국의 술을 원했습니다."

"저희가 다녀온 마래서국 역시 그랬습니다."

"하지만 지금은 금주령이 내려진 상태가 아닌가?"

"그렇다면 저희가 주청을 드려야 하지 않겠습니까? 교역용으로 술을 빚을 수 있게 해 달라고 말입니다."

나는 말을 이었다.

"금주령이 내려진 이유는 식량을 허비하지 않기 위해서입니다. 그런데 그보다 더 많은 식량을 가져올 수 있다면 이야기가 달라지지 않겠습니까?"

"맞습니다."

"저도 동의합니다."

교역 상대가 술을 원하는 상황에서, 미리 준비를 한 우리 은해상단이 얻는 이득이 아무래도 제일 클 수밖에 없다.

그런 만큼 다 같이 연명 상소를 올리는 게 모양새가 좋다.

그래야 뒷말이 나오지 않을 테니까.

.
.
.

황제가 준 수면제의 효과는 끝내줬다.

수면제를 먹은 이들이 진짜 사흘 내내 잤기 때문이다.

정말 푹 잔 그들은 멍한 표정으로 잠에서 깼다. 그리고 그들을 기다리고 있는 건…….

"자자! 모두 준비해라!"

"본단으로 돌아간다!"

바로 본단으로 돌아가기 위한 준비였다.

* * *

그 시각, 무림맹의 남경 지부.

지부장은 얼마 전에 윗선에서 은밀히 내려온 지시를 떠

올렸다.

이번에 남경에 도착한 상단으로부터 교역 정보를 얻어 내라는 것.

그도 왜 그런 지시가 내려왔는지 알고 있다.

"쯧, 남궁강 그 자식은 왜 되지도 않는 수작을 부려서 는……."

이로 인한 손해를 만회하기 위해 백천상단에서 다급히 도움을 청한 것이다.

물론 이에 대해 두둑한 대가를 약속했기에 지부장의 입장에서도 나쁠 것은 없었다.

그래서 그는 미리 심어 뒀던 자들에게 명령을 내렸다.

해외 교역에 나섰던 상선들이 도착한 지 사흘째니 슬슬 정보가 들어올 때가 되었다.

"지부장님, 저 강두입니다."

"들어와라."

문이 열리며 그의 심복인 강두가 들어왔다.

하지만 그의 손에는 아무것도 들려 있지 않았다.

"뭐냐? 상선들에게서 얻은 정보 때문에 온 것 아니냐?"

"그것 때문에 온 건 맞습니다."

"그런데 왜 빈손인 것이냐?"

"저…… 드릴 것이 없습니다."

"엥? 그게 무슨 말이야?"

"대체 무슨 일인지, 상선의 선원들이 죄다 몇몇 객잔에 처박혀 지금까지 잠만 자고 있다고 합니다. 그들이 돌아다니질 않으니 도통 정보를 캐낼 수가 없다고 합니다."

"……."

정보를 캐내려면 그 선원들이 기루나 주루에 와야 하는데, 아예 오지를 않으니 아무것도 할 수가 없는 것이다.

"그리고…… 지금 출항 준비를 한다고 합니다."

"출항?"

"네. 각자 본단으로 돌아간다고……."

그 말에 지부장은 얼굴을 찌푸렸다.

"에잉! 텄네! 텄어!"

지부장은 미간을 찌푸리며 투덜거렸다.

사흘 내내 잠만 잔다는 건 누군가 일부러 재운 거다.

머리가 잘 돌아가는 누군가가 정보가 밖으로 새는 것을 막기 위해 이 일에 개입한 것이 틀림없을 터.

"저…… 들리는 말에 의하면 황제가 그리 명했다는 말이 있습니다."

"황제가?"

"네."

지부장은 혀를 찼다.

황제가 그런 명을 내렸다는 건, 그 의도가 분명하게 보였기 때문이다.

'우리 무림맹을 견제하기 위함인가? 당금의 황제는 똑똑하게 미친놈이라서 건드리면 ×되니까 황궁은 건드리지 말라고 그렇게 말했는데 말이지.'

* * *

우리 은해상단의 배가 다시 출항할 준비를 했다.
호북성 본단으로 가서 배를 정비해야 하니까.
그리고, 사소한 사건이 있었다.
"너무합니다. 어떻게 진짜 사흘 내내 내리 재울 수가 있습니까? 제가 육지에 닿기를 얼마나 기다렸는데 말입니다."
상단의 직원 중 일부가 내게 원망 섞인 말을 토해낸 것이다.
나는 이 일도 예상했기에 진심으로 미안하다는 표정을 지었다.
"그 마음을 내가 왜 모르겠습니까? 배에서 내려서 하고 싶었던 것들이 많다는 것도 다 압니다."
물론 핑곗거리도 있었다.
"하지만 제가 무슨 힘이 있어 황제 폐하의 명을 거스르겠습니까?"
나는 그들에게 포권하여 고개를 숙였다.
"제가 능력이 부족해서 생긴 일입니다. 정말 미안합니다."
내가 고개를 숙이자, 그들은 당황해서 손을 내저었다.
"그, 그렇다고 이렇게 고개를 숙여 사과하실 필요까지는……."
"저, 저희는 그냥……."
나는 흐느끼듯 말하며 눈물까지 글썽였다.

"여러분께 정말 못 할 짓을 했습니다."
"아이고, 소단주님! 저희가 잘못했습니다."
"저희가 못된 놈들입니다."

옆에서 이 모습을 보던 팔갑은 고개를 절레절레 저었고, 호위무사들은 슬쩍 고개를 돌렸다.

흠흠.

나는 미안한 표정으로 그들에게 돈이 담긴 주머니를 건넸다.

"이건 제 성의입니다. 여기서는 못했지만, 호북성에 도착해서라도 맛있는 음식을 드시면서 회포를 푸십시오."
"이런 거 안 주셔도 되는데······."
"어서 받으십시오. 팔 아픕니다. 아이고, 팔이야."

내 너스레에 선원들이 아우성쳤다.

"선장님, 어서 받으십시오."
"우리 소단주님 팔 아프다고 하지 않으십니까?"

이에 용응완 선장이 웃으며 그 돈을 받았다.

"감사히 쓰도록 하겠습니다."

그렇게, [은해] 일호와 이호가 다시 출항했다.

나는 그 모습을 보고는 다시 몸을 돌렸다.

마음 같아서는 저 배를 타고 본단에 가 보고 싶지만, 북경에서 해야 할 일이 있다.

우리는 북경으로 가는, 식량을 나르는 행렬을 따라가기로 했다.

수많은 금군들이 두 눈을 부릅뜨고 지키고 있는데 어느 간 큰 놈이 그 식량을 노릴까?

 그만큼 긴장을 하지 않아도 되니, 이보다 편할 수가 없다.

 우리는 금군들이 호위하는 식량 수레의 뒤를 따라 천천히 이동했다.

 이렇게 보니까 진짜 많기는 하네.

 이 식량은 아마도 상대적으로 상황이 안 좋은 지역 위주로 보내질 것이다.

 추가로 계속 교역하면서 얻는 식량들은 조금 상황이 나은 다른 지역으로 분배되겠지.

 이게 국가 단위의 교역이다 보니 남경에 일괄적으로 내려서 북경으로 옮긴 뒤에 분배하는 거다.

 연안을 타고 올라가 북경에 가까운 곳에 곡식을 내려도 되긴 하지만, 배의 정비도 그렇고 이런저런 사정이 있었다.

 그나저나 이번 교역은 첫 교역이라 해적들의 습격을 받거나 하는 일이 없었는데, 앞으로가 걱정이네.

 이렇게 대규모의 식량을 교역한다는 사실이 알려지면, 해적들이 몰려들 텐데.

 게다가 더 규모가 커지고 거리가 멀어지면 더 악랄한 해적들과도 맞붙어야 한다.

 상인의 탈을 쓰고 해적질을 하는 이들도 문제고.

 하지만 그곳은 막대한 이문을 위해서라도 반드시 진출해야 하는 새로운 장시이다.

이를 위해서는 해적들을 무찌를 만한 무력이 필요한데…….

 화포가 가장 쉬운 해답이지만, 화포와 화약은 제국에서 철저히 관리하는 것들이다.

 황제를 통해 사정하면 얻어 낼 수야 있겠지만, 그러면 형평성 문제가 대두될 수밖에 없다.

 그렇게 고민하고 있는데, 앞에서 외침이 들렸다.

 "오늘은 여기서 야숙을 한다."

 "네!"

 우리 일행도 그에 맞춰 야숙할 준비를 하기 시작했다.

 그때 우리가 있는 곳 근처로 사슴 한 마리가 껑충거리며 뛰어왔다.

 "어? 사슴이다!"

 그때 그 사슴을 향해 화살이 날아왔고, 그 화살이 사슴의 몸에 박혔다.

 사슴은 상당히 빠르게 뛰는 동물.

 그렇기에 화살로 맞추는 건 제법 힘든 일인데, 상당히 깔끔한 솜씨다.

 곧 누군가가 그 사슴 쪽을 향해 다가가며 말했다.

 "이거, 생각지 못하게 저녁 거리가 생겼군. 좀 도와주지?"

 그 말에 곧 금군들이 달려와 함께 사슴을 들고 히히거리며 어디론가 갔다.

 이에 서우 무사가 말했다.

 "저희도 뭐라도 잡아 오겠습니다."

"그렇게 하세요."

내 허락에 곧 서우 무사와 명종 무사가 숲속으로 들어갔다.

두 사람이 갔으니 맛있는 걸 먹을 수…… 아!

문득 아까 사슴을 정확히 맞춘 화살이 떠오르며 한 가지 기억이 떠올랐다.

이전 삶에서 궁신이라 불렸던 자.

그가 그런 이름으로 불린 것은 그의 특별한 궁술 때문이었다.

천파궁(天破弓).

하늘을 깨트리는 화살이라는 광오한 이름이었지만, 그 위력은 결코 이름에 뒤지지 않았다.

그의 가문에서 대대로 이어져 내려오던 궁술이었지만, 그 궁술은 그의 대에서 끊어지고 말았다.

천파궁은 그 위력도 상당하지만, 화살에 내공이 실린 만큼 사거리가 상당히 긴 편이다.

그거라면 우리 은해상단이 향후 저 원해로 진출했을 때 큰 도움이 될 거다.

좋았어, 이걸로 내 다음 행보는 정해졌다.

날이 밝았다.

잠에서 깨어 일어나자, 불침번을 서고 있던 서우 무사가 나를 보며 말했다.

"기침하셨습니까?"

"네. 그런데 팔갑은…… 벌써 일어났나 보네요."
"오늘은 좀 특별한 음식을 마련하겠다고 숲으로 들어갔습니다."
"네? 특별한 음식이요?"
"오늘, 특별한 날이지 않습니까?"
음? 특별한 날이라고? 무슨 날이지?
내가 곰곰이 생각하자 서우 무사가 피식 웃으며 말을 이었다.
"하도 바빠서 생각이 안 나시나 보군요. 오늘은 소단주님의 생신입니다."
"어? 그러네요."
그러고 보니 진짜 내 생일이다.
서우 무사의 눈이 부드럽게 휘어졌다.
"생신 축하드립니다. 소단주님."
"감사합니다."

팔갑은 나를 위해 산에서 따 온 것들로 요리를 만들어 주었다.
"그래도 이곳은 아랫지방이라 그런지 십일월 초임에도 제법 남아 있는 것들이 있습니다요."
그 음식은 새를 잡아 그 안에 과실들을 넣고 구운 요리와 산에서 캐 온 버섯 등을 넣어 끓인 탕이었다.
"이야, 이런 곳에서 먹기 힘든 진수성찬이네. 고마워, 잘 먹을게."

"헤헷."

내 말에 팔갑은 쑥스러운 표정으로 코를 쓱 문질렀다.

팔갑이 만든 음식은 참 맛있었다.

그리고 나에 대한 팔갑의 마음이 느껴져서, 가슴이 따뜻해졌다.

팔갑이를 만난 건 아무리 생각해도 내 인생 최고의 행운이다.

언제나 나를 세심하게 살펴주는 덕분에, 내가 잡다한 것에 신경 쓰지 않고 내 일에 집중할 수 있으니까.

내 생일이라는 것을 알게 되었는지, 나와 동행하던 상단의 책임자들이 나에게 축하의 인사를 건넸다.

"그나저나, 자네의 생일은 유력자들과 만날 중요한 기회인데 이렇게 생일을 지나쳐 버렸군."

이래서 동병상련이라는 말이 있는 거다.

그의 말대로 내 생일은 평소 연을 맺고 싶었던 이들과 연을 맺을 수 있는 기회다.

하지만 때론 어쩔 수 없는 일도 있기 마련이다.

지금 내가 남경과 북경을 오가는 일은 그런 것보다도 훨씬 중요한 일이니까.

"그래도 덕분에 상단주님께 생일 축하 인사도 듣고, 아주 좋네요."

"하하하, 그리 말해 주니 내가 부끄럽군. 변변찮은 생일 선물도 주지 못하는데 말이지."

"생일 선물은 나중에 주시면 됩니다."

"그래, 내 북경에 도착하면 꼭 선물을 주도록 하지."

그렇게 가볍게 축하를 주고받으며 출발 준비를 했고, 우리 행렬은 다시 움직였다.

"이제 한 사흘 후면 도착할 것 같습니다."

"그렇군요."

서우 무사의 말에 나는 고개를 끄덕였다. 표행에 경험이 많은 표두 출신이라 그런지 그는 여정을 계산하는 것에 매우 능통했다.

그나저나 나도 이제 벌써 스물세 살이다.

열다섯 살에 죽음에서 되돌아와 다시 삶을 이어 온 지 팔 년째다.

이렇게 생각하니, 뭔가 새삼스럽네.

그사이 내가 이루고 변화시킨 것들을 떠올려 보니, 입가에 미소가 지어졌다.

뭔가 많기는 많네.

하지만 아직 부족하다.

천하제일상단까지는 꽤 시간이 남았고, 백천상단과 무림맹에 복수하기에도 좀 부족하다.

그러니까, 좀 더 힘을 내야지!

어느덧 날이 저물었다.

우리는 주변에 객잔이 있는 마을에 도착한 상태였다.

금군을 지휘하던 이가 우리에게 다가와 물었다.

"예부좌시랑 대인과 다른 관리들은 객잔으로 간다고

하네. 자네들은 어찌할 것인가?"

그 말에 우리는 서로를 보았다.

이미 우리의 대답은 정해져 있었다.

"상품을 운송하는 동안, 상품에서 멀리 떨어지는 상인은 없습니다."

"……?"

"아직 황제 폐하께 값을 받기 전이지 않습니까?"

정확하게 말해서 이번 상행에 대한 수고비였지만, 그게 그거잖아.

내 말에 순간 금군의 지휘관의 눈빛이 이채를 띠었다.

"그렇군. 알겠네."

그리고 고개를 주억였다.

음? 뭐지? 뭔가 상당히 흡족한 표정인데?

그나저나 오늘도 야숙이군.

일행들이 야숙을 준비하는데, 금령이 갑자기 내 소매 안에서 튀어나왔다.

"꾸이!"

"응? 왜? 무슨 일 있어?"

금령은 내가 부를 때가 아니면, 웬만해서는 내 소매 안에서 나오지 않는다.

"꾸이! 꾸이!"

"응? 잠시 기다리라고?"

금령은 쏜살같이 사라졌다.

음? 무슨 일이지?

뭐, 금령이니까 걱정할 필요는 없겠지.

궁금하긴 하지만.

곧 금령이가 돌아왔는데, 평소와 달리 몸에 흙이 잔뜩 묻어 있었다.

그리고 입에 물고 있던 무언가를 내 무릎 위에 놓았다.

"꾸이! 꾸!"

"응? 내 선물이라고? 이거 때문에 갔던 거야?"

내 반문에 금령은 고개를 끄덕였다.

나는 고개를 갸웃하며 그것을 들어 보고는 깜짝 놀랄 수밖에 없었다.

"어? 이건 어떻게 구했어?"

금령이가 내 생일 선물로 가지고 온 건, 천영근(天靈根)이라는 영초다.

이름에서 알 수 있듯이 천 년의 지력이 담긴 영초다.

어느 영초가 찾기 쉽겠냐마는 그중에서도 꽤 찾기 어려운 편에 속한다.

땅속 깊숙한 곳에 파묻혀 있기 때문에, 땅이 갈라지거나 오랜 풍화 작용으로 묻힌 것이 드러나지 않는 이상은 찾기 어렵다.

당연히 효과는 엄청나다.

이거 한 뿌리면, 아무리 중병에 걸린 자라고 해도 벌떡 일어나게 할 수 있었으니까.

그야말로 회복의 능력이 극대화된 만병통치약인 것.

"이걸 찾느라고 흙투성이가 된 거구나. 고마워."

내 감사에 금령은 뭔가 부끄러워하며 꾸이거렸다. 나는 금령이가 부끄러우면 꼬리를 배배 꼰다는 것을 오늘 처음 알게 되었다.

"이건 내가 아주 유용하게 쓰도록 할게."

"꾸이."

"자, 그럼 팔갑이가 잔소리하기 전에 좀 닦자."

나는 손수건을 꺼내 수통의 물을 적혀서 금령이를 닦아 주었다.

.

.

.

그날 밤.

나는 희미하게 느껴지는 살기에 잠에서 깼다.

내가 자리에서 일어나자 불침번을 서고 있던 창운 무사가 물었다.

"일 보러 가십니까?"

"아뇨."

내가 검을 챙겨 드는 모습에 창운 무사의 얼굴이 굳어졌다.

"이곳을 노리는 자들이 있습니다. 다른 분들을 깨우십시오."

내 명에 곧장 창운 무사는 우리 일행을 깨우기 시작했다.

우리를 향한 살기는 미약하다.

그래서 절정인 호위무사들조차 이를 알아차리지 못한

것이다.

아직 먼 거리에 있다는 의미니 대처할 시간은 충분하다.

우리가 무기를 챙기며 분주하게 움직이자, 이를 본 다른 상단의 호위가 우리에게 다가오며 물었다.

그동안 여정을 함께 하면서 안면을 익힌 사이다.

"지금 무슨 일 있습니까?"

"지금 운송하고 있는 식량을 노리는 이들이 있는 듯합니다."

"허! 저 금군을 뚫고 말입니까? 간이 부었군요."

"그러게 말입니다."

우리 일행 중 절정에 이른 이들도 이제야 살기를 감지한 듯 검병을 잡은 손에 힘을 주었다.

우리를 노릴 만한 이유는 딱 하나, 지금 수송 중인 식량뿐이다.

하지만 저들도 정예 금군들이 식량을 지키고 있음을 알 터, 무언가 믿는 구석이 있는 거다.

사람이든, 무기든, 전술이든.

내가 볼 땐 전술일 가능성이 높았다.

전술이라…….

그렇다면 전술에는 전술로 상대해 줘야지.

* * *

어두운 밤.

숲속을 헤치며 나아가는 무리가 있었다.

그들은 한 지점에 멈추었다.

저 멀리 모닥불로 보이는 불빛들과 그 근처에 수많은 수레가 세워져 있는 게 보였다.

"저게 다 식량이란 말이죠? 저거 한 수레만 있어도 우리 처자식들에게 따뜻한 죽 한 그릇 먹일 수 있을 텐데요."

"곧 그리될 거다. 그렇지?"

"네. 채주."

대답한 그는 삼십 대 후반으로 보이는 자였다.

다른 산채의 이들과는 달리 유건을 쓰고 눈을 빛내고 있었다.

"제가 지시한 대로만 하면, 아무 피해 없이 저 식량들을 저희가 차지할 수 있을 겁니다."

그 순간, 채주의 눈에 살짝 언짢음이 비쳤지만 아주 잠깐이었기에 그 누구도 이를 알아차리지 못했다.

"인원을 넷으로 나누겠습니다. 우선 선발대가 접근해서 슬쩍 치고 빠지며 금군들을 유인합니다. 그리고 반대쪽으로 다른 부대가 난입해서 그쪽의 금군들도 유인합니다."

그의 말이 계속 이어졌다.

"그사이 남은 부대 중 하나가 식량의 일부나 저들의 막사에 불을 질러 남은 자들을 유인하고, 마지막 부대가 곡식을 탈취해 달아나는 겁니다."

그 말에 누군가가 의문을 제기했다.

"하지만 다른 금군들이 지원하게 되면 곤란해지지 않

겠습니까?"

"맞습니다. 하지만 저 식량을 나르는 금군들은 일정 거리를 두고 야숙을 하고 있습니다."

대규모 인원들이 한곳에 너무 모이면 생활하는 데 문제가 많다.

물을 구하는 것이라든지, 생리적 현상을 해결하는 문제 등.

오랜 관찰을 통해 이를 확인했기에 이번 작전을 세울 수 있던 거다.

"그러니 일을 눈치채고 다른 곳에서 돕기 위해 달려오기 전에 일을 처리해야 합니다."

"호오…… 과연!"

"역시 우리의 군사입니다."

"이번 작전이 성공한다면 올 겨울은 배부르게 지낼 수 있겠군요."

산채의 이들은 유건을 쓴 군사를 치켜세우기 시작했고, 이를 본 채주는 살짝 입술을 깨물었다.

"그럼 준비하도록 하죠."

"그러지."

"그런데 혹시라도 실패하면 어쩌죠?"

"실패할 일은 없습니다."

군사는 호언장담했고, 곧 채주는 군사의 작전대로 인원을 나누었다. 그리고 그는 자신이 있어야 할 곳으로 향하며 속으로 중얼거렸다.

'머리 좀 좋다고 기고만장해서는…… 이거야 누가 채주인지 모르겠군.'

이대로라면 자신이 채주의 자리에서 쫓겨날지도 모른다는 불안감마저 들었다.

어쨌든 지금은 식량 확보가 문제다.

식량을 확보하지 못하면 그 불만은 자신에게로 쏟아질 테니까.

그러니 아직은 군사가 필요하다.

삐익!

피리 소리가 들리자, 그들은 작전대로 금군을 향해 달려들었다.

"쳐라!"

"네!"

곧 그들은 금군들과 부딪혔다.

챙-!

채앵-!

냉병기가 부딪히는 소리가 울려 퍼지며 전투가 시작됐다.

하지만 그 부대를 이끄는 이는 군사의 당부를 잊지 않았다.

"절대 오래 싸워서는 안 됩니다. 저들이 무공을 깊게 익히지 않았다고는 하나 정예 병사들입니다. 그러니 신호를 보면 곧바로 퇴각해야 합니다."

그나마 금의위나 동창이 아닌, 금군이기에 녹림들 수준으로도 잠시나마 그들과 상대하는 게 가능했다.

삐익!
다시 신호가 왔다.
이에 그들은 퇴각했고, 금군들은 그들을 쫓기 시작하였다.
이어 반대쪽에서도 다른 패거리들이 식량을 쌓아 둔 곳을 습격했다.
그렇게 남은 다른 금군들도 유인해 냈다.
이제 남은 건 불을 지르는 이들과 곡식을 탈취하는 것을 맡은 이들.
그들 중에는 군사도 속해 있었다.
정확한 순간에 빠르게 명령을 내려야 했기 때문이다.
그런데 문제가 생겼다.
"구, 군사님!"
"크, 큰일입니다."
그들은 깜짝 놀랐다. 삽시간에 그들을 에워싸는 금군들 때문이다.
이에 군사는 입술을 깨물었다.
'뭐지? 벌써 지원이 당도한 것인가? 하지만 가장 가까운 부대도 오 리 이상 떨어져 있었고, 지금은 한밤중인데?'
이곳의 소란을 눈치채고 달려오는 건 아직 일렀다.
하지만 그들이 금군들에게 포위당한 것은 명백한 현실.

두려움에 떠는 그들에게 부드러운 미성이 들려왔다.
"항복하면, 목숨은 살려 드리죠."

* * *

당황스러운 기색이 역력한 이들을 보며 피식 웃었다.
나는 그들에게 다가가며 물었다.
"그나저나, 간도 크네요. 대체 무슨 생각으로 이 식량들을 탈취하려고 했던 겁니까?"
"……."
"기만책을 섞은 양동 작전은 제법 괜찮은 전술이었습니다. 그저 상대가 나빴을 뿐입니다."
"대체…… 어떻게 전술을 간파한 겁니까?"
그리 묻는 자는 유건을 쓴 젊은 사내.
저 얼굴이 왠지 모르게 낯이 익은데…… 바로 떠오르지는 않는다.
어쨌거나 질문에 대답은 해 줘야지.
그 말에 나는 피식 웃었다.
"그냥 보이던데요?"
"……농락하지 마십시오."
"농락하는 거 아닙니다."
나는 저들이 자리를 잡는 것을 알아차린 즉시, 호위무사들을 보내 정찰했다.
전술을 세우기 위한 첫 번째 단계는 현 상황에 대해 정확하게 파악하는 것이며 두 번째 단계는 적들에 대해 파악하는 것이다.

금군들의 규모나 위치는 잘 알고 있으니, 적들의 정보만 파악하면 되니까.

특히 내 쪽에는 정찰 임무에 특화된 이들이 있다.

절정 무사 정도면 저들에게 들킬 리가 없고, 팔갑 역시 살왕의 재능이 있다.

그렇게 그들이 적진에 잠입해 저들의 작전을 듣고 움직임을 보고해 줬다.

그러니까 그냥 보였다는 내 말은 거짓말이 아닌 것.

"당신들은 금군들을 유인했지만, 우리는 유인에 당해 준 척한 것입니다. 그리고 곧바로 방향을 틀어 이곳으로 왔죠."

나는 말을 이었다.

"그리고 다른 곳에 야숙 중인 금군들이 우리를 건드리고 도망친 이들을 처리하도록 했죠."

내가 신호를 보내자 금군들이 다가왔다.

그들은 적잖은 수의 녹림들을 포박한 채였다.

"수고 많으셨습니다."

"뭘, 우리가 더 감사한 일이지. 하하하!"

금군의 지휘관이 호탕하게 웃으며 손을 내저었지만, 그 얼굴에는 안도함이 보였다.

하긴 저들에게 곡식을 탈취당했으면 황제에게 엄청난 처벌을 받았을 테니까.

아까 저들이 이곳을 노리고 있음을 알게 되었을 때 정찰을 통해 저들의 전술을 파악한 후 곧바로 지휘관에게 향했다.

솔직히 지휘관이 내 말을 듣지 않으면, 황제가 내게 준 감찰어사의 신분을 드러내는 것도 감수할 생각이었다.

우리 은해상단의 이들이 그 고생을 해서 가지고 온 식량을 뺏길 순 없었으니까.

하지만.

"그게 정말인가?"

그는 당황스러울 정도로 내 말을 신뢰해 주었다.

"황제 폐하께서는 자네의 말이라면 아무리 사소한 것도 그냥 넘기지 말라고 하셨지."

그럼 그렇지.

여기에도 황제의 손길이 뻗어 있군.

"그리고 맡은 일에 있어 최선을 다하는 모습을 보니, 허튼 말을 할 것으로도 보이지 않았고."

그러고 보니, "상품을 운송하는 동안, 상품에서 멀리 떨어지는 상인은 없습니다."라고 말했을 때 그런 나를 보는 눈빛이 심상치 않았었지.

아무튼 그렇게 순조롭게 지휘관의 협조를 얻으니 일은 일사천리로 진행되었고, 이렇게 별 피해 없이 습격을 막을 수 있었던 것이다.

내 설명에 유건을 쓴 남자는 그 자리에 주저앉았다.

"젠장!"

"당신이군요. 이 전술을 세운 자가."

그 말에 뒤에서 누군가의 걸걸한 목소리가 들려왔다.

"그렇다! 이 작전을 세운 자가 바로 그 새끼지! 이 자식아! 네 말을 믿고 이리했다가 다 죽게 생겼다! 이를 어찌할 것이냐?"

음? 그 힐난하는 저자의 얼굴도 뭔가 낯이 익은데?

그 힐난에 유건을 쓴 자는 입술을 깨물며 손을 덜덜 떨었다.

그 마음이 뭔지 모르겠다.

전술이 간파당한 것에 대한 분함일까? 아니면 앞으로 벌어질 일에 대한 두려움?

그것도 아니면······.

"전술을 세운다는 건, 수많은 이들의 목숨을 책임진다는 의미입니다. 그렇기에 뛰어난 전술가는 실패할 때에 대한 대안도 생각해야 합니다."

진유 무사가 내게 보고했었다.

실패할 가능성이 없다고 호언장담했었다고.

"전술을 세우는 일의 책임감에 대해 알지 못하셨던 모양이군요."

그의 눈이 나를 향했다.

"전술을 세워 실행하는 건 단순한 장기 놀음이 아닙니다. 본인의 전술을 실행하는 이들의 목숨, 그 목숨의 무거움을 알지 못한다면 군사의 자격은 없습니다."

내 말에 그의 고개가 힘없이 떨구어졌다.

나는 금군의 지휘관에게 말했다.
"이들을 어찌하시겠습니까? 이곳의 책임자는 대인이십니다."
"솔직히 다 죽여 버리는 것이 편하긴 하지……."
이에 저들의 얼굴이 사색이 되었다.
"사, 살려 주십시오!"
"제발 자비를 베풀어 주십시오!"
"그나마 있던 땅도 잃고 떠도는 처지입니다."
하긴 요즘 녹림 중 태반이 유민이기는 하지.
거듭된 흉년을 견디지 못해 고향을 떠났다가 녹림의 무리에 합류하게 된 것이지.
그때 다시 걸걸한 목소리가 들렸다.
"저놈이 시켜서 한 일인데 우리가 왜 죽어야 합니까? 저자만 죽이십시오!"
퍽!
"시끄럽다!"
그는 다른 금군의 발에 배를 차이고 쿨럭였다.
나는 고개를 떨군 채 묵묵부답인 자를 보았다.
솔직히 그가 세운 전술은 제법 흥미롭기는 했다.
좀 오만했던 것이 문제지만, 그건 아직 젊고 경험이 없어서 벌어진 실수에 가까우니까.
저 재주가 좀 아깝긴 하네.
나는 그에게 다가가 조용히 물었다.
"이름이 어찌 됩니까?"

"네?"

"이름 말입니다."

"제 이름은…… 갈현입니다."

"……!"

그 이름을 듣는 순간, 나는 눈을 크게 뜰 수밖에 없었다.

왜 이 군사와 저 채주의 얼굴이 낯이 익나 했는데…….

이전 삶에서 만났던 자였군.

상행을 위해 전국을 누비다 보면, 산채에 약간의 통행비를 주고 산을 넘는 것은 일종의 불문율이다.

그리고 산서와 하북성 사이의 숲에서 활동하던 한 산채에 제법 신세를 졌지.

언젠가 갑자기 폭풍으로 산이 무너지는 바람에 꼼짝없이 발이 묶였던 적이 있다.

당시 그 산채의 군사의 제안으로 한동안 그 산채에 머물렀었는데, 그 산채의 군사가 바로 이자다.

당시 밤을 지새워 가며 이야기를 나누었는데, 그의 식견과 지략에 꽤나 탄복했었다.

나는 인재에 대한 욕심이 많다.

하여 그에게 넌지시 영입을 권유했지만, 그는 거절했다.

나중에 그 산채를 떠나면서도 그가 걱정되었다.

내가 본 채주는 속이 좁은 인물이었으니까.

다음에 다시 만났을 때 재차 영입을 권유했지만, 그때도 거절했다.

그게 그를 내 사람으로 만들 수 있던 마지막 기회였다.

옹졸했던 채주가 결국 갈현을 제거했기 때문이다.

그가 제거당한 후, 얼마 되지 않아 그 산채는 다른 산채에 밀려 흡수당하고 말았다.

갈현의 능력에 기대어 번성했던 곳이었는데 그가 없으니, 결과는 뻔하지.

그나저나 내가 바꾼 미래로 인해, 과거의 인연을 생각하지도 못했던 곳에서 만나게 되었다.

이전 삶에서 이자의 삶이 기구했던 건 주군을 잘못 택했기 때문이다.

하지만 그건 그가 원해서가 아니었다.

가족들과 같이 유민이 되어 떠돌다가 그에게 목숨이 구해졌고, 그에게 의탁하게 된 것이니까.

즉, 구명지은을 갚기 위해 남아 있는 것이다.

나는 그에게 말했다.

"저기 고래고래 소리 지르던 자가 채주죠?"

"……."

"선택권이 없었으니 저런 주군을 골랐겠죠."

그는 묵묵히 내 말을 듣고만 있었다.

입술을 깨무는 것을 보니 그 역시 이런 상황이 속상한 것이다.

주군의 그릇이 작다는 것만큼 수하가 속상한 일이 또 있을까?

"그리고 이번에도 선택권은 없습니다. 제 아래에서 일하실래요? 아니면 죽을래요?"

갈현은 내 말을 바로 이해하지 못한 듯 눈을 끔뻑끔뻑했다.

나는 차분히 내 의도를 설명했다.

"저는 인성과 능력을 아주 중요하게 봅니다. 저런 옹졸한 주군 아래에서도 최선을 다하는 것으로 보아 인성은 합격이죠. 그리고 이번 작전으로 저를 흥미롭게 했으니 그 능력도 합격입니다."

아직은 내 이전 삶보다 이른 시기였기에 그런지 그 능력이 덜 여물었지만.

"……."

"그래서 이런 제안을 하는 겁니다. 이 식량들은 제국의 굶어 죽어 가는 이들을 위한 황제 폐하의 마음입니다. 감히 그것을 건드렸으니 죽어도 할 말 없겠죠."

내 말에 그는 고개를 푹 숙였다.

"하지만 제 아래에서 일하겠다고 하시면 목숨은 살려 드릴 수 있다는 겁니다. 제가 대인께 자비를 구해야겠지만 말입니다."

그리고 슬쩍 금군의 지휘관을 보았다.

그는 나를 아주 좋게 보고 있었다.

그러니 지금 나의 행동을 용납해 주시는 거지.

"그러니까 선택하십시오. 어찌하시겠습니까?"

"……."

그때 옆에서 채주가 버럭 소리를 질렀다.

"이 ×새끼야! 비겁하게 너만 살겠다고? 너 때문에 이렇게 되었으니까 너만 죽으면 되는 거잖아?"

 참 적절할 때 끼어들어 주시네.

 나는 피식 웃으며 말했다.

 "저런 새끼를 계속 주군으로 모시고 싶진 않잖아요?"

 그때 갈현이 입을 열었다.

 "저는…… 솔직히 주군에 대한 의리는 없습니다. 저를 살려 준 은혜는 다 갚았다고 생각합니다."

 그는 말을 이었다.

 "다만, 저 때문에 곤란에 빠진 다른 이들에게 미안할 뿐입니다. 이들은 대부분이 이번 기근으로 인해 유민이 된 자들입니다. 그저 한 끼라도 배부르게 먹어 보고 싶을 뿐인데…… 저 때문에 이리되었습니다. 그런데 어찌 저 혼자 살겠다고 저들을 배신할 수 있겠습니까?"

 이 눈빛…… 이전 삶에서도 봤던 그 눈빛이다.

 그때도 채주를 위해서가 아니라 산채의 다른 사람들 때문에 내 제안을 거절했던 것이다.

 이거 더 마음에 드네?

 그 말은 즉, 의무에 얽매여 불의를 묵과하는 인물은 아니라는 거니까.

 그저 인정이 있을 뿐.

 "좋습니다. 그럼 당신이 내 밑에서 일하겠다고 한다면 저 산채의 유민들도 살려 드리도록 하죠."

 "네? 그, 그게 정말입니까?"

 "네."

"그렇다면, 그 제안을 받아들이겠습니다."
"알겠습니다."
나는 지휘관에게 다가갔다.
"대인, 이번 일은 유민이 된 이들이 배고픔을 이기지 못해 생긴 일이라고 생각됩니다. 비록 저들이 식량 탈취를 시도했지만 탈취당한 식량은 없습니다."
"그렇긴 하지."
"이런 상황에서 사형은 과한 처분이라고 생각됩니다. 저 유민들은 농지만 있다면 토지를 일구고 농사를 지을 수 있는 이들입니다. 저들이 농사를 지어야 군량미도 넉넉해지지 않겠습니까?"
"자네 말에 일리가 있네. 안 그래도 계속된 흉년으로 군량미가 넉넉지 않으니."
금군의 지휘관은 군인이다.
그런 그에게 있어 보급 문제는 중요할 터, 군량미를 예로 든 게 주효했다.
"그러니 저 유민들을 황궁 소유 토지의 소작농으로 삼아 노역시키는 것은 어떻겠습니까?"
"그거 좋은 생각이군. 안 그래도 이 많은 자들을 모두 처형하는 건 좀 찜찜했는데 말이지."
"또한, 각자의 능력을 무시해서는 아니 된다고 생각합니다. 그러니 저 군사라는 자는 제가 데리고 가도록 하겠습니다."
"자네가?"

"네. 제가 하는 일 역시 황제 폐하께서 이 제국의 백성들을 위해 지시하신 일입니다. 그러니 노예의 신분으로 제 아래에서 노역하게 함은 마땅한 처벌이라 생각됩니다."

"일리가 있군. 헌데…… 저 수괴 역시 노역을 시킬 셈인가?"

"그건 아닙니다. 저자를 살려 둔다면, 노역을 할 때 이들이 누구의 말을 듣겠습니까?"

"그렇군."

나의 말뜻을 알아들은 지휘관은 고개를 끄덕였고, 금군에게 명했다.

"죽여라."

"네!"

그 말에 사색이 된 채주는 발버둥 치며 애원했다.

"사, 살려 주십시오! 제발…… 사……."

서걱!

그의 목은 단번에 잘려 바닥을 굴렀다. 이에 그 모습을 지켜보던 이들의 안색은 하얗게 질렸다.

그러곤 내게 감사의 눈빛을 보냈다.

곧 산채에 남아 있던 이들이 금군들에 의해 끌려 나왔다. 그 와중에 저항하던 이들은 그 자리에서 사살되었다.

내가 그것까지도 봐달라고 할 순 없었으니까.

산채에 있던 이들의 대부분은 노인과 여자와 아이들.

겁에 질린 표정이었지만, 죽이지 않는다는 말에 일단은

안도한 듯했다.

우리 일행을 비롯해 식량 수송 행렬은 다시 출발했고, 포박당한 이들은 금군의 뒤를 따랐다.

내가 저들을 황궁 소유의 토지에서 노역시키게 한 데에는 이유가 있다.

전에 내가 은해상단 소유의 토지에서 노역하게 한 자들은, 은해상단을 건드린 자들이다.

하지만 이번에 저들은 북경으로 가는 식량을 건드렸고 그 와중에 금군과 충돌했다.

그러니 당연히 황궁을 위해 노역해야만 하는 것이다.

그리고 황궁 소유의 토지에서 노역하는 것은 그리 나쁘지 않은 환경이다.

돈을 벌지는 못하지만 일을 하면 굶어 죽지는 않으니까.

그리고 그 노역 기간이 끝나면 계약을 맺고 임금을 받을 수 있게 된다.

이는 돈을 모아 본인의 땅을 사서 농사를 짓는 자영농을 늘리기 위한 황제의 생각이 반영되어 있었다.

자영농은 세금을 낸다.

그리고 세금은 제국을 경영하기 위한 재원이다.

나라에서 뭔가 하고 싶어도 돈이 있어야 하는데, 돈이 없어 일을 못 하면 민심이 흉흉해진다.

사실 황제의 권력은 민심에서 나오는 거니까.

황제가 참 머리가 좋단 말이지.

그러나 그 계획도 노역자들이 노역 기간을 끝내고 돈을

모아 땅을 살 수 있어야 성립되는 계획이다.

 그래서 나는 지금 야금야금 제국 전역에서 땅을 사 모으고 있었다.

 그들이 자영농이 되려면 땅을 파는 자들이 있어야 하는데, 흉년이 끝나고 풍년이 오면 누가 땅을 팔까?

 그래서 지금 땅을 사서 나중에 저들에게 땅을 팔아 시세 차익을 남길 생각이다.

 그렇다고 터무니없는 차익을 남길 생각은 아니다.

 그냥 미래를 위한 일종의 안배인 것이지.

.

.

.

 그렇게 우리는 무사히 북경에 도착했다.

 서우 무사의 예상보다는 하루 정도 늦었는데, 아무래도 일행의 수가 늘었고 저 유민들과 같이 이동해야 했기 때문이겠지.

 아무튼, 그렇게 북경에 도착하여 황궁으로 향하던 우리는 뜻밖의 광경을 목격했다.

 황궁 앞, 공터에 만신창이가 되어 주렁주렁 달린 이들이었다.

 그들은 전에 춘경성을 수탈한 것도 모자라 자신들의 수탈 사실이 드러날 것이 두려워 춘경성주를 유폐시키고 주현 황자를 고문하는 만행을 저질렀던 변절자들이었다.

 저들을 저렇게 공개적으로 처벌했다는 것은 심문이 끝

났다는 뜻.

그러나 그들 중에는 금의위와 동창은 없었다.

그들은 살아 있을 때도 드러나선 안 되지만, 죽어서도 드러나면 안 되니까.

그리고 공호 역시 없었다.

아직 알아낼 것이 더 있는 것일까? 아니면 그를 놓고 무림맹과 줄다리기 중이신 건가?

아무튼, 황제가 얼마나 노여워했는지 알 수 있는 것이 처형당해 죽은 사신들의 시신이 아닌, 살아 있는 상태 그대로 거꾸로 매달아 놓은 것이다.

하지만 그 잔혹한 모습을 보면서도 아무도 그들을 안타깝게 여기지 않았다.

저들의 죄에 대해 널리 공표되었기 때문이지.

그 모습을 보자, 이전 삶이 떠올랐다.

그땐 춘경성의 성주가 저렇게 매달려 있었었지. 지금은 그게 바로잡힌 것이고.

저들이 왜 저런 꼴인지 아직 모르는, 우리가 끌고 온 유민들에게는 공포로 다가왔다.

그렇게 겁내지 않아도 되는데…….

솔직히 황제가 여러 의미로 두려운 분이긴 하지만, 함부로 권력을 남용하는 분은 아니니까.

그래도 덕분에 저들이 탈출을 시도하거나 그럴 가능성은 차단되었으니 뭐 좋게 생각할까?

어느덧 우리는 황궁 앞에까지 왔다.

"그럼 저희는 이만 가 보도록 하겠습니다."

나와 동행했던 상단의 책임자들의 말에 나는 고개를 끄덕였다.

"네, 제가 다시 연락드리겠습니다."

나도 여기서 헤어져 북경지부로 가고 싶었지만, 나는 황제를 만나러 가야 했다.

황제가 지시한 일을 제대로 처리했다는 보고를 해야 했으니까.

그리고 이번에 거둔 유민들에 대한 처분 역시 잘 설명해야 했으니까.

그래야 내가 이번에 얻은 인재를 내가 데리고 가는 것도 허락받을 수 있다.

나에게는 황제가 준 항시출입허가패가 있으니 허락 없이 입궁할 수 있다.

이걸 이렇게 쓰네. 후.

황제가 나를 더 알차게 부려 먹으려고 이걸 준 게 맞는 것 같단 말이지.

잠시 후.

나는 지휘관과 함께 황제를 알현할 수 있었다.

우리는 예를 갖추었고, 황제는 우리의 공을 치하해 주었다.

"고생 많았다."

"아니옵니다. 그저 소신은 황제 폐하의 명에 따랐을 뿐이옵니다."

"그런데, 함께 온 이들이 있다던데?"

역시 황제다.

하긴, 우리와 동행했던 금의위 대협이 이에 대해 보고했을 테니까.

당시 금의위 대협이 있긴 했지만, 그는 내 요청으로 식량을 지키는 일에 집중했다.

그 대협이 나서면 일이 좀 커질 것 같았으니까.

"네, 사실 식량을 가지고 오던 중에 불미스러운 일이 있었습니다."

그는 당시의 일을 자세하게 설명했다.

"……하여, 은서호 소단주가 아니었다면 임무를 제대로 마치지 못했을 것입니다."

이거 나를 너무 띄워 주시는데…….

나는 얼른 그 자리에 부복하며 말했다.

"소상은 그저 미력하나마 힘을 보탰을 뿐이옵니다. 그 거대한 행렬을 무사히 이끌어 온 것도, 그 사건을 잘 해결한 것도 모두 지휘를 맡으신 대인의 공이옵니다."

"네 말이 맞다."

황제가 고개를 주억였다.

"확실히 큰 일이지. 그렇기에 내 그대에게 이 일을 맡긴 것이고."

"그 말씀에 몸 둘 바를 모르겠사옵니다."

"무사히 식량을 가지고 온 공은 가히 크다. 하여 내 자네에게 그 포상으로 비단 오십 필을 내리겠다."
"황은이 망극하옵니다."
"그럼 이만 물러가도록 하라."
"네, 폐하."
그러곤 고개를 돌려 나를 보며 말했다.
"넌 남고."
안 그래도 남으려고 했습니다. 폐하.
그 지휘관이 나가고, 황제는 나에게 말했다.
"그 유민들의 처벌은 네가 주청한 대로 하겠다."
"황은이 망극하옵니다."
"그 갈현이라는 자의 능력이 탐이 났나 보구나."
"그저, 그 재주가 아까웠을 뿐입니다."
"뭐, 네 아래에 두고 쓴다니…… 그 계획을 세웠던 자에게 딱 맞는 중벌이구나."
뭔가 말에 뼈가 있는 것처럼 느껴지는 건 왜일까?
아니, 내가 얼마나 직원들의 복지를 위해서 애쓰고 있는데 딱 맞는 중벌이라니…….
내 아랫사람들이 그렇게 힘들지는…… 흠흠.
서향 소저와 현풍국의 직원들을 생각하니 생각을 더 이을 수가 없었다.
"그나저나 내가 지시한 대로 정말 푹 재웠더구나."
"이번 일을 위해 주셨던 수면제의 효과가 좋았습니다."
"방효유, 그자도 그리 말했었지."
허…….

방 대인이 즐겨 사용하던 수면제가 그 수면제였군. 어쩐지 효과가 좋다고 했지.

"그나저나 이번 교역으로 벌어들인 식량으로 한숨 돌릴 수 있겠구나. 그런 의미에서 너에게 고맙게 생각한다."

나를 바라보는 황제의 시선에는 나에 대한 고마움이 담겨 있었다.

하긴 이번 교역을 제안하고 무사히 해결한 게 나니까.

"그런 말씀은 받잡기 민망하옵니다. 저는 그저 제 이익을 위해 말씀드렸을 뿐입니다."

"그러나 그로 인해 이 제국이 덕을 보았으니 고마운 건 고마운 것이지."

"정녕 그리 생각하신다면, 한 가지 주청을 드려도 되겠습니까?"

내 말에 황제는 흥미롭다는 표정을 지었다.

"무엇이냐?"

"이번에, 저희 상인들이 연대하여 상소를 올릴 예정입니다. 그 상소가 통과될 수 있도록 해 주십시오."

"대체 무슨 내용이기에 그러는 것이냐?"

"금주령에 대한 내용이옵니다."

"금주령?"

"네. 이번에 가지고 온 식량보다 더 많은 식량을 가지고 올 방법이 있사옵니다."

내가 미리 상소에 대해 보고하는 이유는 하나다.

시간.

상소를 가지고 대신들이 갑론을박을 벌이는 시간조차도 아깝다.

다음 출항까지 시간이 없는 건 아니지만, 술을 만드는 데 시간이 꽤 걸리니까.

* * *

"갈현! 나와라."

갈현은 금군의 말에 뇌옥에서 나왔다. 그리고 아직 뇌옥에 있는 유민들을 일별했다.

뇌옥에서 그는 유민들에게 용서를 빌었다.

이리된 건 그의 작전이 간파당한 탓이며, 또한 대책을 세우지 않은 탓도 있었으니까.

그런 그에게 유민들은 그에게 잘못이 없다고 말해 주었다. 그게 너무나도 고마웠다.

뇌옥에 있는 동안 그는 은서호의 말을 되새기며 반성하고 또 반성했다.

생각해 보니, 자신은 약간은 자기도취에 빠져 있었던 같았다.

유민들을 배신할 수 없어 옹졸한 채주 밑에서 일하긴 했지만, 주변에서 자신을 군사님 하며 치켜세워 주었으니까.

그런 상황이니 저도 모르게 콧대가 높아진 듯했다.

하지만 이번 일로 그의 콧대는 산산이 조각났고, 자기

도취 역시 산산이 깨져 버렸다.
"잘 지내거라."
"네, 아버지. 어머니. 그리고 형님."
"부디, 어디로 가시든 잘되시길 빌겠습니다."
"그대들도 건강히 지내십시오."
갈현은 작별 인사를 하고 금군에게 말했다.
"이제 가도 됩니다."
그렇게 갈현이 뇌옥에서 나왔을 때 그를 맞이한 자가 있었다.
"나는 은서호 소단주님의 호위무사인 여응암이라고 하네. 앞으로 잘 부탁하지."
"저야말로 잘 부탁드립니다."
그렇게 그는 여응암의 뒤를 따라 북경지부로 향했다.
"소단주님, 데리고 왔습니다."
"어서 오세요."
은서호는 활짝 웃으며 그를 맞이했다.
"미리 말씀드리지만, 현재 노예의 신분이니 도망칠 곳은 없습니다."
대체 무슨 일을 시키려고 신분 운운하며 도망칠 곳이 없다고 겁을 주는지 알 수 없었다.
하지만 저도 모르게 뒷걸음질을 쳤던 것을 생각해 보면, 본능적으로 직감했던 것 같다.
자신의 미래를.

108장. 궁신

궁신

  나는 예정대로 다른 상인들과 연대하여 금주령을 제한 적으로 허용해 달라는 상소를 올렸다.
  그리고 그 결과를 기다리며 일을 해 나갔다.
  이번에 들인 갈현은 처음엔 뭔가에 질린 듯했지만, 체념한 것인지 지금은 묵묵히 일을 처리하고 있었다.
  어느 정도 익숙해지면 정식 부관으로 삼을 생각이다.
  그에게 내려진 처벌은 십 년의 노역형.
  지금이야 노역하는 신분이지만, 그 뒤에는 정식으로 계약을 맺고 부려 먹…… 아니, 고용할 생각이다.
  아무튼, 그가 일을 잘해 준 덕분에 서향 소저의 안색이 훨씬 나아졌다.
  나 역시 마찬가지였고.

그날 밤, 진영 대협이 나를 찾아왔다.
"오셨습니까?"
"잘 지냈는가?"
"저야 덕분에 잘 지내고 있습니다."
그는 나를 보며 피식 웃었다.
"궁금한 것이 많은 모양이군."
"어! 들켰군요."
"일부러 그런 거 아네. 그래, 뭐가 제일 궁금한가?"
나는 기다렸다는 듯 그에게 물었다.
"모산파의 도사님께서 인도해 주신 두 금의위 대협들의 장례는 잘 치렀습니까?"
내 물음에 그는 놀란 표정이었다.
내가 가장 먼저 그것을 물어볼 거라고는 예상하지 못하신 듯했다.
그것이 가장 궁금했던 건 사실이다.
강시가 된 두 대협의 눈빛이 아직도 잊히지 않아서 말이지.
그리고 자신들의 고향이 아닌 황궁으로 가고자 한다는 도사님의 말도 마음에 걸리고.
진영 대협이 잠시 눈을 감았다 뜨며 말했다.
"자네 덕분에 두 무사가 무사히 이 북경까지 올 수 있었네. 다시금 감사하네."
"저야, 늘 그랬듯이 상인의 불문율을 따랐을 뿐입니다."

"그래도 자네 덕분인 것은 변함없네. 그들의 장례는 잘 치렀고, 그 시신은 고향으로 보내졌네. 황제 폐하께서도 직접 시신을 향해 치하하셨네."

황제가 직접 시신을 향해 치하한 만큼, 두 대협의 한도 풀렸을 터다.

"다행입니다. 두 번째로 궁금한 건 변절한 금의위와 동창들은 어찌 되었습니까?"

"그들 역시 황궁 앞 공터에 매달린 자들처럼 팔다리의 힘줄이 끊긴 채 은밀한 곳에 거꾸로 매달려 있다네."

"그렇군요."

그리 말하는 진영 대협은 씁쓸한 표정이었다.

"그들이 심문 과정에서 그리 말하더군. 자신들은 금의위라는 본인의 신분을 증오한다고. 명예처럼 쓸모없는 것도 없다고……."

나는 모산파 도사님에 의해 인도되던 두 대협의, 금의위라는 신분을 표시한 문신을 왜 그리 깊숙이 도려냈는지 그 이유를 이제야 알 것 같았다.

그건 금의위라는 직위에 대한 증오였다.

"웃기네요."

"응?"

"그런 생각이었다면 처음부터 금의위가 되지 말았어야지요. 그로 인해 애꿎은 이들만 목숨을 잃고…… 진짜 못된 놈들이네요. 그리고 뭐요? 명예처럼 쓸모없는 것도 없다고요? 정작 그 명예를 등에 업고 온갖 권력을 다 누렸으면서 말이죠."

"하하하하하!"

내 말에 진영 대협은 크게 웃었다.

다행이네.

그 표정이 너무 씁쓸해 보여서 일부러 더 열을 낸 것인데.

"자네 말이 맞네. 그래, 그놈들이 나쁜 놈들이지."

"다음으로 궁금한 게 있습니다. 공호라는 자에 대해 무림맹에서는 어찌 반응하고 있습니까?"

"아, 그자 말이군. 아직은 별 답이 없네. 아마 대책을 논의하는 게 아닌가 싶네."

하긴, 무림맹이 순순히 "아, 우리 잘못이네. 사과할게." 라고 하지는 않겠지.

과연 무림맹에서 어찌 나오려나?

꼬리를 자르려나?

아니면…….

"당분간 조심하십시오. 밤손님이 공호, 그자를 노릴 수도 있습니다."

"걱정 말게. 안 그래도 신경 쓰고 있다네."

그렇다면 알아서 잘하시겠지.

"마지막으로……"

진영 대협은 내 말이 끝나기도 전에 품에서 두루마리 하나를 꺼내어 내밀었다.

"이게 궁금하겠지?"

"네?"

"펼쳐 보게."

그 말에 나는 그 두루마리를 펼쳐 보았고, 깜짝 놀랐다. 그건 [해외 교역용 주류 제조에 대한 허가증]이었기 때문이다.

상소를 올린 것이 엊그제다.

그런데 이게 벌써 통과되었다고?

"대신들이 그 상소를 용납했습니까?"

"아주 적극적으로 찬성했다네."

그럴 리가 없는데…….

대체 황제가 무슨 수를 썼기에 그들이 적극적으로 찬성한 걸까?

내 표정에 진영 대협이 웃으며 말했다.

"우리도 한 손 거들었지. 밀주를 담근 대신들의 명단을 확보했거든."

"아……."

술이라는 것이 언제부터 만들어졌는지는 잘 모르겠지만, 인간이 만든 음식 중 가장 요망한 음식이 아닐까 싶다.

나야 술을 즐기지 않으니 모르지만, 술을 즐기는 이들은 술이 없으면 힘들어진다지.

그렇다면 권력이나 부를 가진 이들이 밀주를 담그지 않을 리가 없다.

그리고 황제는 이를 찾아내어 협박한 거고.

"그 허가증이 있어야 해외 교역용으로 술을 빚는 것이 허용된다네. 다른 상단에도 이걸 가지러 오라는 연락을 보냈네."

진영 대협이 말을 이었다.

"자네는 내가 얼굴도 볼 겸 직접 가져다준 것이고."

"감사합니다."

덕분에 시간을 벌었다.

이래서 인맥이 중요하다니까.

그럼 이제, 호북성 본단으로 가야겠군.

아버지에게 이에 대해 말씀드린 후, 본격적으로 술을 빚도록 해야 했으니까.

"대협, 저는 잠시 호북성에 다녀오려고 합니다."

"당분간 바쁘겠군. 조심해서 다녀오게."

.

.

.

다음 날 아침.

나는 여창의 부국주를 불러 말했다.

"내일 다시 떠나야 할 것 같습니다. 호북성 본단에 다녀오려고 합니다. 저 없는 동안, 현풍국을 잘 부탁드립니다."

"걱정하지 마십시오."

"이번에 곽 부관과 함께 갈 생각입니다. 그러니 갈 부관을 잘 부탁드립니다."

"그 점 역시 걱정하지 않으셔도 됩니다."

우리의 은해상단 본단 행은 일사천리로 준비되었다.
팔갑도 그렇고, 내 호위무사들 모두 여정을 위한 짐을 꾸리는 데 이골이 났기 때문이다.
우선 가는 길에 궁신을 포섭할 생각이다.
제한적인 술 제조 허가는 하루라도 빨리 알려야 하는 만큼, 이미 어젯밤에 금령을 통해 아버지께 알려 드렸다.
그러니 급하게 갈 필요는 없다.
그래서 가는 길에 궁신을 포섭해 볼 생각이다.
지금 이 시기라면 다행하게도 아직 궁신이 살아 있을 테니까.
까맣게 잊고 있던 사실이, 지금 기억나는 것을 보면 아마도 하늘도 그의 처지를 안타깝게 생각하는 것 같다.

십일월 중순.
우리는 길을 나섰다.

* * *

산동성, 태산 남쪽의 한 마을.
그 마을에서 고성이 터져 나왔다.
"나가! 이 자식아!"
"제발 부탁드립니다! 은자 다섯 냥만 빌려 주십시오!"

"저번에 빌린 것도 갚지 못했으면서 뭐?"
"대인, 제발 부탁드립니다."
"사람이 염치를 알아야지!"
그 말에 한 장주 앞에서 빌던 청년은 꿈틀했다.
염치…….
그 역시 염치를 안다. 하지만 염치보다 사람의 생명이 먼저 아닌가?
그의 아버지가 쓰러진 지 벌써 오 년.
그사이 아버지의 치료를 위해 가산을 쏟아부었다.
땅도 팔고 세간살이도 팔고, 집도 팔고…….
날품팔이도 하고.
그럼에도 아버지는 낫지 않았고, 돈은 부족했다.
더군다나 지금은 흉년.
그래서인지 더더욱 돈을 마련하는 것이 힘들었다.
"쫓아내!"
"네!"
쾅!
결국, 그는 장주의 집 대문 앞에 나동그라졌다.
그는 주먹을 꽉 쥐며 눈을 감았다.
그의 힘이라면 전부 죽여 버리고 재물을 뺏을 수도 있다.
그런 유혹이 하루에도 몇 번이나 찾아오곤 했다.
하지만 아버지를 떠올리며 그 유혹을 애써 참아 냈다.
자신이 흑도로 전락해 버리고 만다면, 아버지가 지키기

위해 노력하던 가문의 정신은 끝나 버릴 테니까.

 돈을 빌리지 못한 그는 의원의 집으로 향했다. 변제일을 미루기 위해서다.
"계십니까?"
"누구…… 아, 자네군."
그의 부름에 안에서 한 남자가 나왔다.
"저…… 아직 돈을 마련하지 못했습니다. 그래서 말인데 조금만 더 기다려 주십시오."
청년은 머리를 조아렸고, 의원을 혀를 찼다.
"벌써 한 달째네."
"정말 송구합니다."
"앞으로 보름만 더 기다려 주지. 하지만 나도 더는 어렵네. 자네 아버지의 치료에 들어가는 약재가 보통 비싸야지."
"감사합니다. 반드시 보름 안에 돈을 마련하겠습니다."
그에게 의원은 참으로 고마운 사람이었다.
모두가 고개를 저을 때, 아버지를 치료해 주겠다고 나섰으니까.
자신의 아버지를 위해 이틀마다 왕진까지 하고 있었다.
그렇기에 그에게 약값을 주지 못한다는 사실이 너무나 미안했다.
"아, 그리고 보니 내 자네가 오면 이야기해 주려고 했던 것이 있는데. 자네가 활을 잘 쏜다지."

"네. 가문 대대로 활잡이라서……."
"내 아는 지인이 실력 좋은 궁사를 소개해 달라고 해서 말이지. 제법 돈도 많이 준다고 하고. 그래서 내가 자네를 추천했다네."
"네? 그게 정말입니까?"
"그래. 잘만 하면 계속해서 일을 할 수 있을 거네."

그는 의원과 이야기를 나누고 집으로 돌아왔다.
이전의 큰 집을 팔고 이사한 작은 모옥이다.
훨씬 좁아졌지만, 아버지를 눕힐 수 있는 공간이 있기에 그는 만족했다.
비록 자신은 벽에 기댄 채 쪽잠을 자야 했지만.
"아버지. 저 왔어요."
"……."
"자주 집을 비워서 죄송해요. 아, 이번에 제가 좋은 일거리를 얻게 되었어요. 의원님이 추천해 주셨거든요. 일거리도 추천해 주시고…… 의원님은 참 좋은 분 같아요."
병석에 누운 그의 아버지의 입술이 달싹였지만, 그 목소리는 바깥으로 나가지 못했다.

다음 날이 되었다.
청년은 의원이 알려 준 곳으로 향했다.
잠시 기다리고 있자 누군가 그에게 다가왔다.
"자네가 만정인가?"

"네, 그렇습니다."

"추천을 받기는 했지만, 그 실력을 직접 확인해 봐야겠네. 따라오게."

"네."

그는 한 들판으로 만정을 데리고 갔고, 먼 곳의 나무 하나를 가리켰다.

"저 앞에 하얗게 칠한 솔방울을 매달아 놓았네. 보이는가?"

"네. 보입니다."

"그걸 맞춰 보게나."

만정은 바람을 느끼고 거리를 가늠하고는 침착하게 활시위를 놓았다.

쌔애애애애애액-!

엄청난 속도로 날아간 화살은 까마득히 멀리 있는 하얀색 솔방울을 정확하게 맞추었다.

그곳으로 직접 가서 확인해 본 그는 흡족한 표정을 지었다.

"좋아! 아주 좋아!"

그리고 그에게 전낭을 내밀었다.

"이건 계약금일세. 은자 열 냥이네."

"네?"

"제법 까다로운 일이라 보상을 넉넉하게 주는 것이네. 대신, 이 계약금을 받고 일을 거절하면 열 배를 변상해야 하네."

"알겠습니다."

은자 열 냥이라면 아버지의 약값을 갚고도 남는다.

"그런데, 제가 무슨 일을 하게 되는 겁니까?"

"아, 사냥일세. 제법 까다로운 사냥감이 있어서."

그는 곧바로 의원에게 달려가 밀린 약값을 갚았다.

그리고 돌아오는 길에 당호로를 보았지만, 애써 참았다.

앞으로 약값이 얼마나 더 들어갈지 모르니까.

그는 어렸을 때부터 단 것을 매우 좋아했다.

아버지께서 쓰러지기 전까지는 매년 겨울마다 당호로를 챙겨 먹었을 정도였지만, 지금의 그에게는 사치다.

그는 집으로 돌아가 아버지에게 밝은 표정으로 말했다.

"아버지, 다행히 당분간 약값은 걱정하지 않아도 될 거 같아요. 이번에 좋은 일거리를 얻었어요. 사냥이라는데, 제법 힘든 일인가 봐요. 그래서 은자를 열 냥이나 계약금으로 주더라고요."

이에 누워 있던 아버지의 눈동자가 흔들렸다.

그러나 만정은 집안일을 하느라 이를 알아차리지 못했다.

그는 그저 아버지의 약값을 구할 수 있다는 사실에 기쁠 뿐이었다.

드디어 약속한 날이 되었다.

약속 장소로 가는데, 왠지 거리가 떠들썩했다. 이에 만정은 한 사람에게 물었다.

"오늘 무슨 일 있나요? 왜 이리 사람이 많습니까?"

"아, 자네. 모르나? 오늘 이곳에 산동악가의 악영경 도지휘사께서 오신다네!"

산동악가는 창술로 유명한 무가다.

그리고 가문 구성원들의 성격이 화끈하고 시원해서 수많은 이들이 흠모하는 편이다.

그리고 악영경은 도지휘사로서 공명정대하게 일을 처리했기 때문에 산동 사람들에게는 존경을 받고 있었다.

만정도 마찬가지였다.

"그게 정말입니까?"

"그렇다네!"

"그런데 이곳까지 무슨 일로 오시는 겁니까?"

"그건 우리도 잘 모르네. 다만 그분이 오신다는 것만 알지."

그 역시 악영경을 가까이에서 보고 싶었지만, 약속이 먼저였다.

곧 그는 약속 장소에 도착했다.

그에게 일을 의뢰했던 자는 그곳에서 기다리고 있었다.

"제시간에 왔군. 따라와라."

"네."

만경이 그를 따라 도착한 곳은 한 주루의 최상층이었다.

그는 그제야 만경이 해야 할 임무를 말해 주었다.

"오늘 네가 사냥할 대상은, 악영경이다."
"네?"
그는 자신의 귀를 의심했다.
하지만 상대는 그가 잘못 듣지 않았다는 듯, 재차 말했다.
"악영경, 그를 죽이면 된다."
"그, 그럴 수 없습니다."
"싫으면 계약금의 열 배를 내놓든지."
"……."
계약금의 열 배면, 은자 백 냥이다. 그 돈이 그에게 있을 리 만무했다.
"아버지가 병석에 누워 계시다지? 그런데 찬물 더운물 가릴 처지인가?"
"……."
"그리고 하나 더. 네놈은 이미 우리 계획을 들어 버렸다. 그런데 이 일을 맡지 않겠다면, 우리로서는 네 입을 막을 수밖에 없지. 그러면 네놈의 아버지는 어찌 될까?"
그리고 주변에서 느껴지는 살기.
그는 입술을 깨물 수밖에 없었다.
"어찌하겠느냐?"
결국, 그는 활을 들 수밖에 없었다.
도저히 물러설 길이 보이지 않았다.
"잘 생각했다."
활을 들어 저 멀리 다가오는 악영경을 향해 겨누며 그

는 자신의 운명을 저주했다.

 그는 숨을 멈추고는 신중하게 활시위를 놓았다.

 쐐애애애애액!

 악영경을 향해 날아가는 화살.

 그런데,

 탓!

 누군가 순식간에 공중으로 솟구쳐 올랐고, 그 화살을 낚아채었다.

 화려한 복장의 사내는 그대로 만정을 향해 달려왔고, 누각의 난간을 넘어 그 앞에 섰다.

 "후, 늦을 뻔했네."

* * *

 나는 얼빠진 표정으로 서 있는 청년을 향해 빙긋 웃어주었다.

 "그대로 계세요. 해치지 않아요."

 그리고 내 손에 들린 화살을 보며 가슴을 쓸어내렸다.

 서둘러서 온 보람이 있네.

 내 앞의 청년이 바로 궁신이다.

 이전 삶에서 악영경 도지휘사를 저격한 인물이다.

 하지만 악영경 도지휘사는 운은 억세게 좋은 인물.

 이 일 역시 운이 좋은 일 중 하나로, 화살이 목을 스치고 지나가는 데 그쳤다.

덕분에 그분은 목숨을 건졌고, 결국 이 청년은 붙잡혀 끌려갔지.
 그의 사연을 안타깝게 여긴 악영경 도지휘사는 그를 용서해 주었고, 황제 역시 그 재주가 아깝다고 생각되었는지 가벼운 형벌을 내렸다.
 하지만 결국 그는 스스로 목숨을 끊었다.
 심문 과정에서 자신이 알지 못했던 것들에 대해서 알게 되었기 때문이다.
 그로 인한 자책감을 이기지 못한 것이다.
 당시에 꽤나 떠들썩했기에 나도 대강의 과정은 알고 있었다.
 그가 범행을 저지른 정확한 날짜는 잘 모르고 있었는데, 오늘 이곳에 도착하여 악영경 도지휘사가 온다는 소식을 들었다.
 덕분에 오늘이 그 범행이 일어나는 날임을 깨닫고 재빨리 움직인 것이다.
 원래는 서우 무사가 이 화살을 잡아챘어야 하는데, 내 생각보다도 궁신의 실력이 출중해서 내가 잡을 수밖에 없었다.
 무흔보법을 극성으로 운용해서야 겨우 잡을 수 있었으니 새삼 궁신의 실력을 알 수 있었다.
 그러니까 더더욱 이자를 놓칠 수 없었다.
 나는 천연덕스럽게 청년에게 말했다.
 "저에게 고마워하셔야 합니다. 제가 이 화살을 낚아채

지 않았다면 어쩔 뻔했습니까?"

"……."

그는 여전히 얼빠진 표정으로 멍하니 나를 보고만 있었다.

그러면 저 뒤쪽부터 먼저 처리해야겠군.

"그래서, 누구의 의뢰를 받은 겁니까?"

"의뢰라니? 나는 모르는 일입니다! 나는 저자를 말리기 위해 온 겁니다!"

그 말에 정신을 차렸는지, 궁신이 다급히 외쳤다.

"그게 무슨 말입니까? 저에게 계약금을 주고 이 일을 시키지 않았습니까?"

"내가 언제? 증거 있나?"

거참 뻔뻔한 녀석이네.

나는 피식 웃고는 그에게 주먹을 휘둘렀다.

"컥!"

홱 돌아가 버린 얼굴을 잡고는 싸늘하게 말했다.

"개소리도 좀 그럴듯해야 들어 주지, 이건 뭐 들어 줄 가치도 없네요. 이자를 말리려고 했다고요? 그랬다면 뛰느라 숨이 차거나 옷이 흐트러졌어야 하지 않습니까?"

"그, 그게……!"

그사이 내 일행이 도착했고, 그들에게 그자를 넘겼다.

그러곤 고개를 돌려 궁신에게 말했다.

"당신 인생 종 칠 뻔한 거 도와줬는데, 차도 한 잔 대접 안 해 줄 겁니까?"

그는 주먹을 꽉 쥐며 입을 열었다.
"저를 따라오십시오."

잠시 후.
우리는 한 허름한 모옥에 도착했다.
물론 궁신에게 암살을 지시했던 범인도 데리고.
서우 무사와 여응암 무사가 숲에서 굵은 나무 하나를 베어 와서 바닥에 박았고, 거기에 그자를 묶었다.
그사이 궁신이 차를 가져왔다.
"드시지요."
"잘 마시겠습니다."
나는 찻물을 한 모금 마시고는 그대로 내려놓았다.
이거 마시라고 준 거 맞나?
차 우리는 실력은 없군.
나는 한숨이 나오려는 것을 참고는 자연스럽게 말을 돌렸다.
"그런데, 아직 저희가 믿음직스럽지 않은 모양입니다. 안에 춘부장께서 계신 듯한데 어찌 인사도 드리지 못하게 하는 겁니까?"
"그건…… 어찌 아셨습니까?"
"그 정도 실력은 있습니다. 그러니 아까 그 화살을 잡아챈 것 아니겠습니까?"
"그것도 그렇군요."
그는 잠시 고개를 들어 하늘을 쳐다보다가 다시 내리며

말을 이었다.
"사실 제 아버지께서는 지금 병석에 누워 계십니다. 벌써 오 년째시죠."
"저런, 고생이 많으셨겠습니다. 그래도 이리 왔으니 인사는 드려야 예의 아니겠습니까?"
"아무 반응도 못 하십니다만……."
"괜찮습니다."
내 억지에 그는 마지못한 듯 나를 안내해 주었다.
방 안으로 들어가자 병석에 누워 있는 한 중년인이 보였다.
바짝 마른 얼굴.
나는 한숨을 내쉬었다. 지금 그에게서 느껴지는 이 기운은 틀림없는 독기다.
아까 방에 들어오기 전에도 느꼈지만…….
내가 알고 있는 정보가 틀리지 않았다.
"처음 뵙겠습니다. 저는 은해상단의 소단주 은서호라고 합니다. 아드님과 연이 있어 이리 방문하게 되었습니다."
그러자 조금 달싹이는 입술과 깜빡이는 눈동자.
아직 의식이 있다는 의미다.
나는 고개를 돌려 궁신에게 물었다.
"의원께는 보이셨습니까?"
"아, 네. 다행히 아버지를 맡아 주시겠다고 하신 고마우신 의원님이 계십니다."
"그 의원, 믿지 마십시오."

그는 분노를 표했다.

"그게 무슨 말씀이십니까? 아무리 제게 도움을 주신 분이라지만, 그 말은 그냥 넘어갈 수 없습니다. 그분은 무려 오 년 동안이나 제 아버지를 이틀에 한 번씩 왕진하며 치료해 주셨습니다. 그런데 어찌 그분을 믿지 말라고 하시는 겁니까!"

숨을 돌린 그가 이어 말했다.

"은인을 그런 식으로 매도하는 분하고는 상종하고 싶지 않습니다!"

"후……."

나는 한숨을 내쉬며 물었다.

"그 의원이, 아버지의 병명을 뭐라고 했습니까?"

"목뼈가 상해서 사지가 마비된 것이라고……."

"그래서 뼈에 좋다는 비싼 약재를 사용했겠죠. 그러느라 가산을 처분했고요. 맞죠?"

그의 얼굴은 당혹으로 물들었다.

내 말대로일 테니까.

"제 말이 틀립니까?"

"맞습니다."

"그리고 아까 저자가 시킨 일, 그거 누가 소개해 준 것입니까? 제 짐작대로라면 그거 분명 그 의원이 소개해 준 것 같은데 말이죠."

"……!"

"공자의 아버지의 병은 중독입니다."

"네?"

"독에 중독되신 겁니다."

"주, 중독이라니요?"

"그리고 이틀에 한 번 왕진을 오셨다고 했죠? 제가 볼 때 그 의원은 아버지를 중독시킨 범인과 한패가 틀림없습니다."

"미, 믿을 수 없습니다."

"그러면 믿게 해 드리죠."

나는 옷소매를 걷었다.

내가 바로 걸어 다니는 해독제란 말이지.

"진유 무사님과 이필 무사님은 저 공자가 날뛰지 않게 잘 붙잡고 계시고, 다른 분들은 제 호법을 부탁드립니다."

"알겠습니다."

나는 내공을 끌어 올렸다.

웅웅웅.

강대한 내공의 움직임에 내 옷자락이 펄럭였다.

나는 신중하게 춘부장의 몸을 살폈다.

다행히 아직 독이 골수까지는 침범하지 않았군.

그러니 아직 의식이 있는 거다.

최대한 오래 숨을 붙여놔야 했기에 이런 방식으로 독을 사용했겠지.

"지금부터 제가 몸 안의 독을 해독하려고 합니다. 되도록 편안하게 계시면 좋겠습니다."

그러고는 춘부장의 몸에 태음빙해신공의 맑고 깨끗한 기운을 집어넣었다.

태음빙해신공의 기운은 대자연의 기운.

그래서인지 몸 안에 기운을 집어넣어도, 상대방에게 피해가 없다.

서서히 그 몸 안의 독기가 정화되는 것이 느껴졌다.

잠시 후.

나는 깊게 심호흡을 하며 눈을 떴다.

그리고 내 앞의 춘부장에게 말했다.

"기분이 어떠십니까?"

"어…… 모, 목소리가…… 목소리가 나오는군. 정말 고맙네."

그리고 그는 곧바로 아들을 불렀다.

"정아. 정아야."

"아, 아버지!"

내 눈짓에 두 호위무사가 그를 놓아주었고, 그는 얼른 춘부장에게 달려왔다.

"그래, 정아로구나."

"아, 아버지!"

오 년 만에 자신의 이름을 불러 주는 아버지의 목소리에 궁신은 눈물을 흘리고 말았다.

"무사해서…… 무사해서 다행이구나!"

오 년이나 말을 하지 못했기에 발음이 살짝 어눌하긴 했지만, 대화하는 데 문제는 없었다.

"여기 대인의 말대로 나는 그동안 중독되어 있었다."
"네? 그, 그게 정말입니까?"
"그래. 그리고 그 의원은 그동안 나를 치료했던 것이 아니다."

그는 숨이 차는지, 더 말을 잇지 못하고 숨을 헐떡였다.

"아직 몸이 다 회복된 게 아닙니다. 앞으로도 계속 몸을 보해야 할 텐데, 우선 이걸 드시게 하십시오."

나는 품에서 주머니를 꺼내 내밀었다.

"이게 뭡니까?"
"천영근입니다."
"네?"
"회복에 특효약이죠."

이번 내 생일 때 금령이 선물해 준 영약이다.

이걸 이렇게 쓰네.

"그건 무척이나 귀한 것 아닙니까?"
"이것도 인연이 아닙니까? 그리고 그 어떤 영약도 사람 목숨보다 귀한 건 없습니다."

내 말에 그는 절을 하며 감사를 표했다.

"정말 감사드립니다. 감사드립니다!"

그를 보며 지난 삶이 떠올라, 나는 쓴웃음을 지을 수밖에 없었다.

당시, 자신이 의원에게 속았다는 것과 자신이 잡혔다는 소식을 들은 의원 일당이 아버지를 살해했다는 소식을 들은 그는 무슨 심정이었을까?

황제에 의해 의원 일당은 잡혔고, 사형을 면치 못했지만 궁신의 마음은 천 갈래 만 갈래로 찢기는 듯했을 거다.
 그때 내 옆에서 서우 무사가 이를 갈며 물었다.
 "그 의원, 어디에 있습니까? 그런 자는 절대 가만두어서는 안 됩니다!"
 그러고 보니 서우 무사 역시, 엉터리 의원 때문에 고생했었지.
 그리고 이전 삶에서는 조치가 늦어져 죽었고.
 이번에는 내 덕분에 이렇게 무사히 치료되어 다시 무사로서의 인생을 살고 있다.
 하지만 그 역시 비슷한 경험이 있으니, 남 일 같지 않은 것일 터.
 그러니 그 신중한 서우 무사가 이런 반응인 거다.
 그때 궁신이 자리에서 일어나며 말했다.
 "제가 안내해 드리겠습니다. 그에게 물어볼 것이 참 많으니까요. 그리고 그에게 당한 건 저이니…… 다른 분들은 손대지 않으셨으면 합니다."
 그리 말하는 궁신의 눈빛은, 이전의 맹했던 눈빛과는 전혀 달랐다.
 그때 그를 붙잡는 목소리가 있었다.
 "정아……."
 "네, 아버지."
 "너에게 말해 줄 것이 있다."

* * *

상덕은 이미 짐을 싸 놓고 있었다.

그에게 지시가 내려오면, 만정의 아버지를 죽인 후 곧바로 이곳을 떠야 했기 때문이다.

"흐흐흐. 멍청한 새끼. 지 아버지를 중독시킨 자가 우리라는 것도 모르고 굽실거리는 꼴이라니!"

그는 한 암살단의 일원이다.

그들은 그리 수준이 높지는 않았지만, 한 번 정한 목표는 끝까지 놓치지 않는 끈질김이 있었다.

그래서 제법 인기가 있었다.

"그나저나 이곳도 제법 정이 들었는데 아쉽군."

그때였다.

쐐애애애애액!

어디선가 날아온 화살이 그의 왼손에 박혔다.

너무 갑작스럽게 벌어진 일이라 그는 고통도 인지하지 못했다.

그리고 그 고통을 느끼기도 전에 또 하나의 화살이 날아왔다.

쐐애애액!

팍!

그 화살은 상덕의 왼쪽 허벅지에 박혀, 벽에 박아 버렸다.

연달아 날아온 두 발의 화살이 각각 오른손과 오른쪽

허벅지를 뚫고 벽에 박혔다.
"끄아아악!"
그 고통을 이기지 못하고 그가 비명을 지르자, 누군가 모습을 드러냈다.
"반갑습니다. 의원님."
"너, 이, 이게 대체 무슨 짓이냐?"
그의 눈앞에 나타난 자는 바로 만정이었다.
"그러는 당신이야말로 우리 아버지에게 무슨 짓을 한 겁니까?"
"그, 그게 무슨……."
"아버지께서 쾌차하셨습니다."
"……!"
"그리고 아버지께서 모두 말씀해 주셨습니다. 칠 년 전, 당신이 아버지를 찾아왔고 악 대인을 죽이는 데 힘을 보태라고 했음을! 아버지가 거절하자 이런 방법을 사용했음을!"
"……."
"아버지 앞에서 조롱하듯 말했던 것을, 아버지는 모두 기억하고 계셨습니다."
이에 상덕은 입술을 깨물었다.
'대, 대체 어떻게 일어난 거야? 그 독은 진짜였다고!'
칠 년 전, 상덕 일행은 악영경에 대한 암살 의뢰를 받았다.
하지만 그는 신중하고 철두철미한 인물이라, 죽일 기회

를 찾기가 어려웠다.

그러던 중 이곳 태산 끝자락에 탁월한 궁술 실력을 가진 가문이 있음을 알게 되었다.

윤강만가.

그들은 그 가문을 찾아가 가주인 만죽에게 거액의 보수를 제안했지만, 단칼에 거절당했다.

하지만 그들은 포기하지 않고 그 주변을 살폈고, 그 아들인 만정 역시 뛰어난 궁술을 가지고 있다는 것을 알게 되었다.

이에 그들은 한 가지 계략을 세웠다.

가문을 몰락시키고 아들을 궁지로 몰아, 자신들의 목표를 대신 제거하도록.

사실 이는 그들을 흑도라며 매정한 말로 문전박대한 것에 대한 복수도 있었다.

그리고 상덕은 일부러 가주인 만죽의 의식이 살아 있도록 했다.

그의 눈으로 아들이 흑도가 되어 가는 모습을 지켜보라는 의미로.

그리고 왕진을 할 때마다 정신적으로, 그리고 신체적으로 그를 조롱했다.

'이럴 줄 알았으면 의식도 없애 버리는 건데! 젠장!'

그는 만정을 살살 구슬렸다.

"뭔가 오해가 있는 것 같네. 자네 아버지는 아직 정신을 차린 지 얼마 되지 않아서 정신이 온전치 않네. 그래서 그렇게 착각을 하는 것…….”
"그 입 닥쳐!"
퍽!
"커억!"
상덕을 향해 거칠게 주먹을 휘두른 만정이 말했다.
"그보다 궁금한 게 있을 텐데? 내가 여기에 어떻게 왔는지, 나에게 일을 지시했던 자가 어찌 되었는지 궁금하지 않나 봅니다?"
"……!"
그러고 보니 뭔가 이상했다.
지금쯤 슬슬 그에게 연락이 와야 하는데…… 깜깜무소식이었기 때문이다.
그때였다.
"아, 이미 처리하셨군요."
듣기 좋은 미성이 들려오더니, 화려한 옷을 입은 미남자가 한 무리를 데리고 다가왔다.

* * *

나는 의원의 집 안으로 들어갔다.
의원으로 보이는 자가 집 벽에 대자로 화살에 박혀 있었다.
와우, 진짜 엄청난 솜씨네.
화살을 쏘아 저렇게 적당한 깊이로 사람을 벽에 고정하

는 건 전혀 쉽지 않은데 말이지.

"저자가 그 의원입니까?"

서우 무사의 싸늘한 음성에 궁신이 고개를 끄덕였다.

"맞습니다."

"그렇군요."

그러고 보니, 서우 무사와 홍금소 부인을 속인 그 의원이 어찌 되었더라?

서우 무사는 나에게 허락을 구했다.

"저자에게 손을 좀 대어도 되겠습니까?"

"저 공자가 허락하면요."

서우 무사가 고개를 돌리자, 궁신이 고개를 끄덕였다.

"물론입니다."

"감사합니다."

서우 무사는 포권을 취하고는 그 의원에게 다가가 정강이를 걷어찼다.

빠각!

"끄아아악!"

아…… 이거 뼈 부러지는 소리 같은데?

무사는 기본적으로 몸을 쓰는 일을 하는 직업이다. 그 말은 즉, 몸에 대해 잘 안다는 의미.

그렇기에 어느 부분을 자극하면 상당히 고통스러운지도 잘 안다.

서우 무사는 발길질 한 번으로 멈추지 않았다.

퍽! 퍽! 퍽!

정확하게 세 번 더 정강이를 걷어찼고, 그때마다 어김없이 뼈 부러지는 소리가 들렸다.
 빠각! 빡! 뿌득!
 그 결과, 그 의원은 입에 거품을 물고 바지에 실례할 정도로 고통스러워했다.
 서우 무사가 걷어찬 부위는 전부 상당히 아픈 급소들.
 그걸 보니 서우 무사와 홍금소 부인을 속였던 의원도 결코 좋은 꼴은 보지 못했을 것 같았다.
 서우 무사는 내게 포권하고는 뒤로 물러났다.
 "제 개인행동을 허락해 주셔서 감사합니다."
 "괜찮아요. 이해하니까요."
 덕분에 직접 손을 쓰는 수고를 덜었기도 하고.
 "그래서, 다른 동료들은 어디에 있죠?"
 "모, 모른다."
 "없다가 아니라 모른다는 건 동료가 있다는 의미죠?"
 "……!"
 "다리는 두 개죠. 그리고 두 팔도 있고요."
 "그야 당연한 말을……."
 "보통 사람이라면 그 고통을 당하기 싫어서라도 냉큼 말할 텐데, 그런 고통을 즐기는 취미가 있을 줄은 몰랐네요."
 내 말뜻을 알아차린 그는 다급하게 말했다.
 "마, 말할게! 말한다고! 으허억! 말한다니까!"
 서우 무사의 손속이 얼마나 고통스러웠는지 다시금 알

수 있었다.

의원은 다른 이들의 위치에 대해서 술술 불었다.

그들의 조직 이름은 은사단.

모래에 숨는다는 의미로써, 그 누구도 자신들을 쉽게 찾지 못할 거라는 자신감과 조롱의 의미도 담겨 있었다.

수십 년이나 조직이 유지되어 왔다니 그럴 만하지.

그래 봤자 이전 삶에서 황제에게 걸려 탈탈 털렸는데.

이번에도 내 손에 탈탈 털리고 있고.

그들의 수는 오십여 명으로, 본거지는 남경에 있다고 한다.

남경이라…… 마침 잘됐군.

나는 힐끔 궁신을 보았다.

생각보다 규모가 큰일이었음을 알게 된 그는 입술을 깨물고 있었다.

이번 일이 자신 혼자 해결할 수 있는 일이 아님을 깨달은 것이다.

그는 잠시 눈을 감았다가 뜨며 내게 무릎을 꿇었다.

"도와주십시오."

"네?"

"저는 저희 아버지를 저리 만들고, 저를 흑도로 만들려고 한 자들의 만행을 용서할 수 없습니다."

"복수하고 싶다는 거군요."

"그렇습니다. 하지만 저는…… 힘이 없습니다."

그는 눈을 빛내며 간절히 내게 부탁했다.

"그러니 저에게 힘을 빌려 주십시오. 저들에게 복수할 수 있도록 도와주십시오."

나는 가만히 그를 바라보다가 물었다.

"제가 힘을 빌려 드리면, 그 대가로 무엇을 주시겠습니까?"

"네?"

"공짜로 힘을 빌려 달라고 하시는 건 아니시죠? 아까도 말했지만 저는 상인입니다. 오고 가는 것이 명확한 것을 좋아합니다."

내 말에 그는 고민하다가 말했다.

"제가 가진 건, 활을 쏘는 재주뿐입니다. 괜찮으시다면 제 재주를 바치겠습니다."

내가 제안하기도 전에 먼저 스스로가 자신의 재주를 바치겠다고 제안했다.

의원에게 저들의 규모가 얼마나 되는지 물어본 보람이 있군.

"하지만 아버지가 계시지 않습니까? 아버지에게 여쭙지 않고 이리 결정해도 되는 겁니까?"

"대인께서는 제 아버지의 목숨을 살려 주셨고, 저희 가문의 이름에 먹칠하는 것을 막아 주셨습니다. 제가 아는 아버지라면 이 결정을 지지해 주실 겁니다."

"알겠습니다. 그 결정, 후회하지 마십시오."

"후회하지 않습니다."

"그럼 계약서는 이따가 쓰기로 하고······."

나는 고개를 돌려 사기꾼 의원을 보며 싸늘하게 말했다.

"지금까지 은사단이 해 왔던 살행들, 다 털어놓으시죠. 그리고 악 대인에 대한 살행을 의뢰한 자도요."

"사, 살행이라니 무슨…… 선량한 사람을 이렇게 몰아가도 되나?"

"에휴."

나는 한숨을 내쉬었다.

"여기 공자의 가문에 해를 입혔는데도, 선량한 사람이라고 우길 생각인가요?"

"……젠장."

"그리고 아까 저 공자가 한 질문, 기억하시나요? 저 공자가 어떻게 이곳에 있을 수 있을까요? 악 대인께 화살을 쏘았다면 지금 이곳이 아닌 뇌옥에 있을 텐데요."

"……"

나는 웃으며 대답했다.

"제가 막았습니다. 그리고 그 옆에서 공자를 감시하던 놈도 제압했고요."

그리고 고개를 돌려 호위무사들에게 말했다.

"끌고 오세요."

"네!"

그들이 기절시킨 자를 끌고 오더니, 집 마당에 던져 놓았다.

"그러니까, 그쪽이 대답하지 않아도 대답할 자가 여기

또 있다는 의미죠. 그럼 제가 이걸 왜 말할까요?"

그러고는 미소를 지으며 사기꾼 의원에게 다가갔다.

"고통을 즐긴다니, 뭐 원하시는 대로 해 드리죠. 서우 무사님."

"네!"

"아직 한쪽 다리와 두 팔이 남았네요. 뼈 좀 부러져도 목숨에는 지장 없는 곳이죠."

"안 그래도 사지를 도륙 내고 싶었는데, 감사합니다."

"이 개 같은 새끼들아! 내가 뭘 그리 잘못했다고! 나도 먹고살려고 그랬다고!"

그는 고래고래 악을 썼다.

"그래도 남의 눈에 피눈물 나게 하지는 말았어야죠."

"으아아아악! 이 ×새끼들아!"

"아, 아혈은 점해야겠네요. 어디서 자꾸 개 짖는 소리가 나서."

"알겠습니다."

나는 사기꾼 의원에게 말했다.

"그러니까 다 털어놓고 싶은 생각이 들면, 힘껏 고개를 끄덕이세요."

사실 분근착골이 더 효과가 좋기는 하지만, 그건 제법 세밀한 내공의 운용 능력이 필요했다.

자칫하다가는 대상자가 사망할 수 있기 때문에 신경도 곤두세워야 한다.

그래서 피를 흘리지 말아야 할 때나 사용한다. 사실,

그것 말고도 고통을 주는 방법은 무궁무진하니까.

　이러니까 좀 악당 같지만, 뭐 어때.

　악의를 가지고 다른 사람의 고혈을 빨아먹지 않으면 되는 거지, 뭐.

　서우 무사가 사기꾼 의원의 오른쪽 팔을 잘근잘근 다지기 시작하자, 그가 정신없이 고개를 끄덕였다.

　그래, 오래 못 버틸 거 이미 알고 있었다.

　어차피 이렇게 될 거 왜 뻗대는지…….

　하지만 나는 못 본 척, 그의 오른쪽 팔이 전부 다져졌을 때에서야 아혈을 풀어 주었다.

　그 자아를 완전히 꺾어 놓기 위해서다.

　그래야 숨기는 거 없이 탈탈 털어놓을 테니까.

　"허억, 허억, 이 개자식들아. 말한다고…… 말한다니까……."

　"아직 상황 파악이 안 되었네요."

　내가 다시 서우 무사를 부르려 하자, 그가 다급히 애원했다.

　"아, 아닙니다! 말하게 해 주세요! 제발 부탁드립니다."

　"팔갑아."

　"네! 부르셨습니까요?"

　"지필묵 들고 받아 적을 준비 해."

　"알겠습니다요!"

　팔갑은 잽싸게 준비를 했다.

　장식용인지 실사용을 위해 놓은 것인지는 알 수 없지

만, 마침 지필묵이 있었으니까.
"그럼, 가장 최근의 살행부터 들어 볼까요?"
그렇게 사기꾼 의원은 그가 기억하고 있는 모든 사건에 대해서 다 털어놓았다.
"그, 그게 끝입니다."
"좋습니다. 그럼, 이자를 깨우세요."
"알겠습니다."
호위무사들이 그자에게 물을 뿌려 정신을 차리게 하는 동안, 나는 사기꾼 의원에게 말했다.
"혹시 교차검증이라고 아시나요?"
"……?"
"여러 사람의 말을 듣고, 오류를 찾아내는 것을 말하죠. 그리고 저는 불확실한 것을 싫어해서요."
나는 물벼락을 맞고 깨어나는 자를 보며 말했다.
"이자에게 물어봐서, 혹시 빼 먹은 거 있으면 다른 쪽 팔도 잘근잘근 부술 겁니다."
"흐어억! 저, 저기……."
"쓸데없는 말은 곤란하죠."
나는 곧바로 아혈을 점해 버렸다.
그는 소리 없이 절규했지만, 이미 늦었다.
그러니까 기회를 줄 때 잘했어야지.
그러곤 궁신에게 일을 지시한 자에게 고개를 돌리며 말했다.
"저거 보이시죠?"

그는 사지에 화살이 박혀 결박된 채로 만신창이가 된 사기꾼 의원을 보며 긴장된 표정으로 침을 꿀꺽 삼켰다.

퍽!

여응암 무사가 그의 허벅지에 검을 찔러 넣고는 그대로 비틀었다.

"끄아아아악!"

내 눈짓에 여응암 무사는 검을 회수하고, 혈도를 눌러 지혈했다.

"지금의 고통은 저 의원이 당한 고통의 십 분지 일도 안 됩니다."

그리고 궁신과 그 춘부장이 당한 고통의 백분지 일에도 미치지 못하지.

"뭐…… 뭘 원하십니까?"

이미 만신창이가 된 사기꾼 의원의 모습을 봐서인지 그는 순순히 체념했다.

나는 팔갑이 적은 종이를 들며 말했다.

"제가 읽어 주는 거 듣고, 틀린 거 있으면 말씀해 주세요. 하나 짚을 때마다 고통당할 거 반 각씩 줄여 드리죠."

"성심을 다하겠습니다."

그리 말하는 그 눈빛은 사뭇 비장하기까지 했다.

"삼 년 전, 강소성의 경가장의 장주를 죽인 일을 하셨더군요. 당시 장주만 죽인 깔끔한 일 처리로……."

"아닙니다. 그 모습을 지켜봤던 장주의 일곱 살짜리 손자도 함께 죽였습니다."

"……."

그는 진심을 다해서 오류를 찾아내었다.

이를 지켜보는 사기꾼 의원의 얼굴은 점점 사색이 되어 가고 있었고.

이 정도면 진짜 고통을 즐기는 거 아닌가?

.

.

.

잠시 후.

나는 산동의 한 저택으로 향했다.

그리고 뒤에는 은살단의 단원 둘이 호위무사들에게 끌려오고 있었다.

"누구냐? 이곳은 악 도지휘사사께서 계신 곳이다!"

저택 앞의 위사들이 우리를 막아 세웠다.

"알고 왔습니다. 악 대인께 이걸 전해 주시겠습니까?"

내가 건넨 건, 황제가 나에게 준 성지다.

나와 관련된 일을 가장 먼저 처리하라는 특권이 담긴 성지.

"이게 뭔가?"

그들은 고개를 갸웃하며 내 손에서 두루마리를 뺏듯이 가져갔다.

"아, 조심하십시오! 그거 황제 폐하께서 내리신 겁니다."

"뭐?"

두루마리를 싼 백색 비단이 풀어지며 두루마리가 드러났다.

일부러 느슨하게 쌌거든.

이내 황제의 성지를 의미하는 적색과 금색의 화려함에 깜짝 놀라 손을 덜덜 떨었다.

본인에게 내리는 성지가 아니라고 해도, 방금 내 손에서 성지를 가져간 것처럼 한 손으로 건방지게 성지를 다룬다는 건 불경죄로 끌려가도 할 말이 없는 일이다.

"그, 그런 건 좀 빨리 말해 주면 안 되겠는가?"

"말씀드리려고 했는데, 뺏어가지 않으셨습니까?"

"……."

"이거 악 대인께서 아시면……."

"헉!"

"부탁이네! 제발 비밀로 해 주게."

"주게…… 요?"

"주십시오."

"뭐, 모르고 한 일이고 저는 누가 고통당하고 그러는 거 즐기는 취미도 없고요."

내 말에 뒤에서 팔갑이 한숨을 내쉬는 소리가 들렸다.

응? 그거 무슨 의미야?

덕분에 위사들은 고압적인 태도를 싹 버리고 나를 조심스럽게 대했다.

나에게 약점을 잡혔을 뿐만 아니라, 내가 성지를 들고 있다는 것으로 내가 보통 신분이 아님을 짐작한 것이다.

곧 안으로 들어갔던 위사가 나와서 정중하게 말했다.
"들어오시지요. 그런데 저들은?"
그들은 내가 데리고 온 암살단의 일원을 보며 물었고, 나는 대답했다.
"뇌옥에 가두십시오. 남경에 자리 잡고 있는 암살단의 일원들입니다. 그리고 방금 악 대인에 대한 암살시도 정황을 발견하여 이렇게 끌고 왔습니다."
"그, 그게 정말입니까?"
"네. 그래서 악 대인을 만나려는 겁니다."
그들은 험악한 표정으로 두 암살자를 노려보았다.
악 대인을 존경하는 만큼 분노하고 있는 것이다.
"당장, 뇌옥에 가두어라."
"네!"
그리고 나는 안내를 받아 안으로 들어갔다.
이 저택은 산동악가의 여러 저택 중 하나로 악 대인이 지금 머물고 있는 곳이다.
태산에 위치한 산동악가의 본가와도 그리 멀지 않고.
접빈실에서 차를 마시며 기다리고 있자, 얼마 안 있어 악 대인께서 들어오셨다.
"오랜만이군."
"그간 평안하셨습니까? 은해상단의 소단주 은서호가 대인을 뵙습니다."
"덕분에 평안하네."
저번 창해상단과 백천상단의 모청 행수와 관련된 일 이

후로 처음 뵙는 거니까.

"그래서, 이걸 왜 나에게 주는 건가?"

그는 탁자 위에 내가 준 성지를 올려놓으며 물었다.

"그리고 방금 나에 대한 암살을 시도한 자들을 데리고 왔다던데."

"사실, 제가 보여 드리고자 했던 성지는 그게 아니라 이 성지입니다."

나는 다른 성지를 내밀었다.

그 성지를 받아 펼쳐 본 악 대인은 놀랍다는 표정으로 나를 보았다.

그 성지는 내가 원하는 일에 대해서는 뭐든 조사를 명하는 성지였으니까.

나는 품에서 감찰어사의 패도 꺼내 보였다.

이내 악 대인은 고개를 주억거렸다.

"역시…… 이전에 봤을 때부터 범상치 않더라니. 그래서 내 휘하에서 일할 것을 권하려 했는데 벌써 황제 폐하께서 점찍으셨군."

"과찬이십니다."

나는 겸양하고는 말을 이었다.

"남경의 은사단이라는 암살단체에 대해 조사해 주시기를 청하는 바입니다."

내 앞의 악영경 대인은 남경의 도지휘사다.

물론 사법에 대한 권한이 없지만, 안찰사를 닦달하여 이 일을 해결하실 능력이 충분하다.

나는 그 앞에 사기꾼 의원과 궁신에게 암살을 종용했던 자를 통해 교차 검증하여 적은 자료를 내밀며 말했다.

"여기, 저들이 지금까지 저지른 실행을 보면 저들은 제국을 좀먹는 존재들. 결코 간과해서는 안 된다고 생각 합니다."

그는 내가 내민 자료를 읽어 내려갔고, 점점 얼굴이 붉어졌다.

역시 악 대인이다.

본인을 죽이려고 했다는 것에는 별 개의치 않아 하셨던 악 대인은 다른 실행들에 분노하고 계셨다.

"이런! 천인공노할 자식들이 있나!"

"이를 조사하고, 직접 황제 폐하께 보고를 올리면 될 것입니다."

"알겠네. 내 그리하지."

"저, 그리고 한 가지 부탁드릴 것이 있습니다."

나는 그에게 궁신에 대한 사연을 설명했다.

"하여 그에 대한 사면을 청하는 바입니다."

"참으로 안타까운 사연이군. 그런 상황에서 그 누가 그 상황을 피할 수 있겠는가? 그자 역시 피해자. 그리고 나는 멀쩡하니 그 정도는 얼마든지 불문에 부칠 수 있네."

"감사드립니다."

그에게 포권하며 나는 속으로 씩 웃었다.

이걸로, 귀찮은 뒤처리는 악 대인에게 넘겼다.

그럼 이제 나는 마음 편히 궁신을 데리고 은해상단 본

단으로 가 볼까?

.

.

.

 악 대인에게 암살단의 일 처리를 부탁한 나는 다시 궁신의 집으로 향했다.

 원래 같이 왔었는데, 아버지를 너무 걱정하는 표정이어서 중간에 돌려보냈다.

 물론 명종 무사와 창운 무사를 호위로 두고 오긴 했지만 그래도 걱정되는 건 어쩔 수 없는 듯했다.

 궁신의 집에 들어가니 부채를 들고 약을 달이고 있는 서향 소저가 보였다.

 "오셨어요?"

 "아, 곽 부관님. 거기서 뭐 하십니까?"

 "천영근을 달이는 중이에요."

 사실 천영근은 그냥 생으로 먹는 것이 가장 효과가 좋지만, 현재 궁신의 춘부장은 천영근을 생으로 씹어 먹기 힘들 정도로 상태가 좋지 않았다.

 오 년이라는 세월 동안 아들이 입에 떠 넣어 주는 물이나 다름없는 미음만 삼키며 살아왔으니까.

 솔직히 무림인이라 이 정도지, 일반인이었다면 벌써 숨을 거뒀어도 이상하지 않다.

 그래서 천영근을 준 것이기도 하다.

 춘부장을 단시일 내에 회복시킬 수 있는 영약은 그것뿐

이었으니까.

물론 다른 영약들도 있지만, 그것들은 회복 효과가 중점이 아니다.

그렇다고 다른 영약을 구하기엔 시간이 애매하고.

금령이 나 먹으라고 천영근을 선물한 것은 아닐 터.

왜냐면 금령도 내가 천영근이 필요 없을 정도로 건강하다는 것을 잘 아니까.

내가 유용한 곳에 잘 쓰겠다고 했을 때 금령이 고개를 끄덕인 것이 그 증거다.

문득, 금령이 내게 천영근이 필요할 거라는 것을 미리 알고 준 게 아닐까 하는 생각이 들었다.

아버지가 빨리 회복해야 그 아들인 궁신이 나를 위해 성심성의껏 일하지 않겠는가.

궁신의 가문의 궁술을 전수해 달라는 건 무공을 공개해 달라는 것과 진배없다.

그러니 그 정도 은혜는 입혀놔야 내 청을 거절하지 않을 터.

궁신의 가문의 궁술은 앞으로 은해상단의 수많은 이들을 살리고 억만금의 재물을 지키게 해 줄 소중한 무공이며, 궁신은 그 무공을 전수해 줄 소중한 인재다.

그런데…… 서향 소저가 약도 달일 수 있었던가?

약을 달이는 것은 생각보다 까다로운데.

"약을 달여 보신 적이 있으십니까?"

"아, 네. 사실, 고관대작의 가족들은 생각보다 약을 달일 일이 많답니다."

"어째서입니까? 보통 시비들이 달여 주지 않습니까?"

"황제 폐하나 다른 황족 분들이 내려 주시는 보약을 달이는 건 시비들을 시킬 수 없거든요."

"아…… 그렇군요."

하긴, 그랬다가는 황은을 무시했다는 소리를 들을 거다.

"그래서 어머니께 약 달이는 법을 배웠답니다. 직접 아버지의 약을 달여 본 적도 있고요."

"그렇군요."

서향 소저가 직접 달인 천영근 보약을 마신 궁신의 춘부장은 깊은 잠에 빠져 들었다.

회복을 위해 잠든 것이니 걱정할 필요는 없다.

나는 고개를 돌려 궁신에게 말했다.

"일은 잘 해결되었습니다. 그 암살단은 악 대인께서 소탕해 주실 것이며 춘부장께서도 곧 쾌차하실 겁니다."

"감사합니다. 정말 감사합니다."

"그나저나 이름이 무엇입니까?"

"네?"

"아직 공자의 소개를 듣지 못했습니다."

"아!"

내 말에 그는 깜짝 놀라 얼른 내 앞에 무릎을 꿇고 말했다.

"은인께 제 소개가 늦었습니다. 제 이름은 만정이며 윤강만가의 후손입니다."
"그렇시군요. 저는 아시겠지만 은해상단의 소단주 은서호라고 합니다."
"네."
"이거 받으십시오."
나는 그에게 주머니 하나를 내밀었다.
"이건?"
"열어 보십시오."
내 말에 그는 조심스럽게 주머니를 열고는 눈이 휘둥그레졌다.
그 안에는 상당한 양의 은이 들어 있었으니까.
"그 사기꾼 의원의 집에서 발견한 것입니다. 그동안 만 공자의 가문을 등쳐먹으며 착복한 돈일 겁니다."
"아······."
"이 돈은 만 공자와 춘부장의 것입니다. 그러니 받으십시오."
"감······ 사합니다."
그의 눈시울이 붉어지더니, 결국 눈물을 흘리고 말았다.
아버지의 병구완을 위해 이리저리 뛰었던 과거가 생각나는 모양이다.
"이렇게 꿋꿋하게 버티시고, 정말 장하십니다."
"흐윽, 흐윽······."

그 울음소리가 가슴 아프게 들리는 건 당연한 거겠지.

그 후로 이틀이 지났다.
거의 이틀이나 내리 잠에 빠져 있던 궁신의 춘부장께서는 눈을 뜨고 일어나셨다.
그 혈색은 이틀 전과는 비교할 수 없을 정도로 좋았다.
게다가 짧은 시간 동안은 일어나 거동할 수 있기까지.
역시 천영근, 효과가 진짜 좋군.
금령이에게도 고맙다는 의미로 금자를 좀 줘야겠다.
"이 만 모가 대인께 은혜를 입었습니다."
춘부장이 내게 엎드리려 하기에 나는 얼른 그를 만류했다.
"아닙니다! 그렇게 예를 표하지 않으셔도 됩니다."
"하지만 대인께 입은 은혜가 너무 큽니다."
"이건 다 정당한 거래에 의한 겁니다."
"거래라고 하시면?"
이에 궁신 만정이 나섰다.
"아버지, 저는 대인께 제 재주를 드리기로 했습니다."
그리고 자초지종을 설명했다.
"하여, 제 복수를 대신 해 주시는 대가로 제 재주를 드리기로 한 것입니다."
"그랬구나."
"그러니, 소자의 이 마음을 허락해 주십시오."
이어서 내가 춘부장에게 설명을 덧붙였다.

"사실, 춘부장께 허락을 받을 것이 있습니다."
"무엇입니까?"
"저희 은해상단은 이 제국에만 머무를 생각이 없습니다. 저 먼 대해로 나가 은해상단의 이름을 널리 떨칠 생각입니다. 하지만 문제는 해적들입니다."
"……."
"그 해적들로 인해 수많은 인명과 재산을 잃지 않도록, 궁사 부대를 운용할 생각입니다. 그러자면 피치 못하게 가문의 궁술이 유출될 수도 있습니다. 하여 이리 부탁드립니다. 부디 윤강만가의 궁술을 제가 거느릴 부대가 익히는 것을 허락해 주십시오."
그리고 그 앞에 무릎을 꿇었다.
이에 춘부장은 대경하여 펄쩍 뛰었다.
"아, 아니! 왜 이러십니까? 어찌하여 이 촌부 앞에 무릎을 꿇으십니까?"
"부탁드립니다."
"알겠습니다. 그러니 어서 일어나 주십시오."
"그러면 허락해 주시는 겁니까?"
"물론입니다."
춘부장은 내가 자리에서 일어나자 안도의 한숨을 내쉬었다.
"후, 제가 관상을 조금 볼 줄 압니다. 그리고 제가 본 대인의 기상은 천하를 호령하는 현룡의 관상이십니다."
허…… 내가 현룡성체인데…….

용하시네.

"그런 대인의 행보에 함께할 수 있는 기회를 주신 것도 모자라 저와 제 아들까지 구해 주셨습니다. 그런데 어찌 이를 마다하겠습니까?"

그는 말을 이었다.

"또한, 해적들을 소탕함은 가문에 이어져 내려오는 유지를 받드는 일인데 무엇을 꺼리겠습니까?"

"네? 가문의 유지요?"

내 물음에 그는 고개를 끄덕였다.

"그렇습니다. 저희 가문의 궁술인 천파궁이 만들어진 연유는 해적에게서 자신을 지키기 위함입니다."

아…….

어쩐지 해적에게 사용하기 찰떡일 거 같더라니.

그리고 산동은 바다로 툭 튀어나온 데다가 해상 무역이 발달해서 오래전부터 해적들에게 시달리던 곳이기도 하고.

"하지만 그 궁술을 탐낸 자들에게 이리저리 휘둘리다 보니, 선조 중에 한 분께서 진절머리가 난다며 이렇게 내륙으로 들어와 다시 터를 잡으신 겁니다."

"그러셨군요."

그는 나에게 말했다.

"아들은 본인의 재주를 말했지만, 윤강만가의 가주인 제 판단에 의하면 이는 저희 가문 전체를 위탁해야 되는 일입니다."

춘부장이 나에게 고개를 숙였다.
"부디, 이 가문을 거두어 주십시오."
나는 아들만 데리고 가려고 했는데…… 본의 아니게 가문 전체를 손에 넣게 되었다.
이렇게 되니 이전 삶에서 우리 은해상단을 지긋지긋하게 괴롭혔던 해적들에게 큰 엿을 선사하는 그림이 그려졌다.
좋네.
"좋습니다. 저 은해상단의 소단주 은서호는 여러분을 제 가신으로 받아들이겠습니다."
"감사합니다."
"감사합니다. 주군."
나는 그들에게 말했다.
"그러니까 몸을 회복하는 데 전념하십시오. 마침 호북에 있는 은해상단의 본단으로 돌아가는 중이니, 함께 가도록 합시다."
"알겠습니다."

윤강만가의 가주인 춘부장의 이름은 만죽이라고 했다.
대나무 죽자를 사용했는데, 과연 이름 그대로의 인물이라는 생각이 들었다.
만 가주가 몸을 회복하는 사이, 그 아들은 이전에 팔았던 집을 다시 사들였다.
"너무 많은 돈을 쓰신 것 같은데, 괜찮습니까?"

"네. 아버지께서 주군께 돌려받은 돈을 다 쓰더라도 반드시 집을 되사야 한다고 하셨습니다."

왜지?

무슨 이유라도 있나?

만 공자는 다시 돌아와 아버지에게 집을 되샀음을 알렸다.

"다행이로구나. 그래, 그럼 집은 언제 비울 수 있다더냐?"

"바로 내일 비워 주겠다고 했습니다. 그 집을 산 장주 댁이 그 집에서 살기 위해 산 게 아니라, 풍광이 좋아서 별장으로 쓰려고 산 거라고 합니다."

"그럼 내일모레 우리도 이사를 하자꾸나."

"네."

그리고 그들이 정한 이삿날이 되었다.

내 호위무사들이 그 이사를 도와주었다. 옮길 게 그리 많지는 않았지만, 그래도 이사는 이사니까.

그렇게 이사를 위해 본래 윤강만가의 집이었던 곳에 왔다.

폴짝.

그런데 금령이 마당으로 내려서더니 마당을 뽈뽈거리며 돌아다니기 시작했다.

"왜 그래?"

"꾸이."

"이사하는 데 방해되잖아. 얼른 돌아와."

"꾸이……."
뭐지? 저 아래에 금덩이라도 있나?
그래도 지금 당장 뭘 할 수는 없다.

이사를 마무리했을 때 어느덧 날은 완전히 저물어 있었다.
"정아."
"네, 아버지."
"삽과 괭이를 한 서너 개 준비해야겠구나."
"알겠습니다."
만 공자는 고개를 끄덕이고는 삽과 괭이를 가져왔다.
땅을 파려는 건가?
아, 설마!
만 가주가 나에게 말했다.
"주군, 무사 분들의 도움을 받아도 되겠습니까?"
"그러지요."
나는 고개를 끄덕이고 내 호위들에게 삽과 괭이를 잡도록 했다.
"여기, 이 부분을 파 주십시오."
만 가주가 가리킨 부분은, 아까 금령이 뿔뿔거리며 돌아다니던 곳이다.
다들 만 가주가 가리킨 마당의 한가운데를 열심히 파기 시작했다.
땅을 얼마나 파 내려갔을까?

거의 허리 깊이만큼 팠을 때였다.

쿵!

뭔가 다른 소리가 들렸다. 이에 모두의 눈빛이 변했고 그 부분의 바깥을 조심스레 파 내려갔다.

마침내 모습을 드러낸 건 방부처리를 한 나무상자.

관처럼 긴 형태의 상자였다.

만 가주가 직접 장도리를 들고 내려가 나무상자의 뚜껑을 열었다.

이제는 저 정도까지는 가능할 정도로 회복된 상태.

그의 손에서 열린 상자 안에는 작은 상자가 여러 개 있었는데, 그는 그중 하나를 열었다.

그러고는 낡은 서책 하나를 가져와 내게 건넸다.

그 서책에는 [천파궁]이라고 적혀 있었다.

"저희 윤강만가의 궁술, 천파궁의 비급입니다. 이걸 주군께 바치겠습니다."

나는 깜짝 놀랄 수밖에 없었다.

"이걸 제게 주신다고요? 이건 가문의 비급 아닙니까?"

"예, 주군께서는 저희 가문을 살려 주셨으니까요. 저희의 성의이자 마음입니다."

그나저나 천파궁의 비급이 이곳에 숨겨져 있었다니!

이걸 은사단인가 하는 놈들이 몰라서 진짜 다행이었다.

하지만 나는 그것을 물끄러미 보다가 고개를 저었다.

"받을 수 없습니다."

"어, 어째서입니까?"

당혹스러운 만 가주의 얼굴.

"성의는 감사합니다만, 두 분이 제 가신이 되었다는 것만으로도 충분히 감사합니다. 그런데 어찌 가문의 비급까지 받겠습니까? 그것은 가문의 것입니다."

나는 부드럽게 말을 이었다.

"부디 그 비급은 자손대대로 물려주십시오. 그것이 윤강만가를 지킬 힘이 될 것입니다."

나는 미소 지으며 비급을 쥔 가주의 손을 감싸 쥐었다.

"제 부탁입니다."

"크흑! 주군······."

만 가주는 울음을 터트렸다.

내 말이 그렇게 감동적이었나?

나는 당연한 것을 말했을 뿐인데.

혹시라도 내 후손이 나쁜 놈이라면? 그리고 다른 누군가가 윤강만가를 질시한다면?

그때 윤강만가에 그 비급이 있는 것과 없는 것의 차이는 무척이나 크다.

나를 믿고 따르겠다는 이들을 위해 그리 조언한 것뿐인데······.

나중에 토사구팽을 당하기라도 한다면 내가 너무 미안하잖아.

뭔가 머쓱해졌다.

"크흥, 역시 도련님께서는 선협미랑 그 자체이십니다요."

"뭐라는 거야?"

팔갑에 말에 가볍게 핀잔을 했다. 그때 서향 소저가 빙긋 웃었다.

그러고 보니 서향 소저가 이사를 돕기 위해 이곳에 왔을 때 살짝 놀란 표정을 지었는데…….

이것 때문이었나 보군.

미리 말하지 않은 건, 내가 위험하지 않을 거라는 것을 알아서일 테고.

아니면 내가 놀라는 모습을 보고 싶었거나.

"그런데 아버지, 저 상자들은 뭡니까?"

크고 긴 상자 안에는 다른 상자들이 여럿 있었는데, 만 공자는 그것을 물은 것이다.

만 가주가 말했다.

"열어 봐라."

"네."

만 공자는 그 상자들을 열어 보았고, 깜짝 놀라 엉덩방아를 찧었다.

"헉! 아, 아버지! 이것들은?"

그건 상자마다 가득 찬 금은보화였다.

아까 금령이 저곳에서 뽈뽈거리며 돌아다녀서 금덩이라도 있나 했더니, 진짜 금덩이잖아.

역시 금령이다.

"선조께서 이곳으로 올 때 가지고 오셨던 것들이다. 그동안 필요가 없어서 열지 않았었지."

은사단이 악 대인의 암살을 위해 만 가주에게 거액을

주고 회유했음에도 흔들리지 않았던 이유가 있었다.
 신념도 신념이지만, 현실적인 이유도 있었던 거군.
 만 가주가 말했다.
 "이것들 역시 주군께 바칩니다."
 나는 고개를 저었다.
 "그것들 역시 받을 수 없습니다. 그것 역시 가문의 것입니다."
 "하지만 대업에 도움이 되실 겁니다."
 "물론 그렇겠죠. 하지만 저는 돈이 충분히 많습니다. 그리고 가신들의 돈을 받아야만 제 꿈을 펼칠 정도로 능력이 없지도 않습니다."
 내 말에 만 가주는 고개를 끄덕였다.
 "알겠습니다. 더 권하는 건 오히려 주군을 모욕하는 것이 되겠군요."
 "제 마음을 이해해 주셔서 감사합니다."
 다시 한번 은사단이 저걸 몰라서 다행이다.
 그나저나 저 돈이면, 매수당해서 나를 배신할 일이 없다는 거구나.
 그럼 계획보다 조금만 더 굴려도 되…… 겠지?

109장. 진짜 오해인데

진짜 오해인데

 만 가주는 집을 되찾고, 마당에서 비밀을 공개한 후 일하던 고용인들을 다시 불렀다.
 만 가주가 그리되고 사정이 어려워지면서 그들을 하나둘 내보냈던 것이다.
 절반 정도는 이미 다른 일을 하고 있었지만, 절반 정도는 아직 다른 일을 찾지 않은 상태.
 그들은 만 가주의 부름에 고민하지 않고 곧바로 응했다.
 "다들 오랫동안 저희 가문을 위해 일했던 분들입니다."
 "그렇군요."
 만 공자의 말에 나는 고개를 끄덕였다.
 그들은 총 다섯 명이었는데, 다들 나이가 어느 정도 있으면서도 만 가주에 대한 충성심이 깊어 보였다.
 "가주님! 이렇게 완쾌하시다니! 정말 다행입니다."

"이렇게 건강한 가주님을 다시 뵐 수 있어 정말이지……
흑흑!"

가주의 시종이었다는 자는 울음을 터트렸다. 가주가 자리에 누운 것이 자신의 잘못인 것 같다는 죄책감에 시달렸기 때문인 듯했다.

그런데 이렇게 건강한 모습을 보니 안도감에 눈물을 흘린 것.

"허허, 이 모두가 주군 덕분이라네."

이에 그들은 나에게 다가와 감사 인사를 했고, 나는 멋쩍게 그 인사를 받았다.

내 이익을 위해 한 일인데, 이렇게 감사 인사를 받으니 뭔가 민망했기 때문이다.

"부끄럽습니다."

그때 만 가주가 말했다.

"우리 가문은 주군의 가신이 되기로 하였네. 하여 잠시 대인과 호북성에 다녀오려고 하네. 그동안 이 집을 잘 부탁하네."

"여부가 있겠습니까?"

"그럼, 얼른 채비를 하겠습니다."

순조롭게 출발 준비가 진행되었고, 십일월 말 우리는 다시 호북성으로 출발했다.

만 가주가 아직 말을 탈 정도의 체력은 안 되었기에 마차를 타고 가야 했다.

하지만 일정상 문제는 없었다.

가주가 같이 호북성 본단으로 가는 경우도 예상해서 일정을 넉넉하게 잡았기 때문이다.

그럼 이제, 현로도의 도움을 받아야겠군.

최대한 안전하게 가야 하니까.

그런데…… 소림사에서 혈곤성승 대사님의 성체에 관련된 일을 처리하고 집으로 갈 때에도 현로도의 도움을 받아 갔었는데.

가던 길에 금의위 대협들을 만나 납치당하다시피 운남성으로 향했지.

혹시 이거, 가짜는 아니겠지?

내가 미심쩍은 눈빛으로 현로도를 바라보자, 현로도의 귀퉁이가 펄럭였다.

바람도 불지 않는데…….

마치 "왜 의심하는 거냐?"고 항의라고 하는 듯했다.

하긴…….

현로도는 소유자가 가장 안전하게 갈 수 있는 길을 안내해 주는 거지, 가장 빠르고 편한 길을 안내해 주는 게 아니니까.

즉, 그 개고생이 내 안전을 위한 최선이었다는 의미라고도 볼 수 있는 거지.

그래, 뭐 대신 미래를 위한 한 가지 안배를 마련했으니 그걸로 만족할까?

부디 앞으로는 그런 개고생은 없어야 할 텐데 말이지.

그런 생각을 하며 현로도를 보자, 이번에는 귀퉁이가

축 처지는 것이 보였다.
"……."
뭐지? 그건 장담할 수 없다는 건가?
젠장.

．

．

．

이번에 호북성 본단까지 가는 데는 그리 오래 걸리지 않았다.
남경으로 쭉 내려가서 배를 타고 장강을 거슬러 올라갔기 때문이다.
그렇게 이번에는 별일 없이 예정대로 도착했다.
"저곳이 은해상단 본단입니다."
내 설명에 만가의 두 부자는 놀란 눈으로 나를 다시 바라보았다.
"상당히 크군요."
"네. 저희 본단이 제법 크긴 합니다."
그런데, 가만 보니 이전보다 더 넓어진 것 같다는 생각이 들었다.
차장을 더 넓힌 것 같은데?
원래 옆에 있던 집들이 사라진 거 같은데?
설마, 그사이 차장을 넓힌 건가?
그렇게 의아해하다가 이내 하나의 사실을 깨달았다.
저 모습이 이전 삶에서 우리 은해상단이 급속도로 성장

했을 때의 모습이라는 것을.

이전 삶보다 몇 년이나 더 빠르다.

새삼, 내가 잘 하고 있구나 하는 생각이 들면서 감회가 새롭기도 하고…….

"도련님, 왜 집을 두고 그런 표정이십니까요?"

"응?"

"마치 헤어졌던 연인을 다시 만난 듯한 표정입니다요."

팔갑의 말에 나는 어색하게 웃었다.

"무슨 소리야 그게……."

정말 귀신같이 내 생각을 알아채네.

"그런데 헤어졌던 연인을 다시 만난 듯한 눈빛을 네가 어떻게 알아?"

"어……."

내 물음에 팔갑이 눈을 끔벅끔벅했다.

"그게 그러니까……."

"그래, 너에게도 아픈 경험이 있었구나."

"아, 아닙니다요!"

내 말에 이어 서우 무사가 씨익 웃으며 거들었다.

"그랬군. 미리 알아주지 못해서 미안하네. 팔갑 소이."

"아, 아니라고요."

그렇게 우리는 화기애애하게 웃으며 은해상단의 차장에 들어섰다.

"어서 오너라!"

미리 연락해서인지 아버지께서 직접 나와 우리 일행을 맞아 주셨다.
 "아버지! 바쁘지 않으세요?"
 "바쁘지."
 "나와 계시지 않아도 되는데……."
 "아무리 바빠도 오랜만에 집에 오는 아들을 마중할 틈은 있다."
 나는 웃으며 말했다.
 "그간 평안하셨죠?"
 "그럼. 모두 평안하다."
 "다행입니다."
 정말 다행이다.
 내가 이렇게 죽을힘을 다해 동분서주하는 건 가족들의 평안한 일상을 위해서이기도 하니까.
 "뒤에는 처음 보는 이들이구나."
 아버지는 만 가주와 만 공자를 보며 물었고, 나는 아버지에게 그들을 소개해 주었다.
 "이분들은 산동성 윤강만가의 가주님과 아드님입니다."
 그 말에 아버지가 순간 움찔하는 모습이 보였다.
 표정으로 드러나지는 않았지만, 상당히 놀라워하는 눈빛.
 왜 저러시지?
 하지만 일단 그 호기심은 뒤로 미뤄 두었다.
 아버지께 그들을 소개하는 상황이니까.

"은해상단의 상단주 은길상이라 합니다. 은해상단에 오신 것을 환영합니다."

"윤강만가의 가주 만죽입니다. 옆은 제 아들 만정입니다. 이리 주군의 춘부장을 뵈어 영광입니다."

"주군…… 이라니요?"

아버지가 의아한 눈빛으로 나를 보셨고, 나는 얼른 말을 이었다.

"자세한 건 들어가서 설명 드리겠습니다."

"알겠다."

"우선, 제 별당 옆의 건물에 머무르게 하겠습니다."

"그리하거라."

"네. 아버지."

나는 그들의 안내를 팔갑에게 부탁했다.

그리고 서우 무사를 제외한 다른 호위무사들은 휴식을 취하라고 한 후, 아버지를 따라 아버지의 집무실로 향했다.

이곳은 호위를 최소화해도 되니까.

"아, 어머니는 바쁘십니까?"

"네 어미는 지금 모임에 가 있단다. 이 근방 상단 안주인들의 모임이 있어서 말이지."

"그러시군요. 형들은요?"

"정호는 백대 상단 회합 때문에 북경에 갔다가 중간에 명명상단에 들려서 후추 관련하여 일을 처리한 후 돌아온다고 하는구나."

"형도 매우 바쁘군요."

그리고 보니 서향 소저가 정호 형이 북경 지부에 들렀다는 말을 전해 줬었지.

그런데 명명상단이라고?

그들은 사천성에 본단을 두고 있는 상단이다.

이미 천하 삼대 상단인 곳인데 왜…….

아, 호초…… 그러니까 후추 때문이구나.

그들은 도자기와 향신료를 주로 취급하는데, 특히 후추를 독점적으로 거래하면서 삼대 상단으로 발돋움했으니까.

이번에 우리 상단의 배가 다녀온 대월국은 후추의 주요 산지 중 하나.

내가 알기로 명명상단이 후추를 수입하는 방법은 사람들이 직접 짐을 짊어지고 험한 산맥을 넘는 식이다.

하지만 배를 통해 해상 교역을 하면 더 많은 양을 더 편하게 가져올 수 있으니 우리에게 접근하는 거다.

"명명상단은 사천성에 있지 않나요? 저희 사천지부가 있으니, 숙부님을 통해 본단에 직접 연락을 취하는 방법도 있지 않았나요?"

"안 그래도 네 숙부를 통해 만나서 논의하자는 요청이 왔지. 그래서 정호가 너와 함께 명명상단을 만나려고 했는데 마침 네가 키우는 그 녀석을 통해 서신이 왔지. 운남에 간다고……."

아…….

내가 금령을 통해 운남성으로 간다는 서신을 보냈을 때구나.

"네가 바쁜 듯해서 따로 알리지 않았느니라."

"감사합니다."

아마 이 이야기를 미리 들었으면 내가 부담을 가졌을 테니까.

명명상단은 이전에 처음 백대상단 회합에 참석하게 된 조부님을 도와주었던 곳이라고 했었지.

"그런데 생각보다 늦네요. 회합이 시월 초였으니 지금쯤 슬슬 정호 형이 도착할 때가 아닌가요?"

"그렇긴 하지. 아마 곧 돌아올 게다."

하긴 먼 거리의 상행이 일정대로만 되는 건 아니니까.

"진호 형은요?"

"호남성으로 가는 상단의 호위로 갔지."

"두 형수님은요?"

"각자 바쁘게 일하고 있고."

"조부님은요?"

"제일 부러운 분이지."

그 말에 나는 하하 웃었다.

그리고 아버지께서 반가운 소식을 전해 주었다.

"아, 그리고 둘째 새아가가 회임했다."

"오? 좋은 소식이네요?"

"그래. 아마 내년 초에 출산할 듯하구나."

"나중에 따로 축하해 줘야겠네요."

진짜 축하할 일이다. 이전 삶에서는 둘째 형수님을 잃고 애달픈 마음을 술로 달래며 홀로 늙어가던 진호 형이었으니까.
 내가 진호 형 술주정 들어 주느라고 진짜 힘들었지.
 그러고 보니 정호 형도 이전 삶에서 형수님하고 혼인하기 전에는 나에게 술 마시면서 하소연했었고.
 내가 술을 즐기지 않는 건 내 체질이나 사부님의 조언도 있지만, 가장 큰 이유는 형들의 술주정을 들어 주는 것에 질려서 그런지도 모른다.
 "건혁이랑 보연이는요?"
 "아주 천방지축이지."
 "건강하다는 뜻이군요."
 둘 다 이제 다섯 살이나 여섯 살 정도쯤 되었겠군.
 세월 빠르네.
 그렇게 가족들의 안위를 확인한 후, 본격적으로 상단의 일에 대해 논의했다.
 우선, 은해상단의 배 두 척이 무사히 은해상단에서 만든 항구에 닿았고 지금 정비 중이라는 것과 용 선장의 가족들에게 거처를 마련해 주셨다는 설명을 들었다.
 "그런데 대체 무슨 일이 있었기에 선원들 대부분이 배에서 내리자마자 집이나 기루로 달려간 것이냐?"
 "아……."
 생각보다 욕구불만이 심했나 보네.
 나는 쓴웃음을 지으며 대답했다.

"그게 선원들이 남경에 도착하자마자 재웠거든요."
"재워?"
"그게, 황제 폐하의 명이라서……."
"음…… 보안을 위해서냐?"
역시 아버지시다.
나는 고개를 끄덕였고, 아버지는 피식 웃으셨다.
"하긴, 이곳은 우리 은해상단이 꽉 잡고 있으니."
그동안 내가 제안한 정보부대가 활약했고, 호북성 대부분은 우리 은해상단이 꽉 잡고 있다고 볼 수 있다.
"그나저나 네가 데리고 온 이들, 정말 윤강만가의 아들인 것이냐?"
"네. 그런데 아까 왜 그리 놀라신 거예요?"
내 물음에 아버지는 헛기침 하셨다.
"험험……."
"저 아버지 아들입니다."
"상단주에게만 대대로 내려오는 기록에 대해 말했던 것을 기억하느냐?"
"네."
전에 아버지께서 말씀하셨다.
초대 상단주님께서 은해상단이라 명명하신 이유가 그곳에 기록되어 있다고.
[이 제국 안에서만 머물러서는 진정한 거상이 될 수 없음이다. 바다 너머의 돈을 바라보아야 진정한 거상이 될 수 있다]고 기록되어 있다지.

"사실 그곳에 이런 내용이 있다. 해적으로 인해 곤란한 상황에 처한다면 산동성 윤강만가의 도움을 받으라고."
"네?"
"그 기록만으로는 그게 무슨 의미인지 알 수 없었다. 하지만 윤강만가의 가주와 그 아들이 메고 있는 화살을 보니 조금은 알겠구나. 저들의 궁술로 해적들을 막아 낼 생각이더냐?"
"네. 맞습니다. 아마도 다음이나 다다음 상행부터는 해적들의 습격이 있을 겁니다. 그때 저들이 양성한 궁사 부대를 통해 해적들을 막을 생각입니다."

나는 말을 이었다.

"포가 있으면 좋지만, 화약은 제국에서 철저하게 관리하는 물자입니다. 얻을 수 있으면 좋지만 그로 인한 문제점을 생각하면 궁사 부대를 운용하는 것이 최선입니다."
"하지만 궁사들만으로 해적들을 막을 수 있겠느냐?"

아직 아버지께서는 천파궁의 위력을 모르시니 이런 말을 하시는 거다.

"아버지. 초대 가주님께서 그리 기록하신 이유가 있지 않겠습니까?"
"그렇긴 하다만……."

아직 썩 믿음이 가지 않는다는 표정.
한 번 견식하면, 생각이 달라지실 겁니다.

나는 내 별당으로 돌아왔다.

그리고 씻고 옷을 갈아입은 후 조부님께 향했다.
"조부님, 저 서호입니다."
"들어오너라."
조심스럽게 문을 열고 들어가니, 조부님께서는 그림을 그리고 계셨다.
"그림을 그리고 계셨군요. 오? 매화인가요?"
"요즘 들어 매화 그림에 취미가 붙어서 말이지. 그나저나 오랜만에 왔구나."
"네. 자주 찾아뵙지 못해서 송구합니다."
"뭘."
조부님은 붓을 내려놓으시며 말씀하셨다.
"너 바쁜 거 모르는 사람도 있느냐?"
"하하하."
"그나저나 이번에 손님과 함께 왔다지?"
역시 조부님.
은퇴하셨지만 아직 상단의 대소사에 눈과 귀를 남겨 두고 계신다.
"네, 윤강만가의 가주님과 그 아들이 저를 돕기로 하였습니다."
"윤강만가?"
"그렇습니다."
"혹시, 가주에게만 전해지는 그 기록을 읽은 것이더냐?"
조부님의 눈빛이 가늘어지셨다. 나는 얼른 고개를 저었다.

"그 기록의 존재에 대해서는 알고 있지만, 읽은 적은 없습니다. 그것은 정호 형의 권리이고, 저는 형의 권리를 침범하고 싶지 않습니다."

"그런데 어찌 알고 그들을 데려온 것이냐?"

"이번에 그들에게 도움을 주면서 그 화살의 위력에 대해 알게 되었습니다. 하여 그들로 하여금 궁사 부대를 운영하면 도움이 될 듯하여 데리고 왔습니다."

조부님께서는 가만히 나를 바라보다 말씀하셨다.

"정말 상단주에 뜻이 없는 것이더냐?"

"네. 없습니다."

"진짜 없느냐?"

"없습니다."

제가 미쳤습니까? 상단주를 하게.

그거 제 취향 아닙니다.

조금의 망설임도 없는 내 대답에 조부님은 아쉬운 표정으로 고개를 끄덕이셨다.

"그리고 하루가 멀다 하고 전 제국을 돌아다니느라 본단에 붙어 있을 시간이 없습니다."

그 일 중 반은 황제 때문이지만.

"이런 제가 상단주가 되면 상단이 제대로 돌아가겠습니까?"

"하긴, 그건 그렇구나."

조부님께서는 고개를 주억이셨다.

"그래, 알겠다. 바쁠 텐데 나가 보거라."

"네."

나는 조부님의 처소에서 나왔다. 그런데 뭔가 빼먹은 듯한 기분이 드는 건 왜지?

곰곰이 생각해 보니 그 이유를 깨달을 수 있었다.

그러고 보니 이번에는 혼인은 언제 할 거냐고 묻지 않으셨다.

왜지?

.

.

.

아무튼, 그렇게 조부님과 대화를 마치고 다시 아버지의 집무실로 향했다.

가는 길에 팔갑이 나를 불렀다.

"도련님."

"왜?"

"일도 좋지만, 좀 쉬었다가 하시죠. 이러다가 건강을 해치실까 걱정됩니다요."

팔갑의 말에 나는 단호하게 고개를 저었다.

"안 돼. 내가 조금이라도 더 열심히 움직여야 우리 상단이 더 많은 이득을 볼 수 있다고. 그래야 더 빨리 성장하고."

"그건 저도 압니다요."

그리고 팔갑은 길게 한숨을 내쉬었다.

"에휴, 도련님이 오셨다는 말에 건혁 작은 도련님과 보연 작은 아가씨께서 생신 선물을 준다고 무척 들떠 있었는데…… 실망이 크시겠네요."

그 말에 순간 나도 모르게 걸음을 멈추었다.

"뭐? 방금 뭐라고 했어? 건혁이와 보연이가 기다리고 있다고?"

내 물음에 팔갑이 고개를 끄덕였다.

"네. 아까 윤강만가의 가주님과 공자님을 숙소에 안내해 드리고 오던 길에 작은 도련님과 작은 아가씨를 만났습니다요."

"……많이 컸어?"

"몰라보게 크셨습니다요. 작은 도련님은 첫째 도련님의 사모님을 꼭 닮으셨고 작은 아가씨는 첫째 도련님을 꼭 닮으셨습니다요."

그 말을 들으니 더더욱 보고 싶었다.

"으……."

하지만…… 지금은 일을 하러 가야 하는데.

그때 서우 무사가 말했다.

"주군께서 최선을 다해 일하시는 이유 중 하나는 가족들의 행복을 위해서라고 생각합니다."

"네, 맞아요."

"하지만 그 가족 안에는 주군 역시 포함되어 있습니다. 만약 주군께 뭔가 일이 생긴다면 주군의 가족들은 행복하지 못할 겁니다."

"어……."

서우 무사의 그 말에 뭔가 뒤통수를 맞은 듯한 기분이 들었다.

"그러네요."

나는 한숨을 내쉬었다.

"그리고 서우 무사님의 말씀대로 가족들이 행복하게 살기를 바라며 바쁘게 움직이는 건데 어째 가족들과 함께할 수 있는 시간이 더 없어지네요."

내 말에 서우 무사는 고개를 주억였다.

"처음 말씀드리는 것이지만, 제 아버지께서도 표두셨습니다. 제가 어릴 때, 아버지께서는 일하러 나가시면서도 몇 번이고 저를 돌아보며 떠나셨죠."

그는 말을 이었다.

"그 마음을 아버지가 된 지금에서야 알 것 같습니다. 돈을 벌어야 가족을 건사할 수 있는데, 그럴수록 가족들과 함께하는 시간은 줄어들고…… 역설적인 상황인 것이죠."

그렇다.

진짜 역설이지.

서우 무사의 말을 들으니, 문득 어릴 적 아버지를 보며 느꼈던 감정이 기억났다.

아버지는 언제나 바쁘셔서 함께할 수 있는 시간은 별로 없었다.

내가 커서 아버지의 일을 도와드릴 수 있게 되면, 그땐 아버지와 좀 더 많은 시간을 보낼 수 있지 않을까 하는 생각도 했었지.

하지만 지금이 어릴 때보다 더 아버지와 시간을 보내지 못하는 게 현실이다.

"누가 이런 상황에 대해 명쾌한 답변을 줬으면 좋겠네요."

내 푸념에 팔갑이 말했다.

"그리 푸념하실 시간이 있으면 어서 움직이시는 게 좋을 듯합니다요."

"응?"

"지금 거량당으로 가시는 거 아닙니까요? 지금 도련님을 엄청 기다리고 있을 텐데, 늦으면 '막내 숙부 미워!'라고 하면서 얼굴도 안 보여 주면 어쩌려고 그러십니까요?"

아…… 팔갑의 말을 상상하자 순간 가슴이 철렁했다.

"……가자."

그래, 이럴 때라도 한숨 돌리며 쉬어야지.

하지만 가족들과 시간을 많이 보내는 건 포기할 수밖에 없다.

그래도 너무 무리하지는 말아야지.

서우 무사의 말대로, 나에게 무슨 일이 생긴다면 가족들이 무척 상심할 테니까.

지팡이가 없으면 제대로 걷지도 못했던 병약했던 지난 삶에서 가족들이 얼마나 걱정했는지 벌써 잊어버리다니!

은서호, 이 바보 같은 놈!

거량당은 정호 형의 별당이다.

내가 거량당 안으로 들어가자 작은 두 아이가 도도도 나에게 달려왔다.

"숙부!"

"작은 숙부!"

나에게 폭 안긴 두 아이는 건혁과 보연이다.

팔갑의 말대로 건혁이는 큰형수님을 꼭 닮았고, 보연이는 정호 형을 닮았다.

나는 두 아이를 안으며 마당에 앉았다.

"어이쿠! 많이 컸네!"

"네! 저 많이 컸어요."

"보연이도 많이 컸어요!"

"그래그래, 둘 다 많이 컸구나!"

나는 미소를 지으며 둘의 머리를 슥슥 쓰다듬어 주었다.

"그동안 보고 싶었습니다. 숙부님."

건혁이는 제법 의젓하게 말했다.

"숙부님은 저희 안 보고 싶으셨습니까?"

"그럴 리가 없잖아! 내가 얼마나 보고 싶었는데."

"하지만 저는 이해합니다. 작은 숙부님은 아주 큰 일을 하시는 분이라고 했으니까요. 저도 나중에 커서 작은 숙부님처럼 큰 일을 하는 사람이 될 겁니다."

"그래, 꼭 그렇게 될 거야."

나는 흐뭇한 표정으로 고개를 끄덕였다. 그때 보연이가 말했다.

"숙부님! 숙부님의 명호가 정말 선협미랑이에요?"

"쿨럭!"

그 물음에 나도 모르게 사레가 들렸다.

허…… 한두 번 들은 게 아니긴 한데, 보연이한테까지 이런 말을 들을 줄이야…….

이미 틀린 건가?

왜 눈물이 나는 거지?

옆에서 팔갑이 신나서 말했다.

"맞습니다요! 작은 아가씨. 은서호 도련님의 명호가 바로 선협미랑으로 수많은 사람들이 그 은혜를 입었고, 그 칭송이 하늘에까지 닿을 정도입니다요."

"우와!"

나를 바라보는 건혁이와 보연이의 눈동자가 반짝였다.

"저, 저도 나중에 숙부님처럼 영웅이 될 거예요!"

"그래, 보연이는 틀림없이 건괵영웅이 될 거야."

건괵(巾幗)은 여자들의 머리 장식으로, 건괵영웅은 여걸을 의미한다.

"사실, 제가요. 숙부님 같은 낭군님이랑 혼인하려고 했는데, 아버지가 이 제국 안에 숙부님 같은 남자는 없다고 해서 포기했어요."

그 말에 팔갑이 고개를 끄덕였다.

그거…… 무슨 의미야? 왜 고개를 끄덕이는 건데?

아니, 그보다 정호 형…… 대체 보연이한테 무슨 이야기를 한 거야?

아버지가 되어서 보연이 혼삿길 막으면 되겠어?

설마, 일부러 막은 건가?
형의 행적을 보면 가능성이 아예 없다고는…….
그때 큰형수님이 호호 웃으며 등장하셨다.
"애도 참, 별 이야기를 다 하네."
"아, 형수님!"
"정말 오랜만에 오셨네요."
그 말에 나는 뺨을 긁적였다.
"그간 격조해서 송구합니다."
"뭘요. 도련님 바쁘신 거 세상 사람이 다 아는 걸요."
큰형수님이 아이들에게 말했다.
"애들아, 준비한 선물 드려야지."
"네!"
두 녀석은 얼른 도도도 달려서 별당 안으로 들어갔다.
나는 자리에서 일어났고, 팔갑이 얼른 내 옷의 흙먼지를 털어 주었다.
"아이들이 참 활발하네요."
"에휴, 너무 활발해서 문제죠."
큰형수님의 말에 나는 웃었다.
"아이가 뛰어놀지 않으면 그것도 문제라고 봅니다."
"그렇긴 하죠."
"그런데 제 기억으로는 건혁이와 보연이의 생일이 이맘때였던 것 같은데…….""
"맞아요. 십이월 생이니까요."
어…… 설마…….

"엊그제 생일이 지나서 여섯 살이랍니다."
"……."
두 아이의 생일은 십이월 초.
이미 생일이 지나 버렸네.
내가 진짜 정신없이 살았던 모양이다. 건혁이와 보연이의 생일도 잊어버리고.
반성해야겠네.
"이거 미안하네요. 생일 선물도 챙기지 못하고."
"열 살이 되는 생일에 많이 챙겨 주세요."
"네. 알겠습니다."
우리 은해상단에서는 열 살과 스무 살 등 십의 배수가 되는 해의 생일을 매우 중요하게 여기니까.
"그때가 되면 무엇이 필요한지 살짝 언질을 주십시오. 그나저나 이제 갓 여섯 살이 된 아이들인데 상당히 총명해 보입니다."
그 칭찬에 큰형수는 멋쩍게 웃으셨다.
하긴 본인의 아이를 칭찬하는데 싫어할 사람은 없지.
"아무래도 그건 제 부군을 닮은 듯해요."
"형수님도 어릴 때부터 총명했다고, 사돈어른께서 말씀하시는 것을 들었습니다."
"어머, 아버지도 참……."
그때 건혁이와 보연이가 뭔가를 가지고 나왔다.
종이?
두 녀석은 각자 종이를 들고 있었다.

"선물입니다."

"저도 선물이요!"

나는 그것을 받아 펼쳐 보았다.

"글 스승님이 저희가 존경하는 사람을 생각하면서 시문을 지어 보라고 하셨어요."

벌써 시문이라니!

물론 시문을 짓는 일은 먹물 좀 먹었다는 이들에게는 상당히 중요한 일이다.

그래서 어느 수준 이상으로 글자를 깨치면 시문 짓는 훈련도 시작하곤 한다.

그래야 나중에 시문을 지어야 할 일이 생길 때 망신을 당하지 않을 수 있으니까.

그나저나 벌써 시문을 지을 수 있을 정도로 글자를 깨쳤다는 거네?

그리고 당연히 여섯 살에 시문을 짓는 아이들은 그리 많지 않다.

시문이라는 것은 단순히 글을 깨쳤다고 해서 지을 수 있는 게 아니니까.

진짜 대단한데?

"벌써 글자를 깨친 거야?"

"아버지가, 작은 숙부님처럼 되려면 글공부를 열심히 해야 한다고 해서요."

"그래서 열심히 글공부를 하고 있어요."

"장하네."

뭔가 쑥스럽지만…….

아, 진짜 정호 형!

애들한테 학습 의욕을 불어 넣은 건 좋지만, 대체 뭐라고 바람을 넣은 거야!

나는 속으로 투덜거리면서 두 아이가 준 시문을 읽어 보았다.

물론 아직은 운율도 형식도 제대로 지키지 못한 시문이다.

하지만 그 시문에 담긴 나에 대한 마음이 느껴져, 나도 모르게 미소가 지어졌다.

거량당을 나온 나는 아버지에게 향했다.

"덕분에 잘 쉬었네요. 고마워, 팔갑아. 감사합니다, 서우 무사님."

"별말씀을 다 하십니다."

나는 팔갑에게 말했다.

"그런데 전에는 잘생긴 것만 기억하는 더러운 세상이라고 중얼거리지 않았어?"

"그걸 기억하십니까요?"

"나도 기억력 좋아."

"그랬는데. 저만 슬퍼지는 것 같아서 그냥 포기했습니다요."

그리 말하며 하늘을 올려다보는 그 표정이 왠지 두 귀가 축 처진 곰을 보는 것 같아서 웃음이 나왔다.

"그나저나 애들이 참 조숙하네. 생일이 지났는데 선물을 조르지도 않고."

나는 뒤를 힐끔 바라보았다.

큰형수님이 아이들의 열 살 생일 때 잘 챙겨 달라고 하셨지만, 그냥 넘어갈 수는 없지.

이렇게 생일 선물을 받았으니 말이지.

잠시 후.
나는 아버지의 집무실에 도착했다.
"저 왔습니다."
"그래, 네가 다시 올 줄 알고 있었다. 술을 담그는 일에 대해 논의하기 위해서지?"
"어, 맞습니다."
"그래. 시간이 좀 걸릴 것 같아서 아까는 얘기하지 않은 모양이구나."

나는 대답하지 않고, 씩 웃으며 다탁 앞에 앉았다.

아버지는 자리에서 일어나 옆에 꽂힌 두루마리 중 몇 개를 꺼내어 다탁 위에 올려놓았다.

"이건 당장 술을 만들 수 있는 곳이고, 여긴 좀 준비가 필요한 곳들이다."
"그렇군요."

나는 서류를 살펴보며 머릿속으로 생각을 정리했다.

"우선 당장 술을 담글 수 있는 곳부터 술을 담가서 다음 교역 때 배에 실어야겠군요. 그나저나 이거 아쉽네요.

배가 더 있으면 좋을 텐데…….."

그때 아버지가 씨익 웃으셨다.

"그건 걱정하지 않아도 된다."

"네?"

"그동안 두 척의 배를 더 건조했고, 지금 한창 훈련 중이니까."

"네에?"

아버지의 말에 나는 깜짝 놀랐다.

"그럼 저희 상단의 배가 총 네 척이라는 겁니까?"

내 물음에 아버지는 의기양양하게 고개를 끄덕이셨다.

배를 건조하는 건 돈이 한두 푼 들어가는 일이 아닌 만큼 신중해야 하는 일.

나는 새삼 아버지의 배포에 놀랐다.

"물 들어올 때 노 저어야지."

"그렇긴 하네요. 하하하."

나는 아버지가 준비해 두신 서류를 살폈다. 역시 아버지시네.

서류만 봐도 현재의 상황이 일목요연하게 보였다.

그리고, 보다 생각이 잘 정리되는 건 아마도 방금 아이들을 만나면서 조금 휴식을 취했기 때문일지도.

"아, 저번에 건혁이와 보연이의 생일이었다면서요?"

"그랬지."

아버지는 고개를 끄덕이셨다.

"그래서 정호도 두 아이의 생일 전에는 돌아온다고 했

는데…… 생각보다 늦어지는구나."
"그러게요."
 아무 일도 없는 거겠지.
 괜히 걱정되게 왜 이리 늦게 오는 거야.
 다시 마음을 다잡고 서류를 읽어 내려가던 나는 뭔가가 마음에 걸렸다.
 음, 분명 뭔가가 있는데…….
 뭐가 걸리는 거지?
 아무 이유 없이 마음에 걸릴 리가 없다.
 계속해서 서류를 보고 또 보며 기억을 더듬어 보다가 하나의 사실을 깨달았다.
 이 명단의 이들 중에는, 술을 제조할 자격이 없는 자들이 있었다.
 나는 자리에서 일어나며 말했다.
"아버지. 저 내일 이곳들을 시찰할까 합니다."
"네가 직접 할 필요는 없지 않느냐?"
"이는 황제 폐하께서 특별하게 허락하신 일입니다. 게다가 저희가 생산하는 술은 저 먼 외국에 팔릴 상품입니다. 이를 통해 저희 은해상단의 인식이 만들어지게 될 터인데 어찌 소홀히 하겠습니까?"
"음, 그렇긴 하지."
"그러니 소자가 직접 시찰해서 미비한 점이 없는지 살피도록 하겠습니다."
 이번에 제대로 솎아내지 않으면 분명 나중에 문제가 생

긴다.

우리 상단의 명성에 흠이 날 수도 있지만, 그보다 더 큰 문제가 있다.

황제에게 꼬투리를 잡히면 이를 빌미로 더 나를 굴릴지도 모르니까.

아니, 분명히 굴릴 거다. 으…….

생각만 해도 식은땀이 흐르네.

그리고 이번 교역으로 은해상단에 대해 좋은 인식의 기초를 세웠다.

기껏 세운 기초를 그로 인해 망가트릴 순 없는 일이다. 이번 일에 들어간 돈이 얼마인데!

내 말에 아버지가 고개를 주억이셨다.

"알겠다. 내 주조 장인들에게 그리 전해 두마."

"아닙니다!"

나는 단호하게 말했다.

"제가 간다는 것을 알리고 가면, 그게 정확한 시찰이 되겠습니까? 그러니 제 시찰에 대해서는 비밀로 해 주십시오."

나는 말을 이었다.

"제가 시찰은 하지만, 그 누구도 제 시찰에 대해서는 모를 겁니다."

.

.

.

그날 밤.

나는 조용히 진유 무사를 불렀다.

"부르셨습니까?"

"네, 오늘 밤 좀 바쁘게 움직여야 할 일이 있는데 괜찮으십니까?"

"물론입니다."

잠시 후.

우리는 상단의 비밀 통로를 통해 밖으로 나갔다.

이렇게 은밀하게 움직이는 이유는 정확한 증거를 잡기 위해서다.

내가 시찰을 결정한 이유 중 한 곳은 양가녹주(楊家綠酒)라는 상호를 걸고 술을 담그는 이들이다.

특이하게도 그들이 담그는 술은 연한 녹색 빛을 띠고 있었다.

겉으로는 백 년 이상 이어 온 전통을 지키는 고집스러운 장인들.

맛도 꽤 있는 편이라 사람들은 그 술을 믿고 사 마셨지. 그 술맛을 잊지 못해 계속 찾았고.

그리고 내 지난 삶에서, 교역을 위한 주조를 허락하면서 지금과 달리 수많은 상단이 주조업에 뛰어들었다.

술을 외국에 팔면 돈이 된다는 정보가 빠르게 퍼졌기 때문.

그 와중에 한 상단이 양가녹주와 손을 잡고 그 술을 대월국에 팔았다.

하지만 하필 그때 술에 대한 비밀이 내부고발로 인해 드러나며 국가 간의 문제로 비화했다.

교역이 중단될 뻔했으니, 양가녹주는 물론이고 그 상단도 쫄딱 망했다.

각 지역의 유명한 주도가를 모으라고 했기 때문인지, 양가녹주를 비롯해 문제가 있는 곳들도 몇 군데 섞여 있었다.

그래도 이렇게 본격적인 주류 교역이 시작되기 전에 알아차려서 다행이다.

곧 우리는 상단을 나섰고, 내가 이전에 마련해 놓은 안가에서 흑복으로 갈아입었다.

"다녀오십시오."

"네."

그리고 서우 무사와 이필 무사가 우리를 배웅했다.

우리는 명단에 있는 곳을 하나하나 둘러보기 시작했다. 이게 바로 진짜 암행감찰이지.

가장 먼저 향한 곳은 양가녹주.

가볍게 둘러보니 이미 술이 다 만들어진 듯했다.

녹주는 다른 술에 비해서 제법 빠르게 만들 수 있는 술이거든.

그렇다면 그 술의 비밀이라는 재료가 이 근처에 있을 거다.

나는 재료를 둔 곳을 살피기 시작했다. 이전 삶의 기억에 의하면 사람들이 생각하지도 못하는 곳에 그 재료를 숨겨 놓는다고 했지.

이를테면, 천장 같은 곳.

천장 중에도 낮은 곳이 있었고 그곳을 뒤져 보았다.

오! 정답이군.

나는 정성스레 보자기에 싸 놓은 것을 조금 챙겨서 품에 넣었다.

- 이제 나갑시다.
- 네.

내 전음에 진유 무사는 고개를 끄덕였고, 그렇게 우리는 다음 주도가로 향했다.

양가녹주만큼은 아니지만, 역시 문제가 있던 곳으로.

.

.

.

그렇게 문제가 있는 곳은 물론이고 다른 곳들까지 싹 다 둘러본 후 안가로 돌아왔다.

"오셨습니까?"

"성과는 있었습니까?"

서우 무사와 이필 무사가 나를 맞이하며 물었고, 나는 고개를 끄덕였다.

"네. 이제 갑시다."

우리가 안가를 나섰을 때 팔갑이 말했다.

"와, 해가 뜨고 있습니다요."
"응?"
팔갑의 말처럼, 동쪽 하늘이 밝아지고 있었다.
그렇다. 우리는 밤을 새운 것이다.
분명 무리하지 말자고, 건강을 잃으면 가족들이 슬퍼할 거라고 다짐했던 것이 어제 같은데…….
나 왜 눈물이 나지?

별당에 도착한 나는 곧바로 내가 수집한 증거들을 정리한 후 운기조식을 시작했다.
후, 운기조식을 하고 나니 좀 괜찮아진 것 같네.
내가 자리에서 일어났을 때 마당으로 들어오는 반가운 얼굴이 있었다.
"사부님!"
곽명현 사부님이셨다.
"오랜만에 보는군요."
"네, 그간 격조해서 송구합니다."
"괜찮습니다. 돌아오셨다는 것을 형진이에게 들었습니다."
어…….
그러고 보니 내가 돌아왔음을 반드시 알려야 하는 분 중에 사부님도 계셨다.
내가 명색이 설풍궁의 소궁주인데 이런 실수를!
나는 얼른 사부님 앞에 무릎을 꿇었다.

"송구합니다! 제자가 불민하여 사부님께 귀환을 알리지 못했습니다."

그런 내 모습에 사부님이 당황하며 나를 만류했다.

"아닙니다. 바쁘신 것을 알고 있으니, 그만 일어나십시오."

"아닙니다. 이 불초 제자, 사부님 앞에 죄송하여 고개를 들 수 없습니다."

"저는 그런 것에 신경 쓰는 사람이 아닙니다."

사부님이 엄하게 말씀하셨다.

"그러니 그만 일어나십시오. 그리고 설풍궁의 소궁주라면 어디서든 함부로 무릎을 꿇어서는 안 됩니다. 저를 포함해서 말입니다."

굳은 의지가 느껴지는 사부님의 눈빛에, 나는 자리에서 일어날 수밖에 없습니다.

"상행으로 인한 건 봐 드립니다. 하지만 설풍궁의 소궁주로서는 봐주지 않을 겁니다. 아시겠습니까?"

"네, 알겠습니다."

"좋습니다."

사부님은 그제야 조금 표정을 푸셨다.

그나저나 못 뵌 사이에 이전보다 더 강건해지신 것 같은데……

경지도 더 높아진 것 같기도 하고.

이전에도 까마득히 높은 빙산을 바라보는 것 같았지만, 지금은 그 빙산의 높이가 더더욱 높아진 것 같았다.

"사실, 오랜만에 제자의 수련 성과를 확인해 볼까 하고 왔습니다만……."

사부님은 내 얼굴을 보시며 고개를 절레절레 저으셨다.

"지금은 수련이 아닌 휴식이 필요할 때군요."

"네?"

평소 정말 빡세게 굴리시며, 사람은 쉽게 죽지 않는다고 말씀하셨던 분이 사부님 아니셨나?

하루라도 체력 훈련을 거르는 분이 아니신데?

그런 사부님이 나에게 휴식을 권하실 정도로 내 상태가 좋지 않아 보이는 건가?

"하지만, 제가 이리 말한다고 해도 휴식을 취하지 않으시겠죠."

"죄송합니다. 제가 해야 할 일이 많아서……."

"그럼 가장 급한 일을 처리한 후, 저를 부르십시오. 그래 주실 수 있으십니까?"

그 정도는 가능했다.

그리고 사부님께서 저렇게 부탁하시는데, 당연히 들어드려야지.

"알겠습니다."

"그럼, 조금이라도 쉬십시오."

사부님께서는 그리 말씀하시며 별당을 나가셨다.

그럼, 이제 움직여 볼까?

아침을 먹은 후 나는 곧바로 아버지를 찾아갔다.

"아버지, 감찰을 끝냈습니다."
"벌써 말이냐?"
"네. 어젯밤에 몰래 감찰을 했으니까요."
"쯧쯧, 그러니까 피곤해 보이지."
아버지는 혀를 차며 나를 안쓰럽게 바라보셨다.
"그래서, 감찰 결과는 어떻게 나왔느냐?"
"여기에 정리해 두었습니다."
아버지는 내가 내민 두루마리를 받아 펼쳐 보시더니 미간을 찌푸리셨다.
"음…… 열다섯 군데 중에 네 군데나 부적격이라는 말이냐?"
"그렇습니다. 네 곳 중에서 세 곳은 시정 명령을 내리면 개선의 여지가 있습니다만 한 곳은 절대 안 됩니다."
나는 말을 이었다.
"저는 오늘 그곳들을 찾아가서 그에 대한 시정 명령을 내리고 다른 한 곳에 대해서는 더 이상 지원해 주지 않겠다는 통보를 할 생각입니다."
아버지는 잠시 생각하시다가 고개를 끄덕이며 승낙하셨다.
"그리하거라."

자리에서 일어난 나는 가장 먼저 양가녹주로 향했다.
"계십니까요?"
팔갑의 외침에 잠시 후 안에서 누군가 나왔다.

"누구십니까?"

"은해상단에서 나왔습니다요. 은해상단의 은서호 소단주님이십니다요."

"헉!"

그 말에 그가 황급히 안으로 들어가더니, 한 무리의 사람들이 나와 나를 맞이했다.

"여기까지 어인 일이십니까?"

"술이 잘 빚어지고 있는지 확인할 겸 방문했습니다."

"그러셨군요. 마침 막 완성된 술이 있는데 한번 시음해 보시겠습니까?"

"좋습니다."

그들은 곧 술병과 술잔을 가져와 내 앞에서 술을 따라 주었다.

영롱한 녹색의 액체.

내가 술잔을 입에 가까이 가져가자, 그들의 입가에 진한 미소가 걸리기 시작했다.

"후."

나는 술잔을 입가에만 댔다가 다시 내려놓았다.

"여기에 들어간 재료. 대체 뭡니까?"

"네?"

"이 녹주의 비밀이 독초였던 겁니까?"

내 말에 그들은 화들짝 놀랐지만, 이내 버럭 화를 내었다.

"그게 무슨 말씀입니까? 독초라니요?"

"어찌 저희 가문의 술을 그리 매도하십니까?"

"은해상단의 소단주면 다입니까? 그렇게 억지를 부려서 저희 술을 후려치려는 겁니까?"

그들은 동네가 다 떠나가도록 고래고래 소리를 질렀고, 그로 인해 사람들이 무슨 일인가 싶어 하나둘씩 모이기 시작했다.

하, 이렇게 나온다고?

적반하장도 유분수지.

"아이고! 억울해 죽겠네!"

"백 년이 넘는 우리 가문의 술에 독초가 들어갔다고 하니, 억울해 죽겠네!"

그들은 아예 바닥에 주저앉아 통곡하며 억울함을 하소연했다.

보통은 돈이 많거나 권력이 있는 사람들을 악인이라 여기고, 돈이나 권력이 없는 사람들을 피해자라고 여긴다.

× 같은 선입견이지.

아니, 사실 그건 선입견이라기보다는 감정이입에 더 가깝다.

본인과 더 가까운 처지의 사람에게 감정을 이입하기 쉬우니까.

물론, 남의 고혈을 빨아 부를 쌓거나 권력을 얻은 이들이 없는 건 아닌 만큼, 돈 많고 권력이 있는 사람이 악인일 가능성이 클 수는 있다.

그러나 항상 그렇지는 않지.

진짜 오해인데 〈291〉

지금처럼 말이다.

저들은 몰려든 사람들이 그들에게 감정이입을 해서 나와 은해상단을 욕하고 자신을 편들어 줄 거라고 생각한 모양이다.

하지만 이곳에 이주한 지 얼마 되지 않았기에 잘 모르겠지.

호북에서 은해상단과 은서호라는 이름이 가지고 있는 의미를.

"무슨 일이야?"

"응? 저들의 술에 독초가 들었다고 모욕했다고?"

"뭔가 이유가 있으니까 선협미랑께서 저리 말씀하시는 거겠지."

"그럼! 은해상단이 아무 이유 없이 그럴 리가 없지."

"……."

그 반응에 양가녹주를 만드는 장인 가문은 당황한 기색이 역력했다.

그래서 더욱더 난리를 쳤지만, 나는 눈 하나 깜짝하지 않고 말했다.

"더 난리를 치고 싶으면 그렇게 하세요. 저는 시간 많습니다."

"헉, 헉헉……."

난리를 치는 것도 체력이다.

저들은 이내 지쳐서 숨을 헐떡였다.

이제 내 말을 준비가 되었군.

나는 저들이 나에게 가져다준 술잔을 내밀며 말했다.

"양가녹주는 녹주라는 명주로 유명한 곳입니다. 사실 그동안 저는 이 녹주를 접한 적이 없어서 이에 대해 듣기만 했지 맛볼 기회가 없었습니다. 그런데 방금 이 술의 향을 맡아 보았고 이 술의 비밀을 알게 되었습니다."

나는 말을 이었다.

"구갈초(求渴草)를 넣었음을 말입니다."

내 말에 그들은 흠칫 놀란 표정이었지만 얼른 그 표정을 감추었다.

"구갈초는 예전에 녹색 염료로 쓰던 것입니다. 하지만 지금은 그 독성 때문에 쓰이지 않죠. 구갈초에 일정량 이상 노출되면 계속에서 이를 원하게 됩니다."

그렇다.

양가녹주의 비밀은 바로 구갈초를 사용하여 녹주를 마신 이들이 중독되게 만드는 것이었다.

"하여 구갈초는 지금은 염료는 물론이고 음식에 물을 들이기 위해 사용하는 것도 국법으로 금지되어 있습니다."

"어, 억울합니다!"

"저희는 절대 그 독초를 쓰지 않았습니다."

"그리고 냄새만으로 그걸 어찌 압니까?"

"저희 은해상단은 약재로 유명한 곳입니다. 그리고 저는 그 은해상단의 소단주죠. 그것도 모를 것 같습니까?"

"……."

"여러 약재로 그 향을 숨기려 했지만, 제 감각을 속이

진 못하죠."
나는 말을 이었다.
"그리고 구갈초를 쓰지 않았다면서, 왜 그 옷자락이 녹색으로 물들어 있습니까?"
내 손가락을 따라 모두의 시선이 집중되었다.
그러자 내 손가락의 끝에 있는 사람은 자신의 옷자락을 내려다보더니 당황했다.
"어, 언제 이게 묻었지? 묻지 않게 하려고…… 헉!"
그는 뒤늦게 자신의 입을 막았지만, 이미 들을 사람은 다 들은 후였다.
그의 옷자락 일부가 녹색으로 물들어 있었다.
내가 새벽에 챙겨 온 구갈초로 염료를 만들어 두었다가 아까 슬쩍 묻혔거든.
구갈초는 성능이 좋아서 조금만 닿아도 순식간에 물이 드니까.
"이 집을 샅샅이 뒤져 보세요. 반드시 구갈초가 있을 겁니다."
"네!"
곧 내 호위무사들이 그곳을 뒤지기 시작했다.
그리고 새벽에 나와 같이 이곳에 왔던 진유 무사가 이를 찾아왔다.
다행히 아직 위치를 옮기지 않았군.
"이 정도면 지현 대인을 모셔야겠군요."
나는 그들을 현청으로 인계했다.

국법을 어긴 만큼, 우리 은해상단 입장에서 처벌할 수는 없으니까.

 그렇게 양가녹주를 처리한 후 곧바로 다른 세 곳의 주도가를 찾아갔다.

 그들이 나에게 부적합 판정을 받은 이유는 위생이라든지 재료의 질 때문이다.

 나는 그들의 문제점을 하나하나 집어 주었고, 이에 그들은 고개를 땅에 박으며 오들오들 떨었다.

 그도 그럴 것이, 저들에게는 우리 은해상단이 구명줄이나 다름없기 때문이다.

 우리와 맺은 계약이 아니었으면 술을 담그는 것은 물론 기근에 목숨을 이어 가는 것도 힘들었을 터.

 악의가 있었던 것은 아니기에 나는 시정 조치에서 끝냈다.

 하지만 양가녹주는 다르지.

 그들은 우리에게 극심한 손해를 입힐 수 있었고, 우리와의 계약을 어긴 셈이니까.

 배상금을 톡톡히 받아 내야겠지.

 아무튼, 나는 그들에게 말했다.

 "마지막 경고입니다. 또 걸리면 그때는 계약 위반으로 간주하고 계약서에 명시된 배상금을 요구할 겁니다. 강제 노역을 시켜서라도 말입니다."

 "네네!"

 "명심하겠습니다."

"술 다시 빚으세요."
"네."

그렇게 시정 조치까지 끝낸 후 별당으로 돌아왔다.
사부님께서 가장 급한 일을 처리한 후 부르라고 하셨지.
나는 금령을 통해 사부님께 전서를 보냈다.
금령은 금세 돌아왔고, 얼마 후에 사부님께서도 도착하셨다.
"급한 일은 끝나신 모양입니다."
나는 포권하며 말했다.
"네, 사부님. 급한 일은 다 끝냈습니다."
"그럼 며칠 정도 여유가 있으십니까?"
그건 왜 물으시는 거지? 뭔가 시키실 일이라도 있으신 건가?
나는 잠시 속으로 일정을 헤아려 보고는 대답했다.
"한 사흘 정도는 여유가 있긴 합니다."
"그렇군요."
사부님은 고개를 끄덕이시더니 나를 향해 다가오셨다. 그리고 빙그레 웃으셨다.
어? 왜 웃으…….
하지만 내 생각은 더 이어지지 못했다. 사부님의 주먹이 내 배에 꽂혔으니까.
퍽!

의식이 희미해지는 가운데 사부님의 목소리가 들렸다.

"어떻게 하면 푹 쉬게 할 수 있을까 고민했는데, 이게 가장 효과가 좋을 것 같아서 말입니다."

사부님께서 급한 일이 끝나면 부르라고 하신 이유를 이제야 깨달았다.

나를 강제로 재우실 거라는 건 예상 못 했지만…….

* * *

곽명현의 주먹에 맞아 기절한 은서호를 서우와 진유가 잽싸게 부축했다.

그러나 그 누구도 분노하지도, 검을 빼 들지도 않았다.

"감사합니다."

오히려 감사를 표할 뿐.

곽명현은 축 늘어진 은서호를 보며 혀를 찼다.

"쯧쯧. 왜 그렇게까지 무리해서 다른 사람들을 걱정시키십니까?"

물론 은서호가 그 말을 들을 수 있을 리 없지만.

서우가 쓰게 웃으며 말했다.

"진즉에, 이렇게라도 하고 싶었습니다만 아시다시피 경지가 저보다 높기도 하시고 또…….'

"호위무사가 주군에게 손을 댈 수는 없는 일이지."

"알아주셔서 감사합니다."

그사이 팔갑이 다가와 은서호를 안아 들었다.

"그럼, 침상에 눕히겠습니다요."
"부탁하네. 아마 사흘 정도 푹 잘 거네."
이를 위해서 은서호에게 일정을 물어본 거다.
그러곤 서우에게 말했다.
"그나저나 자네, 대단하군."
"네?"
"절정에 든 지 얼마 되지 않은 것 같은데 벌써 벽을 마주하다니 말이야."
"……."
서우는 움찔했다.
자신의 상황을 이렇게 정확히, 손쉽게 알아챌 줄 몰랐기 때문이다.
"사실 벽을 마주하고 있다는 건 축하할 만한 일이네."
"축하할 일이라니요?"
그는 반문할 수밖에 없었다.
그간 보아 온 곽명현은 누군가를 조롱하거나 하는 사람이 아니었기에.
"벽을 마주한다는 건, 벽 너머에 다음 경지가 있다는 것을 아는 것이니까. 어디가 벽인지도 모르는 이들에 비하면 훨씬 앞서 나갔다는 의미기도 하지."
"……그렇군요."
"그렇다고 너무 조급해하지 말게나. 자네가 얻었던 천재일우의 기회는 또다시 얻을 수 있는 건 아니니. 자네의 목적이 뭔지 상기해 보게나."

잠시 멍한 표정으로 허공을 바라보던 서우는 그에게 포권했다.
"귀중한 말씀, 감사합니다."
"뭘…… 당연한 일이지. 내 소중한 제자가 무사해야 우리의 미래가 밝으니까."
그는 팔갑이 은서호를 안고 들어간 방을 보며 말을 이었다.
"혹시라도 이번처럼 무리하려고 하면 언제든지 말하게나. 내가 푹 재워 줄 테니."
"사양하지 않겠습니다."
서우의 말에 곽명현은 고개를 끄덕였다. 그리고 아무일 없었다는 듯이 별당을 나섰다.

* * *

나는 눈을 떴다.
"어……."
나는 내 침상에 누워 있었다.
어라? 내가 침상에 언제 누웠지? 침상에 누운 기억이 없는데?
게다가 옷도 외출복이 아니다.
팔갑이 갈아입혔나?
눈을 끔뻑이며 정신을 차려 보자, 일의 전모가 하나둘 기억나기 시작했다.

사부님께서 급한 일을 마치면 자신을 부르라고 하셨기에 금령을 보냈지.
 그리고 사부님께서 별당에 오셔서…….
 아…….
 나는 저고리를 걷고 내 배를 살폈다.
 멍든 것도 없네.
 사실 나를 재우기 위해서는 수면제도 있고 수혈을 잡는 방법도 있다.
 그러나 사부님이 이런 과격한 방법을 택하신 건 내 태음빙해신공의 경지가 초절정에 이르렀기에 그것들이 통하지 않기 때문이다.
 그나저나 사부님의 속도에 반응하지도 못했다.
 그 말은 즉, 평소 수련할 때 사부님께서는 나를 봐주고 계셨다는 거다.
 후, 아직 멀었군.
 그때 문이 열리고 팔갑이 들어왔다.
 "어? 기침하셨습니까요?"
 생글생글 웃는 팔갑의 얼굴에 나는 한숨을 내쉬었다.
 "그래서, 누가 부탁한 거야?"
 "뭘 말입니까요?"
 "나를 강제로 재우는 거 말이야."
 "누가 그걸 부탁하겠습니까요?"
 "……."
 그렇다면, 사부님께서 새벽에 나를 찾아왔을 때 결정하

셨다는 거군.

"아! 앞으로는 도련님께서 무리하려고 하시면 언제든 부탁하라고 하셨습니다요."

"흐익?"

그 말에 나도 모르게 질겁했다.

그런데…….

금령은 나를 수호하는 영물 아닌가? 그러면 사부님의 주먹을 막을 수 있었을 텐데?

"금령아, 나와 봐."

"꾸이?"

금령이 소매 안에서 고개를 쏙 내밀었다.

"사부님이 나를 향해 주먹을 날릴 때 왜 안 막은 거야?"

"꾸이! 꾸이!"

"살기가 없었다고?"

"꾸이!"

"나를 해하는 것이 아님을 알고 가만히 있었다고?"

"꾸이꾸이!"

"자신은 뭐가 주인을 위하는 것인지 아는, 똑똑한 한호수라고?"

제길, 다들 한통속이었구나.

하지만 뭐라고 할 수가 없었다.

내가 봐도 최근에 많이 무리했었기 때문이다.

즉, 자업자득이라는 거지.

"꾸이! 꾸이!"

금령이 내 무릎을 탁탁 치며 꾸이거렸다.
사부님을 모셔 오는 심부름을 한 대가를 달라는 거다.
"알았어. 줄 테니까 잠깐만 기다려."
나는 침상에서 내려오다가 살짝 비틀거렸다.
"나, 대체 얼마나 누워 있던 거야? 몸이 굳었는데?"
"오늘이 사흘째입니다요."
"허……."
사흘 정도 시간이 있다고 했더니, 진짜 사흘 동안 강제로 푹 재워 주셨네.
왠지 황제의 명으로 재워 버린 선원들의 마음을 조금이나마 알 것 같네.
나는 팔갑의 도움을 받아 세수를 하고 옷을 입은 후 처소를 나섰다.
"기침하셨습니까?"
이필 무사와 명종 무사가 나에게 포권해 보였다.
"네. 덕분에 아주 푹 쉬었네요."
내 말에 그들은 웃었다.
그때 내 콧잔등을 툭 하고 건드리는 무언가가 있었다. 손을 펴 보니 눈이 내리고 있었다.
하긴 벌써 십이월 중순이구나.
눈, 눈이라…….
"아! 곽 부관님은 어디에 있습니까?"
"지금 집무실에서 일을 처리하고 계십니다."
"알겠습니다."

나는 고개를 끄덕이고는 집무실로 향했다.

내 집무실은 아버지의 집무실과 같은 건물인 은룡각에 있었다.

원래 은룡전이었지만, 황제의 이목이 집중되면서 잽싸게 은룡각으로 바꾸었지.

은룡각에 도착해 집무실에 들어서자 서향 소저가 나를 맞이했다.

"오셨군요."

"예, 좀 쉬어 가면서 하시지요."

"소단주님께서 깨어나시자마자 일하실 거 아니까요. 그러니 언제든지 일을 시작하실 수 있도록 준비해 놓는 것이 부관의 일이 아닐까요?"

"제가 잘못했습니다."

내 말에 그녀가 호호 웃었다.

"그래도 사흘 정도 푹 주무셔서 그런지 혈색이 좋아 보이시네요."

"그렇습니까?"

"네. 훨씬 건강해 보이세요."

나는 피식 웃고 말았다.

"마침 점심시간인데, 잠시 나가시지 않겠습니까?"

"그럴까요?"

나는 서향 소저와 함께 눈을 맞으며 내 별당으로 향했다.

그녀는 하늘에서 내리는 눈을 바라보며 미소 지었다.
그녀에게서 풍기는 매화향이 더욱 짙게 느껴지는 건 어째서인지 모르겠지만.
"요즘도 눈이 좋으십니까?"
"네. 정말 신기하고 아름다우니까요."
"전에 북해빙궁에 가셔서 질리도록 보신 것이 눈 아닙니까?"
"물론 그랬죠. 하지만 그래도 눈이 좋네요."
그럼 진짜 좋아하는 거다.
정말 좋아하는 건 질리도록 경험해도 그 마음이 변하지 않는 거니까.
"가족들이 그리우시죠?"
그녀는 내 물음에 답하는 대신 조용히 나를 바라보았다.
"반드시 가족들 품에 돌려보내 드리겠습니다."
"네. 믿어요."
그녀의 믿는다는 말이 왜 이리 든든하게 느껴질까?
기회가 된다면 귀주성 포정사 대인 내외분을 모셔야겠다. 소저가 건강하게 지내고 있음을 보여 드려야지.

다음 날.
나는 오랜만에 공밀을 만났다.
이제는 의젓한 청년이 된 그는 여전히 연구실에 붙박이처럼 있었지만 그래도 혈색은 제법 좋아 보였다.
"건강해 보이는구나."

"에휴, 형진 형이랑 일송 형이 매일 아침 끌고 나가서 연무장을 도니…… 건강해지지 않으려야 않을 수가 없네요."

그 말에 나는 하하 웃었다.

그 녀석들이 참 큰 일을 했네.

"그보다 괜찮으세요?"

"뭐가?"

"과로로 쓰러지셨다면서요? 그래서 상단 사람들의 걱정이 이만저만이 아니에요."

응? 과로로 쓰러졌다고? 내가?

아닌데…… 그냥 사부님께 맞아서 기절한 건데.

왜 그렇게 소문이 났지?

그러고 보니 상단 사람들이 나를 보는 눈빛이 좀 그랬는데, 이런 이유 때문이었군.

하지만 그걸 정정하고 설명하기도 뭐해서 그냥 멋쩍게 웃으며 화제를 돌렸다.

"그런데 뭐 만드는 거야? 노리개 같은데?"

"아, 이거 래아 주려고요. 요즘 래아에게 찝쩍거리는 놈들이 많아서요."

그리고 자신이 만드는 물건에 대해 설명했다.

"이 노리개의 이 부분을 돌리면 이 안에 들어 있던 가루가 쏟아지면서 상대방이 눈을 뜰 수 없게 만들어요."

"오! 그러니까 공래의 안전을 위한 거구나!"

"맞아요."

진짜 오해인데 〈305〉

그때 뒤에서 누군가의 목소리가 들렸다.
"아! 소단주님!"
그 목소리에 고개를 돌려보니, 한 아리따운 소녀가 서 있었다.
"공래?"
"네!"
못 본 사이에 몰라보게 성장해 있었다. 나는 공밀에게 말했다.
"네가 왜 그렇게 걱정하는지 알겠네."
"그렇죠? 그래도 소단주님 덕분에 함부로 대하는 이들이 없어서 다행이죠."
공래가 걱정스러운 표정으로 물었다.
"괜찮으세요? 과로로 쓰러지셨다면서요?"
그거 오해인데…….
"몸 좀 챙기세요."
"응, 알았어."

나는 공밀과 공래 남매와 간단히 이야기를 주고받은 후, 다음 목적지로 향하며 팔갑에게 물었다.
"내가 과로로 쓰러졌다는 소문 말이야. 왜 그렇게 설명한 거야?"
"그럼 뭐라고 설명합니까요?"
"다른 핑계도 있잖아. 그러니까……."
나는 말을 잇지 못했다. 생각해 보니 다른 설명으로는

내가 사흘 내리 침상에 누워 있던 것에 대한 타당한 이유가 될 수 없었으니까.

젠장.

팔갑이 설명을 덧붙였다.

"곽 표두님이 그리하지 않으셨으면 진짜 과로로 쓰러지실 뻔했습니다요."

"내가 미안해."

이번에는 내가 할 말이 없네.

나는 얼른 꼬리를 내렸다.

내가 다음으로 향한 목적지는 용 선장과 그 가족들이 머물고 있는 곳이다.

"여긴 어인 일이십니까?"

"그간 잘 지내셨습니까?"

내 물음에 용응완 선장이 웃으며 대답했다.

"물론입니다."

"다른 분들도 평안하시지요?"

"네."

그때 안에서 용 선장의 가족들이 나왔다. 그리고 서툴지만 분명한 제국어로 말했다.

"안녕하세요."

"안에 들어가서 차 드세요."

"사양하지 않겠습니다."

나는 집 안으로 들어갔다. 은해상단에서의 선장이란 위

치는 거의 대행수급.

 그런 만큼 아버지께서 신경을 써 주셨는지 접빈실도 있는 제법 좋은 집이다.

 그곳에서 이런저런 담소를 나누며 차를 마셨다.

"그런데 형님분께서는?"

"지금 은풍대에 계십니다. 은풍대의 대원으로 일하고 싶다고 하셔서요."

"그러시군요."

 하긴, 용 선장의 형님 역시 전사이고 전투노예였으니 은풍대야말로 그 재능을 살리기에 가장 좋은 곳이겠지.

 그곳의 무사들과 어울리다 보면 제국어도 금방 익힐 수 있을 거다.

"사실, 선장님의 어머니께 부탁드리고 싶은 것이 있습니다."

"무엇입니까?"

"저와 제 일행들에게 대월국 말을 알려 주십시오."

"대월국 말을 말입니까?"

"네."

 나는 고개를 끄덕였다.

"언젠가 저와 제 일행들이 직접 대월국으로 가야 할 일이 생길 겁니다. 그때 통역에만 의지하고 싶은 생각은 없습니다."

 나는 웃으며 말을 이었다.

"아무리 통역을 쓴다고 해도, 제가 대월국 말을 할 수 있는 것과 없는 건 다르지 않습니까?"

"그건 맞습니다. 알겠습니다. 어머니께 여쭈어보겠습니다."

그는 옆의 어머니에게 대월국 말로 말했고, 그녀는 웃으며 고개를 끄덕이며 말했다.

"기꺼이 그러시겠다고 합니다. 은혜를 조금이라도 갚을 수 있다고 좋아하시네요."

"무슨 말씀이십니까? 당연히 대가를 드릴 겁니다."

"네?"

"그것도 엄연한 일인데, 당연히 돈을 드려야죠. 어머니가 생각하는 그 은혜는 용 선장님이 갚으시면 되는 겁니다."

"하하하, 그렇군요."

그는 고개를 끄덕이다가 말했다.

"그런데 몸은 괜찮으십니까? 과로로 쓰러지셨다고 들었습니다만."

그거 오해입니다.

"물론입니다. 아주 괜찮습니다. 하하하."

그날, 나는 하루 종일 괜찮냐는 말을 들어야 했다. 그뿐만이 아니었다.

피로 회복에 좋다는 약재도 한 아름 받아야 했다.

저녁이 되었다.

나는 내 별당 옆의 숙소로 향했다. 그곳에 윤강만가의

가주와 공자가 묵고 있었으니까.

겉으로 보기에는 그리 크지 않지만, 내부는 그렇지 않다.

웬만한 고급 객잔 뺨칠 정도로 시설이 깔끔하게 잘 되어 있다.

마침 그들은 마당에 나와 있었다.

"몸은 괜찮으십니까? 과로로 쓰러지셨다고 들었는데……."

이 말을 또 듣네.

그거 오해인데, 진짜 오해인데.

"괜찮습니다. 그나저나 준비되셨습니까?"

"네."

"그럼 갑시다."

나는 그들과 함께 은해상단 내에 있는 공터로 향했다.

오늘 아버지 앞에서 궁술을 시연하기로 했기 때문이다.

공터에서 잠시 기다리고 있을 때 아버지와 고일평 외총관이 다가오셨다.

"상단주님을 뵙습니다."

"편하게 계십시오."

그 인사에 아버지는 손을 저으며 말했다.

"그럼, 거두절미하고 그 실력을 봅시다."

"알겠습니다."

뒤에서 고일평 외총관이 말했다.

"미리 과녁을 준비해 놨습니다. 저기, 붉은색의 과녁이 보이십니까?"

 이야, 진짜 멀리도 준비해 놨네. 깐깐하게 살피겠다는 뜻이군.

"보입니다."

"그 과녁에 화살을 쏘아 주시면 됩니다."

 만 공자가 자세를 잡고 활을 쏘았다.

 잠깐, 화살이 한 개가 아닌 거 같은데?

 팡!

 그냥 대충 쏜 것 같았지만, 결과는 놀라웠다.

 무려 다섯 개의 화살이 각각의 과녁에 명중한 것이다.

 게다가 단순히 과녁을 맞춘 것을 넘어서, 과녁을 부숴 버리기까지.

"……."

 좌중에는 침묵이 흘렀고, 잠시 후 아버지가 너털웃음을 지으셨다.

"대단하군. 네가 왜 이들의 힘을 빌렸는지 알 것 같구나."

"하하하."

 그럼요. 다 이유가 있으니까 데리고 온 겁니다.

 그러니까 궁신이라 불렸죠.

 두 분 다 흡족한 표정으로 만 공자를 칭찬했다.

"정말 대단하군!"

"이런 활 솜씨라니! 정말 큰 힘이 되겠군!"

"부디, 우리 은해상단을 위해 그 힘을 보태주게."

"물론입니다."

이렇게 은해상단의 궁사 부대를 만들기 위한 한 발자국이 떼어졌다.

그때였다.

저 멀리서 누군가가 다급하게 달려왔다. 응? 저분은 아버지의 호위 중 한 명인데?

지금 비번일 텐데 무슨 일이지?

숨을 헐떡이며 달려온 그에게 아버지가 물었다.

"무슨 일이냐?"

"방금, 명명상단에서 전령이 왔습니다. 그런데…… 뭔가 일이 생긴 것 같습니다."

110장. 백년자령마

백년자령마

 그 호위무사의 말에 아버지가 다급하게 물으셨다.
 "일이 생기다니? 무슨 일이 생겼다는 것이냐?"
 "지금 명명상단의 전령이 와 있습니다. 전령이 가지고 온 서신을 직접 확인하셔야 확실하게 알 수 있을 듯합니다. 다만 상당히 급한 일이라고 했습니다."
 나는 팔갑에게 윤강만가 부자를 다시 처소로 안내해 주라고 한 후, 아버지와 같이 서둘러 은룡각으로 향했다.
 아버지의 집무실 앞에 누군가가 서 있었다.
 입은 옷으로 보아 그가 명명상단의 전령인 듯했다.
 "은해상단의 상단주님 되십니까?"
 "그러네."
 "저는 명명상단의 명휘대 일조장 도경이라고 합니다. 상단주님께서 보내신 서신을 가지고 왔습니다."

"안으로 들어가지."
"네."
우리는 집무실 안으로 들어갔고, 도 조장 역시 우리를 따라 안으로 들어왔다.
그리고 두루마리를 내밀었고, 아버지는 그것을 받아 읽어 보았다.
시시각각 변해 가는 아버지의 표정에서 심상치 않은 일이 벌어졌음을 짐작할 수 있었다.
"후……."
아버지는 서신을 탁자에 놓은 후 의자에 앉아 마른세수를 하셨다.
"아버지, 무슨 일입니까?"
"후, 너도 읽어 보거라."
"네."
나는 그 서신을 집어 펼쳤다.
"……!"

[명명상단의 상단주 성우신, 은해상단의 상단주에게 안부를 전하네. 우선 이런 안타까운 소식을 전하게 되어 송구하게 생각하네.]

정중한 사과로 시작한 서신.
그 서신에서는 정호 형의 소식을 전하고 있었다.

[귀 은해상단의 은정호 소단주가 실종되었음을…….]

실종?
실종이라고?
그 서신에는 자초지종이 적혀 있었다.
사천성의 성도이자 명명상단이 자리 잡은 성도.
민장강을 거슬러 올라 그곳으로 가던 중에 사건이 발생했다고 한다.
마침 급류가 휘몰아치는 중이었는데, 명명상단주의 손자가 장난을 치던 것인지 배에서 떨어졌다.
마침 옆에 있던 정호 형이 그 손자를 잡으려다가 그만 함께 강에 빠졌다고 한다.
그렇게 그들은 급류에 휘말려서 떠내려갔고, 명명상단에서는 수색대를 파견했지만 아직 찾지 못하고 있다는 것.
툭.
나는 서신을 내려놓았다.
보통 급류에 휘말려 떠내려가면 죽는다. 심지어 시체도 찾기 힘들지.
즉, 정호 형의 생존 가능성은 매우 희박하다는 의미다.
젠장!
아버지가 떨리는 목소리로 말씀하셨다.
"사천으로 가야겠다. 시신이라도…… 후, 시신이라도 찾아봐야지."

그런 아버지의 표정은 너무나도 괴로워 보였다.

나 역시 괴로웠다.

이 감정, 내 이전 삶에서 내가 죽기 직전에 느껴 봤던 감정이기에 더더욱 괴로웠다.

하! 이게 뭐야! 이런 개 같은 상황이 어디 있냐고!

"임 부관, 도 조장과 함께 온 이들께 숙소를 안내해 드리도록."

"네."

"그리고 유 부관, 사천으로 향할 준비를 하도록."

"알겠습니다."

나는 내 별당으로 돌아왔다.

내가 그곳에서 할 수 있는 것이 없었으니까.

그나저나 사천으로 가신단다.

아버지께서는 해야 할 일이 많으시다.

하지만 아들의 시신이라도 찾겠다는 아버지를 내가 어찌 말릴 수 있을까…….

"대체 무슨 일입니까요? 대체 무슨 일이기에 그렇게 무서운 얼굴입니까요?"

윤강만가의 부자를 숙소로 데려다주고 별당에 와 있던 팔갑은 내 얼굴을 보더니 깜짝 놀라 물었다.

"후우, 있잖아."

"네."

"정호 형이…… 실종되었대."

"네에?"

"급류에 휘말렸대. 그런데 알잖아? 사천 지역의 민장강의 급류가 얼마나 험한지. 그 급류에 휘말렸으면……."

나는 말을 더 잇지 못했다.

내가 바꾼 미래의 여파로 인해 생기는 일이라면 내가 해결하면 된다고 생각했는데…….

"그럼 지금 정호 도련님께서 확실하게 돌아가신 겁니까요?"

"아직은 몰라. 하지만……."

"도련님. 지금 도련님의 마음이 괴롭다는 건 알겠습니다요. 하지만 이렇게 풀이 죽어 계시는 건 도련님답지 않습니다요."

"응?"

"아직 확실하게 돌아가신 게 아니지 않습니까요? 그리고 제가 아는 도련님께서는 그 어떤 위기 속에서도 해결 방법을 찾아내실 수 있는 분입니다요."

하지만 지금, 이 상황에서 내가 뭘 할 수 있지?

"심호흡이라도 해 보시는 게 어떻습니까요?"

팔갑의 말에 나는 눈을 감고 크게 숨을 들이쉬었다 내쉬기를 반복했다.

혼란스러웠던 감정이 진정되며 주변의 상황이 느껴지기 시작했다.

눈 내리는 날씨.

습도.

바람.
그리고 주변의 소리.
밖에서 이필 무사와 서향 소저의 목소리가 들렸다.

"어? 곽 부관님. 뭐 하십니까?"
"출장 준비요."
"그렇습니까? 그럼 저희도 준비해야겠군요."

순간 정신이 번쩍 났다.
빙정안을 가지고 있기에, 미래를 보는 서향 소저다. 그녀가 저리 말한다는 건······.
나는 팔갑에게 말했다.
"지금 당장 거량당으로 가자!"
"이제야 도련님 같아 보입니다요."
나는 경공을 사용해서 거량당으로 향했다.
소식을 전해 들었는지, 큰형수님을 비롯한 거량당의 모두가 어두운 안색이었다.
"아, 서호 도련님."
나를 발견한 큰형수님이 눈물을 글썽였다.
"그이가······."
"저도 압니다. 그보다, 형이 쓰던 물건이 필요합니다. 아무거나 가벼운 것이면 좋습니다만 이왕이면 체취가 강하게 묻어 있는 것이 좋습니다."
"네?"

큰형수님은 반문했지만, 내 표정이 심상치 않아 보였는지 이내 움직여 뭔가를 가지고 왔다.
"그이의 상의 속옷이에요."
"감사합니다."
나는 그것을 가지고 별당으로 돌아와 금령을 불러냈다.
"금령아!"
"꾸이!"
"이거, 정호 형의 옷이야. 정호 형이 어디에 있는지 찾아!"
"꾸이!"
"그리고……."
금령의 꼬리에 서신을 매어 주고는 부탁했다.
"정호 형이 살아 있다면, 이 서신을 전해 줘."
"꾸이!"
"최대한 빨리 움직여 줘! 금원보 줄게."
나는 금령에게 최고의 보상을 제시했고, 금령은 순식간에 내 앞에서 사라졌다.
그리고 고개를 돌려 팔갑을 보았다.
"팔갑아."
"네?"
"고마워."
내 말에 팔갑은 쑥스러운 듯 허공을 바라보았다.
후, 하필 실종된 게 정호 형이라는 것 때문에 다시 이성을 잃을 뻔했다.

저번에는 진호 형 때문이었고.

그런 나에게 팔갑의 조언은 큰 도움이 되었다.

그래도 진호 형이 무출무산에 갇혀서 실종되었을 때보다는 상황이 훨씬 낫다.

지금까지 내가 발버둥 치며 쌓아 온 것들이 있으니까.

그래, 팔갑의 말대로 땅 파고 있는 건 내 성미에 맞지 않는다.

마지막의 마지막까지 발버둥 치는 사람이 바로 나란 놈이다.

나는 뜬눈으로 밤을 지새웠다. 그렇게 새벽 동이 터 오기 시작했을 때.

"꾸이."

금령이 내가 열어 놓은 창문을 통해 들어왔다.

나는 재빨리 금령을 두 손으로 받으며 꼬리를 보았다. 꼬리의 서신이…… 없다.

그건 즉.

"꾸이! 꾸! 꾸이익!"

"정호 형이랑 아이랑 살아 있다는 거지? 그래서 서신을 전했다는 거지?"

"꾸이!"

"고마워, 진짜 고마워."

금령이 전해 준 소식에 긴장이 풀리며 눈물이 났다.

"꾸이익! 꾸익! 꾸이익!"

하지만 금령의 말은 끝나지 않았다.
"뭐? 부상을 입었다고? 그리고 지금 많이 지치고 탈진해 있는 상태라고?"
하긴 어찌 보면 당연한 일이다.
급류에 휘말렸다면 살아 있는 게 용한 거지.
그나저나 이러고 있을 시간이 없다.
한시라도 빨리 정호 형과 아이를 구출해야 했다.
그러니까……
"금령아. 내가 주는 것을 정호 형에게 전해 줄래?"
"꾸이."
"그나저나 걱정이네. 네가 없으면 나는 정호 형을 찾을 수 없는데…… 네가 동시에 정호 형을 지켜 줄 수는 없고."
그런 기물이라도 있으면 좋겠는데 말이지.
그때 금령이 말했다.
"꾸이!"
"응? 걱정하지 말라고?"
"꾸이! 꾸!"
"정호 형에게 가던 길에, 부하 하나를 만들어 놓고 왔다고?"
거참 이럴 때 보면 정말 신통방통하다니까.
잘 모르겠지만, 금령이 그렇다면 그런 거겠지.
나는 즉시 금령에게 금령의 침이 담긴 작은 병과 기력 회복에 좋은 환이 담긴 상자를 함께 보냈다.
그리고 재빨리 은룡각으로 향했다.

무척 이른 시간이지만, 내 짐작대로라면 아버지는 집무실에 계실 거다.

.
.
.

"안에 아버지 계십니까?"
안에 계신 거 알지만, 예의상 물었다.
마침 안에서 나오던 조 부관이 고개를 끄덕였다.
"아, 네."
"손님은요?"
"안 계십니다."
"아버지! 저, 서호입니다."
나는 크게 외치며 문을 열고 안으로 들어갔다.
아버지는 어두운 안색으로 내게 물으셨다.
"무슨 일이냐?"
"아버지! 제가 사천으로 가겠습니다."
"응?"
"아직 형이 살아 있습니다!"
아버지는 내 말이 이해되지 않는다는 듯 멍하니 계시다가, 이내 눈을 휘둥그레 뜨셨다.
"그, 그게 정말이냐? 정호가 살아 있다고?"
"네! 금령을 통해 확인했습니다."
나는 말을 이었다.
"아시다시피 금령의 주인은 저입니다. 그렇기에 제가

가야 합니다."

내 말에 아버지께서 안도의 한숨을 내쉬더니, 고개를 끄덕이셨다.

"알겠다. 부디 잘 부탁한다."

"물론입니다. 정호 형이 아버지의 아들이기도 합니다만, 제 형이기도 합니다."

이제부터가 중요하다.

우리는 사천으로 떠날 채비를 빠르게 마쳤고, 점심을 먹기 전에 준비가 끝났다.

간단하게 점심을 먹은 우리는 출발하기 위해 차장으로 향했다.

"서호 도련님."

그런 우리를 배웅하기 위한 것인지 큰형수님이 건혁이와 보연이를 데리고 나와 계셨다.

"여기까지 왜 나오셨습니까? 바람이 찹니다."

"하지만 그이를 구하기 위해 고생하러 가시는데, 제가 어찌 나와 보지 않을 수 있나요."

나는 큰형수님을 보다가 고개를 내렸다.

여섯 살의 건혁이와 보연이.

아직 어린 나이지만, 총명한 두 아이는 이미 제 아버지에게 무슨 일이 생겼는지 알아차린 듯했다.

"숙부님. 아버지랑 꼭 같이 돌아오셔야 합니다."

"알았어."

"숙부님. 부탁드려요."

"걱정 마."

나는 부드럽게 웃고는 쪼그리고 앉아 눈을 맞추고 말했다.

"약속할게."

그리고 다시 일어나 뒤에 계시는 조부님과 부모님께 인사를 올렸다.

"다녀오겠습니다."

그리고 말에 올라탔다.

빠르게 움직여야 하는 만큼, 나와 내 일행만 가기로 했다.

주강마를 타고 가는 것보다 빠르게 움직이는 방법은 없으니까.

게다가 무력 면에서도 나와 호위무사들이면 걱정할 게 없다.

그래서 반나절 만에 준비를 마칠 수 있는 것이기도 했다. 출장 준비에 이골이 난 우리니까.

명명상단의 명휘대 도경 조장은 우리와 움직였고, 함께 온 이들은 따로 명명상단으로 가기로 했다.

아무래도 현 상황을 잘 알고 있으면서 협조를 해 줄 사람이 하나는 필요했으니까.

물론 성도에는 우리 은해상단의 사천지부가 있다.

하지만 명명상단만큼 영향력을 발휘할 수는 없으니까.

어느 정도 민가를 벗어나자 나는 주강마에게 말했다.
"가자!"
"히이잉!"
주강마는 크게 한 번 울더니, 순식간에 속도를 높였다.
주변의 경치들이 눈 깜짝할 사이에 뒤로 사라졌다.
"흐어억! 으어억!"
서우 무사와 함께 말에 탄 도 조장은 그 속도에 기겁했지만, 이미 이 속도에 익숙해진 우리는 거침없이 말을 달렸다.
심지어 서향 소저도 우리의 속도에 뒤처지지 않았다.
중간에 장강이 있었지만, 장강이 우리에게 방해가 되지 않았다.
강도 달려서 건너는 주강마니까.
그렇게 우리는 이틀 만에 사천의 동쪽에 도착했다.
"이, 이틀 만에 사천이라니······."
도 조장은 믿기지 않는다는 표정이었다. 나는 금령에게 전음을 보냈다.
- 정호 형이 있는 곳을 안내해 줘.
- 꾸이!
금령은 길 안내를 시작했다.
사천의 동부 지역은 분지와 구릉들이 가득한 곳이다.
우리는 그 험한 길을 빠르게 헤쳐 나갔다.
얼마나 시간이 지났을까?
그때 서우 무사가 걱정된다는 표정으로 말했다.

"주군, 곧 비가 쏟아질 것 같습니다."

"서둘러야겠군요."

우리는 쉬지 않고 달렸고, 서우 무사의 말대로 비가 내리기 시작했다.

쏴아아아아-!

하지만 우리는 말을 멈추지 않았다.

아무리 사천 지역이라고 해도 겨울에 비를 맞으면 체온이 내려가면서 목숨이 위험해지니까.

특히 아이와 함께 있는 상황이다.

그때 저 멀리서 낯익은 기운이 느껴졌다.

정호 형이다.

한층 더 말을 달리자, 나무 아래에 기대어 있는 정호 형과 어린아이 하나가 보였다.

"형!"

말에서 내린 나는 그리 외치며 정호 형에게 달려갔다.

그런데 이상했다.

그 오랜 시간 탈수에 시달리며 고생했으면 안색이 파리해야 하는데…….

내가 준 것들이 효과가 좋긴 하지만, 저 정도는 아닐 텐데?

"형, 나야. 서호라고."

안색은 좋아 보였지만, 정신은 잃은 상태였다.

이는 옆에 있는 아이 역시 마찬가지.

하필 비가 오는데…….

"아이, 씨! 진짜!"

나는 심호흡을 했고, 정호 형을 향해 양손으로 연타를 날렸다.

짜악-! 짜악! 짝-!

"……!"

졸지에 나에게 뺨을 맞은 정호 형은 깜짝 놀라 눈을 떴다.

"허어억!"

"정호 형? 정신 들어?"

"……."

"더 때려야 하나?"

"아, 아니! 나, 정신 차렸다! 정신 차렸다고!"

진작에 정신 차릴 것이지.

"다행이다! 정말 다행이야!"

그런 나를 향해 정호 형이 말했다.

"서신에 적힌 약속대로, 진짜 찾으러 왔구나."

"당연하지! 내가 약속은 꼭 지킨다고. 어서 일어나. 집에 가자."

"그래야지."

정호 형은 바닥을 짚으며 몸을 일으켰다.

소란 때문인지 아이도 깨어나 눈을 비볐고, 우리를 보더니 겁을 먹은 듯했다.

"괜찮아. 아저씨 동생이야."

"그 잘생긴 형이요?"

"그래. 맞아. 이제 집에 가자."
그리고 정호 형이 그 아이를 일으켰다.
이 아이가 명명상단주의 손자인가 보군.
"그런데…… 나에게 감정이라도 있었냐? 아프다."
"알면 다행이네."
"……미안하다."
그런데 뭔가 이상하네.
이 정도로 때렸으면 형의 두 뺨이 퉁퉁 부어야 하는데…….
그리고 형의 기운도 이전과 좀 달랐다.
이 상황에서 가장 가능성 있는 건…….
설마?
"형. 대체 뭘 주워 먹은 거야?"
내 물음에 정호 형이 고개를 갸웃했다.
"뭘 주워 먹었냐니?"
"여기서 내가 보낸 거 말고 또 뭐 먹은 거 있지?"
정호 형이 고개를 끄덕였다.
"이것저것 먹긴 했지. 그중에 가장 많이 먹은 건 버섯?"
"버섯?"
내 반문에 형이 고개를 끄덕였다.
"나에게 서신을 전해 준 녀석이 데리고 온 녀석이 있거든. 아, 저기 있네."
형이 어느 한 곳을 가리켰고, 나는 나무 옆에 꼿꼿하게 서 있는 털북숭이 생물을 발견했다.
어? 너구리?

저 녀석이 왜 여기에 있지? 보통 제국의 동쪽에서 사는 녀석인데.

가만 보니 일반 너구리와 달리 가슴의 털이 새하얬다.

아, 영물이구나.

그런데 뭔가 기합이 바짝 들어가 있는 듯한 모습이다.

"그런데 저 너구리는 왜?"

"저 너구리가 버섯을 가져다주더라고. 자기가 직접 먹는 모습을 보여 주고 내게 주는데, 먹으라는 의미 같아서."

"아……."

"그래도 혹시 몰라 독이 없는지도 살펴보고 먹었다."

하긴 정호 형도 은해상단의 소단주니, 약재에 대해서도 잘 아는 편이지.

"그런데 솔직히 버섯 한두 개로 배가 채워지겠냐? 그래서 저 너구리한테 배가 고프다는 시늉을 하니까 따라오라는 듯이 꼬리를 흔들더라. 그래서 따라가니까 거기에 같은 모양의 버섯이 엄청 많더라고."

"거기가 어딘데?"

"저기."

형은 나를 한 곳으로 안내해 주었다.

"여기다."

그곳에는 자색 버섯이 상당히 많이 자라고 있었다.

그때 들려오는 금령의 전음.

- 꾸이!

아, 나중에 말해 주려고 했다고?

그래그래, 기특하네.

나는 소매 안으로 손을 넣어 금령을 쓰다듬어 주며 형에게 말했다.

"형, 이게 뭔지 알고 먹은 거야?"

"처음 보는 건데 어떻게 아냐? 그리고 당장 굶어 죽게 생겼는데 독만 없으면 감지덕지하지."

하긴 이건 나도 이전 삶과 지금 삶을 통틀어서 딱 한 번 봤다. 그것도 이전 삶에서.

"형, 이거 비싼 거야."

"이게 뭔데? 그냥 버섯 아니야?"

"버섯은 맞는데, 그냥 버섯은 아니야. 백년자령마."

백년자령마.

백 년에 한 번 피는 버섯이다.

"백년자령마 하나에 일 년의 내공을 쌓을 수 있어."

"응? 그럼 영약이라는 거야?"

"맞아."

"이상하게 이 주변에 이것 말고는 먹을 수 있을 만한 것이 풀밖에 없더라고. 저 너구리가 이걸 알려 주지 않았으면 진짜 굶어 죽을 뻔했지."

그래, 그것이 백년자령마의 특징 중 하나다.

주변의 영양분을 거의 독식하다시피 해서, 백년자령마 군락이 있으면 주변에 열매가 열리는 식물이 자랄 수 없거든.

각종 약재에 박식한 성호 형이 탈수 증세에 빠진 것도

저 백년자령마를 보니 납득이 갔다.

그것밖에 먹을 게 거의 없었으니까.

자신이 영약을 먹었다는 사실에도 그다지 놀라지 않는 것을 보면, 형도 어느 정도는 짐작한 듯했다.

"그래서 대체 몇 개나 먹은 건데?"

"엄청 많이 먹었지. 쉰 개 정도? 이상하게 몇 개만 먹어도 배가 부르더라고."

"……."

나는 말문이 막히고 말았다.

쉰 개면 거의 오십 년 공력이 새로 쌓였다는 의미다.

그러니까…… 삼류에 머물러 있던 정호 형의 내공이 일류 무사의 수준이 된 거지.

사실 영약을 섭취하는 건 위험한 일이기에 조심스러워야 한다.

그나마 정호 형에게 다행이었던 거라면, 버섯 하나에 담긴 기운이 일 년 치 공력 정도였다는 것이다.

보통 영약이라 하면 한 번에 수십 년 단위의 공력을 올려 준다.

내가 돌아온 직후 먹은 청빙설매실이 일 갑자의 공력을 올려 주니까.

하지만 백년자령마는 고작 일 년이니 그만큼 몸에 무리가 가지 않은 것이다.

그리고 형의 육체는 목숨이 위태로울 정도의 탈진 상태였던 만큼, 그 육체가 백년자령마의 기운을 남김없이 흡수하면서 반발도 없던 것일 터.

"어, 잠깐. 그러면 이 아이도 버섯을 먹었다는 건데?"

"맞아. 나보다 조금 적기는 하지만 그래도 몇십 개는 먹었어."

나는 얼른 몸을 굽히고 아이에게 말했다.

"저기, 잠시 공자의 손을 잡아 봐도 될까요?"

내 물음에 아이는 정호 형을 바라보았고, 형이 고개를 끄덕이자 그 아이 역시 고개를 끄덕였다.

나는 아이의 손목을 잡고, 그 기운을 측정했다.

"……."

대략 이류 무사 수준의 내공.

나는 자리에서 일어나며 쓴웃음을 지었다.

"급류에 휩쓸린 게 전화위복이 됐네."

그나저나 이렇게 보물을 발견했는데 그냥 둘 수는 없지. 그 전에, 허락부터 받아야겠군.

- 금령아.
- 꾸이?
- 여기 버섯들, 혹시 주인이 있거나 그런 건 아니지?
- 꾸이?
- 혹시나 네 수하인 저 너구리 먹이인가 싶어서 물어봤어.
- 꾸이! 꾸이!

금령이 너구리를 향해 뭐라고 하자, 너구리는 다급하게 두 손을 들고 고개를 저었다.

- 꾸이! 꾸이!
- 아, 다 따도 된다고?

왠지 너구리의 반응이, 다 따 가도 좋으니 제발 다시 보지 말자는 것 같기도 하고…….

뭐, 상관없지. 허락은 받았으니…….

"땁시다!"

"네!"

형과 아이의 상태가 좋지 않았다면 그들을 옮기는 게 우선이겠지만, 이 영약을 먹은 덕분에 둘은 별문제가 없다.

그러니 이걸 딸 정도의 시간은 할애할 수 있다.

이 버섯은 상당히 희귀한 데다가, 공력을 높여 주는 역할 말고도 제법 유용한 쓰임새가 있거든.

그래서 엄청 비싸다.

우리는 버섯을 잔뜩 땄다.

"저 버섯은 안 따십니까요?"

팔갑의 물음에 나는 고개를 끄덕였다.

"응, 형과 아이를 지켜 준 보답이야. 양심상 반은 남겨 줘야 저 너구리도 먹고 살지."

그러곤 너구리를 보며 가볍게 웃어 주었다.

왠지 감동한 듯한 건 내 착각이겠지.

"그럼, 가자."

나는 도 조장을 보았다. 지금 도 조장은 아이가 살아 있다는 사실에 감격한 표정이었다.

"도련님께서 살아 계시다는 것을 알면 모두가 기뻐할

겁니다. 정말 감사드립니다."

그리고 연신 나에게 포권하여 고개를 숙였다.

"혹시 이 근방에 수색 중인 명명상단의 이들이 있을까요?"

내 물음에 그는 고개를 저었다.

"이곳까지 떠내려왔을 거라고는 생각하지 못해서⋯⋯ 없을 겁니다."

"그렇군요. 그러면 근처에 불을 피우고 몸을 좀 녹이며 쉬도록 합시다."

"네."

이 근방에는 객잔이 없으니, 야숙을 할 수밖에 없다.

우리가 적당한 야숙지를 찾으러 움직이는데, 정호 형이 내 옷소매를 살짝 잡았다.

뭔가 은밀하게 할 말이 있다는 의미겠군.

나는 다른 이들을 앞으로 보내며 뒤쪽으로 빠졌고, 정호 형에게 속삭였다.

"무슨 일인데?"

"저 도 조장이라는 자, 믿을 만한 자냐?"

"그건 왜 묻는 건데?"

"나와 유진이가 강에 빠졌던 일 말이야. 거기에 대해 너는 어떻게 알고 있냐?"

유진이? 아, 저 상단주의 손자가 성유진이구나.

"아⋯⋯ 성 상단주님께서 서신을 보내셨어."

나는 내가 알고 있는 대로 이야기했다. 그런데 그 이야기를 들은 형이 고개를 저었다.

"아니야."
"응? 아니라고?"
"내가 강에 빠진 것이 유진이를 구하려다가 빠진 건 맞는데, 유진이가 빠진 건 장난치다가 빠진 게 아니야."
"뭐? 장난이 아니야?"
"그래. 누군가 유진이를 뱃전에서 밀었다더구나."
누군가 밀었다고?
"내가 아이의 말을 믿지 않는다는 건 아니지만……."
"그리고 그거, 내가 봤어."
"……."
아이를 밀어 버리는 것을 형이 봤다고?
"그리고 급류에서 안전을 위해 유진이를 묶은 줄, 어느샌가 풀려 있었다."

.

.

.

타닥, 탁, 타다닥.
모닥불의 불이 타오르며 나무 튀는 소리가 들려왔다.
팔갑이 뜨뜻한 탕국을 끓여 준 덕분에 비상식량인 환병과 같이 여유롭게 허기를 달랠 수 있었다.
정호 형과 유진 공자는 오랜 시간 제대로 먹지 못했기에 죽으로 식사를 대신했다.
정호 형을 찾으면 먹이려고 죽의 재료도 가지고 왔으니까.

긴장이 풀렸는지, 형과 유진 공자는 잠들어 있었다.
유진 공자는 형의 품에 꼭 안겨 있었다.
한시도 방심할 수 없는 이곳에서, 유진 공자에게 정호 형은 의지할 수 있는 유일한 사람이었을 거다.
자신을 구해 주려다가 함께 강에 빠졌으니 미안한 마음이 들기도 하겠지만, 그만큼 더더욱 의지할 수 있었을 거다.
그나저나 누군가 유진 공자를 강에 빠트려 죽이려고 했다라…….
상단주의 손자이니만큼 밧줄로 단단히 묶어 두었을 텐데.
그런데 그 밧줄이 풀어져 있었을 뿐만 아니라, 누군가 밀어서 강에 빠트렸다라…….
대체 범인이 누굴까?
아니, 그보다 진짜 너무한 거 아니야? 애가 무슨 죄가 있다고 물에 빠트려 죽이려고 한 거야!
누군지 모르겠지만, 곱게 죽지는 못할 거다.

다음 날.
우리는 자리를 정리했다.
"후, 내 호위무사들과 상단의 이들이 무척이나 걱정하겠구나."
정호 형이 걱정스러운 표정으로 말했다.
당시 그 배에는 정호 형의 호위들은 물론, 은해상단의

여러 직원들이 있었으니까.

"그러니까 얼른 돌아가야지."

하지만 그 전에 해야 할 일이 있다.

정호 형은 기본적으로 인자하고 인정이 있는 사람이다. 그러니까 아이를 구하기 위해 몸을 날렸겠지.

하지만 동시에 내가 상단주 자리를 흔쾌히 양보할 만큼 신중하며 신뢰할 수 있는 사람이다.

그런 형이 말했다.

누군가 유진 공자를 죽이려고 했다고.

그런 상황에서 유진 공자를 명명상단으로 돌려보내는 건 위험하다.

다시금 유진 공자가 위험해질 수도 있으니까.

그렇다고 우리 마음대로 유진 공자를 데리고 있을 수는 없는 노릇.

이 상황을 해결해 줄 사람은 도 조장뿐이다.

나는 그를 조용히 불렀다.

"잠시, 대화 가능합니까?"

"아, 네."

"이쪽으로."

나는 도 조장을 데리고 좀 떨어진 숲 안으로 들어갔다. 그런 내 뒤를 미리 언질을 받은 서우 무사와 진유 무사, 그리고 이필 무사가 따랐다.

"무슨 일이십니까?"

"유진 공자의 몸값으로 얼마를 불러야 할까요?"

"그게 무슨 말입니까?"

나는 일부러 비열한 웃음을 지었다.

"에이, 뭘 모른 척하십니까? 보아하니 상단주님이 유진 공자를 제법 아끼는 것 같은데 한몫 크게 해 먹자는 이야기죠. 오천 냥 정도는 가능하지 않겠습니까?"

내 말에 도 조장은 발끈했다.

"어찌 그런 더러운 생각을! 내 사람을 잘 못 봤습니다!"

"아직 못 알아들으신 듯하네요. 지금 이게 협조를 구하는 것으로 보입니까?"

스릉.

뒤에서 내 호위들이 검을 빼 들고, 그를 향해 겨누었다.

도 조장은 잠시 멈칫했지만, 이내 검을 뽑아 우리를 향해 휘둘렀다.

챙!

챙챙!

몇 합을 주고받기는 했지만, 고작 일류 무사의 실력으로 우리를 당해 낼 수는 없다.

"크윽!"

그는 순식간에 무기를 빼앗기고 제압당해, 바닥에 꿇어앉혀졌다.

"자, 어떻게 하시겠습니까? 순순히 협조해 주시면 반 정도는 떼어 드릴 수 있습니다만."

"닥쳐라! 나는 명명상단의 상단주 가족을 지키는 명예로운 무사! 도련님께 해가 되는 일을 하느니 차라리 죽겠다!"
 그러고는 단검을 꺼내 자신의 가슴을 향해 찌르려 했다.
 탁!
 그러나 그의 단검은 그의 가슴에 닿지 못했다. 내가 그의 검날을 잡았으니까.
 "……?"
 당황한 도 조장의 눈빛에 나는 표정을 바꾸었다.
 "도 조장을 시험해서 죄송합니다."
 "시험이라니? 그게 무슨 말이지?"
 아직 불신 가득한 반응.
 나는 단검을 뺏어 서우 무사에게 건네고, 도 조장에게 정중히 포권했다.
 "죄송하게 되었습니다. 도 조장의 충성심을 시험해야 했기에 이런 무례한 언행을 저질렀습니다."
 "대체 무엇을 위해서……?"
 "도 조장이 유진 공자를 배신하지 않을 것이 증명되었으니, 말씀드리죠."
 나는 말을 이었다.
 "이번 사건, 우발적인 사고가 아닙니다. 배에서 누군가가 유진 공자를 밀었다고 합니다."
 "……!"
 그는 경악한 표정으로 나를 보았다.
 "그, 그게 정말인가? 아니, 정말입니까?"
 "네. 유진 공자가 그리 말했다고 합니다. 그리고, 저희

형도 그 장면을 보았다고 합니다. 그리고 유진 공자의 안전을 위해 시렁에 묶었던 줄도 풀어져 있었다고 하더군요."

"……."

"유진 공자를 바로 명명상단에 돌려보내는 건 위험해 보입니다. 그 범인의 뒤에 있는 자가 유진 공자를 다시 노릴 겁니다."

"그렇겠군요."

"그리고 저는 제 형이 죽을 고비를 넘기며 구한 유진 공자가 헛되이 죽는 건 못 봅니다. 제 형이 살렸으면 끝까지 살아야 제 형의 노고에 보답하는 거 아니겠습니까?"

나는 말을 이었다.

"그래서 일단 저희는 유진 공자를 은해상단 사천지부로 데려갈 생각입니다."

"그 과정에서 제 협조가 필요하셨던 거군요."

"그렇습니다."

"저는 도련님의 뜻에 따를 뿐입니다."

내가 예상했던 답변이다.

"그거면 충분합니다."

그렇게 자리를 정리하고, 다시 일행이 있는 곳으로 돌아왔다.

"아까 검 소리가 들리던데, 무슨 일 있던 건 아니지?"

정호 형의 물음에 나는 웃으며 고개를 끄덕였다.

"응, 몸이 찌뿌듯해서 가볍게 몸 좀 풀었을 뿐이야."

"그럼 다행이고."

나는 정호 형과 유진 공자에게 말했다.

"이제부터 우리는 성도로 갈 거야. 그리고 우선 유진 공자를 명명상단에 데려다주어야겠지."

내 말에 유진 공자의 표정이 변하며 정호 형을 꽉 잡았다.

"하지만 유진 공자에게는 안정이 필요한 듯한데……."

나는 그와 눈을 맞추며 부드럽게 물었다.

"유진 공자. 공자는 어떻게 하고 싶나요?"

"어……."

"유진 공자의 나이가 열 살이라고 했지요? 그럼 이제 본인의 의사를 밝힐 수 있는 나이죠. 무슨 선택을 하든 나는 그 선택을 존중할 겁니다. 어떻게 하고 싶나요?"

"가족들이 보고 싶습니다. 하지만, 지금 그곳은 안전한 곳이 아닙니다."

제법 의젓하게 말하네.

"저는 아직, 정호 아저씨와 함께 있고 싶습니다. 아저씨 옆이 지금 저에게 가장 안전한 곳입니다."

"알겠습니다."

나는 몸을 일으켰고, 도 조장을 보며 말했다.

"은해상단 사천지부로 갑시다."

(은해상단 막내아들 22권에서 계속)

환상이 숨쉬는 공간 파피루스 blog.naver.com/gnpdl7

서생, 제갈현몽은 꿈을 꾸었다
무와 협이 아닌, 마법과 모험이 공존하는 신세계를!

『무림 속 마법사로 사는 법』

제갈세가 방계 중의 방계로서
표국의 문사로 일하던 제갈현몽

꿈에서 깸과 동시에 마법을 깨우치고
비범한 활약을 통해 명성을 떨치며
감당하기 힘든 별호를 얻게 되는데

"무후재림께서 오셨다! 무후재림 만세!"
"앗…… 아아……."

세상은 영웅을 원하고, 출사표는 던져졌다
고금제일의 마법사, 제갈현몽의 행보를 주목하라!

무림속 마법사로 사는 법

김형규 신무협 장편소설